文春文庫

新・御宿かわせみ

平岩弓枝

文藝春秋

目次

新《しん》・御宿《おんやど》かわせみ

築地《つきじ》居留地《きよりゅうち》の事件《じけん》

一

永代橋に程近い大川端町にある小さな旅宿「かわせみ」の表にある昔ながらの掛け行燈の前に立って手前の町屋越しに鉄砲洲の方角を眺めると、なんとも異様な風景が広がっていた。

その一帯は、御維新前まで大名の広大な抱屋敷《かかえやしき》があって、別に表門の柱に何某と書かれた札などかけていないにもかかわらず、その周辺の町屋暮しをする者は、こちらは阿波の殿様の御下屋敷、むこうは松平遠江守様の御上屋敷、その南側には小倉の殿様の御中屋敷、もっと奥にあるのは中津藩だと、みんなが心得ていた。

それが少しずつ、取りこわされて更地が出来たかと思うと珍妙な建物がぽつんぽつんと建ちはじめ、それらは西洋人が住むらしいとわかって附近の住民は仰天した。

あれから、もう何回、お正月を迎えたことかと、神林千春《かみばやしちはる》は小さな溜《た》め息をついて行燈に灯を入れた。

そのまま暖簾《のれん》口を入りかけて足を止めたのは、どこかで誰かが大声で呼んでいるような気がしたからである。

二、三歩、道へ戻って声のするほうを見た。

たった今、眺めていた鉄砲洲の方角から男の人がもの凄い速さで走って来る。

夕闇の中で千春は立ちすくんだ。距離からして顔がわかる筈がない。にもかかわらず、もしやと思った。すぐに、まさかと否定する。

だが、その人は手を上げて叫んだ。

「千春」

「麻太郎《あさたろう》兄様」

返事より先に下駄が地を蹴っていた。

片手で裾を押え、まっすぐに正面をみつめたまま、千春は狂気のように走った。

道のまん中で二人の体がぶつかり合い、千春は自分を抱き止めてくれた人の顔をまじまじと見た。

髪は数年前からお上が奨励してこの節の若い男がみんなそうしているように短かく切って斜めに分けている。だが、くっきりした眉の下に大きく輝いている双眸と、神林の伯父様にそっくりの形のよい鼻、今にも笑い出しそうな口許は、千春の瞼《まぶた》に焼きついている「麻太郎兄様」に変りはなかった。

「いつ、いつ、いつお帰りになったのですか」

息がはずんで、声が途切れた。

「昨日だよ。昨日の朝、横浜の港へ着いて、鉄道で新橋まで、そこからまっすぐ狸穴《まみあな》の家へ帰った」

「伯父様も伯母様も、どんなにお喜びになったか」

「ああ、喜んで下さった。どうして横浜へ着く日を知らせてよこさなかったか、迎えに行ったものをと父上に叱られてしまった」

「かわせみ」の暖簾口から老爺が顔を出した。掛け行燈に灯をともしに行ったきり戻って来ない千春を案じてのことであったが、薄暮の中に立っていた麻太郎が目ざとく見つけて、

「嘉助《かすけ》」

と呼んだとたんに化石のようになり、喉許まで出かかった言葉を呑み込むと老人らしからぬ足取りで近づいて来た。

「若旦那様、御立派になられて……」

男は泣くものではないという口癖に反して、涙がついと眼尻を伝わった。

「嘉助も達者でなによりだ」

「有難う存じます。まず、お入り下さいまし。御新造様もどのように驚かれますことか」

嘉助が先導して、麻太郎が千春と一緒に「かわせみ」に入ると帳場にいた若い男が、

「お出でなさいまし」

と挨拶したのは泊り客が着いたと思ってのことであったが、嘉助から、

「神林様の若様だよ」

といわれて、わあっと声を上げた。

「申しわけございません。お帰りなさいまし」

慌てて頭を下げるのをみて、麻太郎が千春に訊いた。

「方月館にいた正吉《しょうきち》だな。どうしてここにいる」

千春がくすっと笑った。

「嘉助さんの跡継ぎです。ここの店の番頭さん」

「そうなのか」

台所に通じる暖簾をかき分けて老婆が出て来た。まっ白になった髪をきちんと結い上

げて、縞の着物に繻子《しゅす》の腹合せの帯。

「お吉《きち》だね」

呼びかけた麻太郎の声が明るかった。

「狸穴で昨夜、麻生《あそう》の宗太郎《そうたろう》叔父上がおっしゃったよ。かわせみは嘉助もお吉も昔とちっとも変らないと……」

「いいえ、年を取りましたですよ。でも、こうして若様にお目にかかれました」

お吉が昔のままに盛大な泣き声を上げ、続いて女中達や板前までが出迎えに出て来た。

それらの挨拶を受けながら、麻太郎は奥へ通じる廊下口にひっそりと立って自分をみつめている臈《ろう》たけた女人に気がついた。

「叔母上、只今、帰りました」

「お帰り遊ばせ。長いこと、御苦労様でございました。どんなにかお帰りをお待ち申して居りましたことか」

静かに廊下にすわって手を突いた形の良さや、優しい中にも凜とした声音に麻太郎は胸を熱くした。

本来なら、この人と共に自分を迎えてくれる筈のこの家の大黒柱に当る人の姿がないことを、麻太郎は昨日、狸穴で養父である神林通之進《みちのしん》から聞かされていた。

どれほどの衝撃がこの人を、そして「かわせみ」のみんなを襲ったかを、麻太郎は

「かわせみ」に来て改めて思い知らされていた。

全身で喜びを現わしながら、自分を取り囲んだ「かわせみ」の人々の目に自分がどのように見えたかを、麻太郎は知っている。

昨日、五年半ぶりに狸穴の屋敷へ帰った時、父が思わず洩らした一言を麻太郎は万感の思いで聞いた。

「まるで、東吾《とうご》が戻って来たような……」

それほど自分は長年、叔父上と呼んでいた実の父にそっくりなのかと、夜更け、漸《ようや》く自分の部屋で一人になった時、灯の近くに鏡を持って行ってつくづく我が顔を眺めたものである。

それ故、先刻、門口で嘉助が咄嗟に口に出しかけてそのまま声にしなかった言葉が誰の名前であったかも、すぐにわかった。

麻太郎にとっても、これは重く、悲痛な現実であった。

「かわせみ」の居間に通って、まず仏壇に向って、麻太郎は再び、息を呑んだ。

白木の位牌にはなにも書かれていなかった。

戒名はおろか、その人の名も記されていない。狸穴の仏壇にあったのも、全く同じ位牌であった。

そのことは、神林東吾という一人の人間の死を、彼を知るすべての人々が認めていない証《あか》しであった。

麻太郎がこの国を発《た》って、イギリスへ留学してから、その人は行方不明になった。

狸穴の父の言葉をそのままにいうなら、乗っていた船の行方が知れぬように、乗組んだ人々の生死も不明である。しかし、我らは神林東吾は生きていると信じて居る。位牌を作ったのは、万に一つの場合、彼を供養する者がなくては仏になった者にすまぬと思う故で、それでも自分は命ある限り、弟の命の絆《きずな》を放しはしない、という必死の想いが家族は勿論、その人を敬愛するすべての者の上にある。

それは信念であると同時に祈りなのだと麻太郎は感じていた。

「麻太郎兄様は、お帰りになったらバーンズ先生の病院でお働きになると、花世《はなよ》様がおっしゃっていましたけど、本当ですか」

千春の声で麻太郎は仏壇の前から隣の居間へ移った。

部屋には炬燵《こたつ》があり、長火鉢の上には鉄瓶が白く湯気を吐いている。

「実は今日、ここへ来る前にバーンズ先生の所へ父と麻生の叔父上と共に帰国の御挨拶や御礼を申し上げに行ったのです。改めて、先生にお傍で勉強させて下さいとお願いしました。先生には快く御承知頂きました」

千春がバーンズ先生といったのは、築地居留地で開業している医師である。御維新前に来日し横浜で医療にたずさわっていて、同じく医師である麻生宗太郎と親しくつき合って来た。

弟のフィリップ・バーンズがイギリス領事館に勤務していて、兄弟揃って親日家であり、麻生家とは家族ぐるみ昵懇《じっこん》でもあった。

麻太郎のイギリス留学もバーンズ兄弟の尽力によるものであるし、麻太郎が渡英する際は、たまたま日本から帰国するフィリップ・バーンズ夫妻と同じ船で、イギリスでの滞在中も親身になって世話をしてくれた。

「麻太郎様は、むこうでは西洋人の着物をお召しになっていらしたのでしょう」

香ばしい煎茶に串団子を添えて麻太郎の前へおいた千春の母が、紺青の紋付羽織に仙台平の袴をつけている麻太郎の姿をみて訊《き》いた。

「左様です。むこうへ着いてすぐにバーンズ夫人があれこれ見て下さって、最初はなんとなく窮屈で……今度、帰って来る時も船の中ではずっと服を着ていました。ですが、狸穴の家で風呂に入って着物を着たら、なんだかほっとして……」

「今日のお召しもの、よくお似合いですよ。御留学中に、お母様がお見立てになったのでしょう」

「そのようです。裄丈《ゆきたけ》は畝源太郎《うねげんたろう》君の寸法と同じにしておいたとか……」

母国を出て五年半の歳月が過ぎていた。

遠く離れて暮す我が子の成長を、養母は息子の友人である青年を見ることで、あれこれと思い描いていたのかと麻太郎は子供の時のように帯まで結んでくれた狸穴の家の母を思い出した。

二

「かわせみ」で小半刻（三十分）ばかり、とりとめのない話をして、麻太郎は、

「これから源太郎君を訪ねたいと思いますので……」

と挨拶をして暇《いとま》を告げた。

すぐ近くではあるし、大体、見当もついているからといったのに、千春は道案内という名目で麻太郎について来る。

行った先は亀島川から分れた堀割に架る一ノ橋の近くで、麻太郎が胸を衝かれたのは、その岸辺から亀島川を望むと、対岸はその昔、八丁堀と呼ばれた武家地で南北両町奉行に属する与力、同心達の屋敷が集っていた一角であったからだ。

麻太郎が六歳で養子に入った神林家も、源太郎の生まれた畝家もその中にあった。

今、その大方は取りこわされ、残っている家も住人はすっかり変っている。

以前は、新川の商家の隠居所に使われていたという源太郎の家は堀割に向って形ばかりの門があり、その太い柱に細長い木看板がかけてある。

よろず探索仕り候　畝源太郎

と書かれた文字を麻太郎が眺めていると、先に家の玄関へたどりついた千春がまた一人、麻太郎にとってなつかしい顔を伴って戻って来た。

「長助《ちょうすけ》じゃないか」

「若様」

みるみる両眼がうるんで、長助が泣くまいと歯をくいしばったのに、麻太郎は気づいた。

長助も亦《また》、自分を見て、反射的に未だ帰らぬその人を思い浮べてしまったに違いない。

それがわかりながら、麻太郎は故意に明るくいった。

「源太郎君はいるか」

「それが、日本橋のお屋敷のほうへお出かけになりまして……」

一瞬、途惑った麻太郎に、千春が教えた。

「お店です。お千代《ちよ》さんとお母様がそっちで御商売を……」

ああ、と麻太郎は合点した。畝家では源太郎の母と妹が日本橋で西洋の古美術を扱う店を出していると狸穴の家で昨夜、母が教えてくれていた。

「もう、お帰りになると思うんで……どうぞお上りなすって……」

鼻の頭をちょいとこすって長助がいい、麻太郎はすっかり暗くなったあたりを見廻した。

「それでは、わたしは待たせてもらうが、長助、千春を送って行ってくれないか」

「あたしは一人で帰れます」

「駄目だよ。年頃の娘に夜道は剣呑だ」

玄関を入った長助が提灯を持って出て来た。

「お送り申して参ります」

「麻太郎兄様」

千春が早口で告げた。

「バーンズ先生の所へいらっしゃるようになったら、かわせみはすぐ近くなのですから、しょっちゅう寄って下さい。お話ししたいことも、お聞きしたいことも、たんとありますからね」

「わかった。もう来るなといわれるまで出かけて行くよ」

「嘘ついたら針千本ですよ」

「いいとも」

長助が先に立ち、千春は麻太郎に手を振って、名残り惜しげに去って行った。

なんとなくその後姿を見送っていたのは、桃割れに結い上げ、縞柄のところどころに菊の花を散らした染め友禅の着物に格子の帯を結んだ初々しい娘になっていた千春に改めて感心したせいである。

背後で下駄の音がした。

「やあ、帰って来ましたね」

陽気に声をかけられて、麻太郎もつい笑い出した。

「源太郎君こそ、よく帰って来たな」

「わたしは日本橋から、麻太郎君はイギリスから。帰って来た重みが違いますよ」

肩を並べて家へ入った。

「千春がついて来たので、長助に送ってもらったところなんだ」

「千春ちゃん、いい娘になったでしょう」

「なかみはあんまり変ってないがね」

「この界隈だけでも、千春ちゃんに岡惚れがごまんといますよ」

「驚いたな」

玄関を入ってすぐ奥の部屋に行燈がついていた。長火鉢の前後に座布団が出ているの
の一枚は客布団で、長助が出がけに慌しく出して行ったものらしい。

「長助と一緒に暮しているのか」

「むこうが勝手にやって来るのです。もっとも、この家を探してくれたのも、借りてくれたのも長助でしてね。長助にしてみれば、わたしが心配なのでしょう」

座布団へはすわらず、麻太郎は友人に向って両手を突き、深く頭を下げた。

「源太郎君の父上のこと、狸穴へ帰って親達から聞いた。心からおくやみ申し上げる」

炭箱を取りに行こうとしていた源太郎が慌ててすわった。

「有難う」

「残念だ。さぞかし御無念であったろう」

「母も妹も、涙が枯れるほど泣いたよ。わたしにしても、あんな事で父を失ったのは無念でないことはない。まだまだ生きていてもらいたかった」

立ち上って炭箱を取って来た。長火鉢の上の鉄瓶を下して、案外、器用に炭を足す。

「長助が帰って来ない中《うち》に話すが、父上はなすべきことをなされて、その結果、歿《なくな》られたのだと思う」

長火鉢に鉄瓶をかけ直し、火箸を取って灰をならした。なにかしながらでないと話せないという源太郎の気持がわかって、麻太郎は両手を膝におき、友人をみつめた。

「ちょうど麻太郎君がイギリスに発って行った年だ。町奉行所は総督府に引き渡された」

上野彰義隊が五月十五日に鎮圧されて、江戸を完全に占領した東海道鎮撫総督府は早速、旧幕府の勘定奉行、寺社奉行並びに町奉行を廃止して江戸鎮台府を置いた。

南北両奉行所の建物、記録など一切を渡すように指示があって、五月二十一日に受取役が官軍の兵士をひき連れてやって来た。

「麻太郎君も聞いていると思うが、町奉行所では上野の彰義隊にただの一人も参加しなかった。それは、町奉行所の任務は江戸八百八町の人々の命を守ることを第一としたからで、実際、あの時、父上達は官軍の味方もしなかったが、彰義隊に加勢もしなかった。どさくさにまぎれて罪もない江戸の人々が殺害されたり、家屋を焼かれたり、家財を奪われたりするのを守り抜こうと必死になった」

長火鉢の炭がはぜて、小さな音をたてた。

源太郎が僅かの間、沈黙し、また話し出した。

「総督府、いや鎮台府というべきかな。とにかく官軍の連中は、あまり見事に奉行所を引き渡した八丁堀の面々に或る種の敬意と怖れを感じたのかも知れない。町奉行所は名前だけは市政裁判所と変ったが、実際、そこで働く人間が決らない。とりあえず、与力、同心の人々に現職に留まってくれと要請が来た。そりゃあそうさ、名前ばかり変えたってそこで働く者は一朝一夕には機能しない。それでなくたって江戸は治安が悪くなって……」

そこで源太郎は大きく肩で息をした。

「忘れはしないだろう。本所の麻生家が襲われたのは……」

麻太郎の表情が更にひきしまった。

「忘れるものか。死んだって忘れやしない」

麻太郎が留学する以前であった。いや、麻生家のその事件があったればこそ、麻太郎は留学することになったのだ。

その日、麻生家では当主の宗太郎は急病人との知らせで患家へ出むいていた。長女の花世は近く留学する弟の小太郎《こたろう》のため、母に代って買い物に深川まで行っていた。

賊がどういう者であったかは、留守をしていた家族が一人残らず斬殺されていたため、全く判らない。手文庫の金と、隠居の麻生源右衛門《げんえもん》の所持していた銘刀が五振、盗まれているのが、帰宅した宗太郎と花世の証言で明らかにされたものの、手がかりはまるでなかった。

麻太郎が周囲から強く勧められて急遽、留学せざるを得なかったのは、小太郎の身代りに是非、行ってもらいたいと宗太郎が願ったためでもあったのだ。

「父はずっと麻生家の事件を調べていた。新政府の役人になんぞ出来ることじゃないし、奴らはする気もないだろう」

旧幕時代の旗本の家族が御維新のどさくさの最中に賊に押込まれて殺害された事件を、町奉行所に代って設立された市政裁判所が改めて捜査をする筈がないと、畝源太郎はきびしい口調でいった。

「そうか。源太郎の父上は麻生家の事件を調べて居られたのか」

隠居の麻生源右衛門とその娘で、麻生宗太郎の妻であった七重《ななえ》、夫婦の間に誕生した嫡男の小太郎の他、奉公していた者まで無惨に殺害されていた。目撃者はなかった。

麻生家は敷地が広い。片側は小名木川沿いであり、周辺は武家地で町屋はない。

「父はただの押込み強盗とは考えて居られなかったのだ。わたしには何もおっしゃらなかったが、父と一緒に探索していた長助の話によると、細い糸をたぐるようにして僅かながら光がみえていたようなのだ。そんな時に、父は殺害された」

源太郎の眼が光ったのは、溢れそうになった涙を辛うじて瞼のふちで止めているせいであった。

「あの日、父は長助と上野の御山の脇を天王寺沿いに下りて来られたそうだ」

長助の話によると、畝源三郎は途中で一度、誰かに尾《つ》けられている、といった。ふりむこうとする長助を制して寺ばかりが並ぶ一本道を千駄木坂下町へ向う途中、ちょうど源三郎と長助が通りすぎた道へ近所の子供が二人出て来た。

「あとで知ったことだが、三崎町に住む商家の子供が親にいいつけられて大圓寺の坊さんの所へ行く途中、五つの男の子と七つの姉娘でね、長助はなんとなく自分の背後を姉弟が手をつないで道を渡るのを目にしていたそうだ」

もの凄い馬蹄の音が近づいたのはその時で、天王寺の方角から一頭の馬が疾駆して来た。

長助があっと思ったとたん、源三郎は二人の子を両脇に抱えて道のすみへ走った。

その背に向けて馬上から短銃が二発たて続けに撃ち込まれた。

馬は走り去り、狂気のようにすがりついた長助に、源三郎は、

「子供達は無事か」

と訊いたという。

「二人とも無事でござんす。旦那、しっかりしておくんなさいまし」

声をふりしぼった長助にうなずいて、源三郎は瞑目した。

麻太郎が懐から手拭を出して顔に当てた。歯をくいしばっても嗚咽が洩れる。実をいうと麻太郎は昨夜、父の通之進から源三郎の死についておおよそは聞かされていた。その折、通之進も泣いたし、麻太郎も暫くは涙が止らなかった。

けれども、今、あらためて友人の口からその時の様子を聞くと、瞼の中になまなましくその状況が浮んで来て、泣くまいとするとよけい涙が流れて来る。

「すまない。折角、帰国した麻太郎君にこんな話をするつもりはなかったのに……」

拳《こぶし》で左右の涙を払いのけて源太郎が無理に笑った。

「要するに、わたしが門口に探索仕り候などという看板をかけて一人暮しをしているのは、一つには父の志を継いで麻生家の事件の真相を解くこと、今一つは父を殺害した下

手人をみつけ出そうと思う故です。しかし、大義名分だけでは食えませんから、迷い子になった猫を探してくれとか、家出した娘の行方を突きとめてもらいたいなぞという依頼を引き受けて探索料をもらっているわけです」

「源太郎君」

麻太郎が友人の手を摑んだ。

「わたしもやる。やらせてくれ」

源太郎が子供の時と全く変らない、人のいい微笑を浮べた。

「そういってくれるのを内心、頼みにしていました。但し、バーンズ先生は麻太郎君が帰って来たら御自分の片腕になってもらうおつもりのようですから、麻太郎君の本業はあくまでも医者です。その片手間でけっこうです。智恵を貸して下さい」

がらがらっともの凄い音で格子戸が開いたのを、麻太郎も源太郎も、てっきり長助が戻って来たと思った。

「大変、源太郎さん、いますか。すぐ来て下さい」

「花世さんだ」

源太郎が素早く袖で顔を拭って玄関へ出て行き、麻太郎がその後に続いた。

麻生花世は狭い玄関で足ぶみをしていた。

娘島田だが矢絣《やがすり》の着物に、おそらく歿った弟のものであったろう、黒い袴をはいて、なんと足許は靴であった。

三

先刻、麻太郎が父や叔父の麻生宗太郎と築地のバーンズ先生の診療所を訪ねた際、そこに花世の姿はなかった。

麻生花世については、今日、築地へ来る道中で父親の宗太郎から、「かわせみ」に下宿して築地居留地に出来た女ばかりの塾で勉強するかたわら、バーンズ先生の手伝いをしていると聞いていたが、今、目の前にいる花世の恰好はその折麻太郎が思い浮べた花世像とはひどく異なった。

浅黒い顔には白粉《おしろい》はおろか紅もつけていない。髪こそ、きちんと結い上げているものの、髪飾りといえば、前髪に挿した櫛一枚だけ。しかも、その櫛に、麻太郎は見憶えがあった。花世の母の七重が気に入っていて、いつも挿していた飴色の鼈甲《べっこう》細工で、それは花世の父が贈ったものだと聞いていた。

が、亡母の形見の櫛を挿しているといった麻太郎の感傷は、花世の次の言葉で吹きとばされた。

「麻太郎さんも来て下さい。早く、急いで」

五年半ぶりに帰国した幼馴染に、なつかしそうな顔をするでもなく、お帰りなさいともいわない花世に麻太郎が度肝を抜かれ、源太郎が訊いた。

「いったい、何があったのですか」

「紅玉《ホンユ》さんに盗人の疑いがかかったのです」

「紅玉……」

「スミスさんの所で働いているわたしの友達です」

花世の足ぶみが激しくなった。

「話は道々します。すぐ行きましょう」

源太郎が下駄を履いた時、長助が帰って来た。

「こりゃあ、花世お嬢様……」

いいかけたのに、ぴしゃりとかぶせた。

「長助も来て下さい」

花世を先頭に男三人が外へ出た。築地へ向って走り出す。

「紅玉は清国人です。ずっとスミス家のメイドをしています」

花世がよく透る声で話し出した。

「盗っ人って、なにが失《な》くなったんですか」

息も切らさず源太郎がいい、

「ダイアモンドの指輪です」

「へえっ」

源太郎がわからないという顔をし、

「凄く高価なものです。翡翠《ひすい》や珊瑚《さんご》なんぞより、ずっと高価で、スミス夫人のは四キャラットもあるのですって」

「四キャ……」

「四キャラット、重さを表わす単位です」

走りながら、長助が大きなくしゃみをした。

「いつ、失くなったのですか」

比較的、冷静に麻太郎が訊いたのは、イギリス留学中にその宝石についての知識を多少なりとも得ていた故である。

「わかったのは、つい、さっき。わたしがバーンズ先生のお使で、スミスさんの薬を届けに行った時です」

「スミスさんというのは、バーンズ先生の患者なのですか」

「スタンリー・スミスさんはもう六十をすぎていて、心臓も悪いし、目も耳も弱って来ています」

「宣教師ですか」

「いいえ、商人。スミス商会の御主人」

「貿易商かな」

「そう、日本へは綿や毛の織物を運んで来て、日本からはお茶の買いつけをしています」

「金持だな」

「お金が余るほどなければ、いくら若くてきれいだからといって、お内儀《かみ》さんに四キャラットもするダイアモンドを買って与えることは出来ません」

「夫人は若くて美人なんだ」

「わたしは嫌い」

「どうして……」

「かげひなたがあるから」

「つまり、相手によって態度を変える」

「派手好きで、御亭主がなんでもいいなりなのをいいことに、始終、人を集めてパーティ、つまり宴会をするのです」

「パーティでいいよ」

「イギリス帰りですものね」

「君だって、居留地の女塾へ通っているのでしょう」

「女塾ではありません。ジュリア・カロザス先生のA六番館女学校です」

「それはどうも」

軽く会釈をして麻太郎は源太郎をふりむいた。

「もう少し、訊いてもいいかな」

「頼みます。わたしは……居留地は苦手ですから……」

源太郎が苦手なのは居留地ではなくて花世さんだと、麻太郎は内心で苦笑した。

まだ三人が少年少女であった頃、この国の未来を予想していた麻生宗太郎が知り合いの英語に堪能な学者を自宅に招いて子供達を勉強させ、自分も学んでいた。

そのおかげで三人共、或る程度の語学力が出来ていて、とりわけ、麻太郎は留学した際、それが大いに役立っている。

源太郎にしたところで、外国人の住む所と聞いただけで尻込みする筈はなかった。

道はすでに居留地の中まで来ていた。

「そのスミス夫人ですが、ダイアモンドの指輪は始終、指にはめているのですか」

花世が、ふんという顔をした。

「高価なものですもの、普段は宝石箱にしまって鍵をかけています」

「パーティなぞの時にはつける」

「そう。人にみせびらかすためにね」

「昨日、スミス家ではパーティがあった。で、スミス夫人はダイアモンドの指輪をつけた」

「その通り」

背後から源太郎が叫んだ。

「それなら、宴会に来たお客を調べればいいじゃないか」

冷たい声で花世が応じた。

「駄目です」

「何故……」

「パーティが終って、お客がみんな帰ってから、スミスさんはマーガレット、つまり、お内儀さんの名前ですけど、指輪をつけているのを見ているのです」

源太郎が絶句し、別のことを訊いた。

「スミスさんの家は、どこなんですか」

「三十三番。スペイン領事館の近く……」

花世はすぐ目の前の洋館を指し、男三人は危うくつんのめりそうになった。

夜の中で眺めても、その洋館は立派であった。

花世が入口の扉を乱暴に叩き、すぐに中年の女が顔を出した。花世をみると一度、奥へひっ込み、やがてまた出て来た。

「旦那様が入ってよいとおっしゃっています」

と英語でいい、うさんくさそうに源太郎と麻太郎を眺めた。

長助は外に残り、花世について源太郎と麻太郎が内へ入った。

花世がずかずかと靴のまま上り込み、源太郎が慌てていった。

「脱がなくてよいのですか」

ちらりとふりむいただけで、花世は黙ってもう一つの扉を開けて入った。

源太郎が下駄を脱ぎ、麻太郎はそれを見て、ためらいもなく自分も脱いだ。

外国人の家では通常、履物は脱がないと知っていたが、麻太郎が知っている限り、イギリスでも天気が悪く、泥道を歩いて来ることの多い季節では外で履く靴を家の内で履くのと取り替えている家が少くない。

みたところ、スミス家は玄関から板敷の上にきれいな織物を敷いている。その上を下駄で上るのは、少からず抵抗があった。

花世が入った扉の中は広い板敷の部屋であった。更にその部屋の奥に扉があってそこを抜けると廊下に出る。

廊下の左右に扉のある部屋があり、突き当りの開いている扉の前で花世が待っていた。

足袋《たび》はだしの二人の足許を眺めて、小さく、

「おやまあ」

といい、先に部屋へ入った。

その部屋は暖かった。

大きな暖炉があって、薪が燃えている。

厚い敷物が部屋の大半を占めて、その上に椅子や卓が配置されていた。

もっとも大きな革張りの椅子には、老人が掛けていた。

焦茶色の髪がもう薄くなっていて、灰色の目をしているが、麻太郎の印象では穏やかな感じであった。

その隣の長椅子には緑色の服を着た女が背筋をぴんとのばし、胸を突き出すような恰好でこちらを見ている。燃えるような赤毛に大きな瞳が、イギリスで散々、外国人の女性を見馴れて来た麻太郎にも強烈な衝撃を与えた。

蠱惑《こわく》的というか、要するにひどく色っぽいのである。

「そちらが花世さんの友達ですか」

老人の口から流暢《りゅうちょう》な日本語が出て、麻太郎と源太郎は顔を見合せた。

「こちらは神林麻太郎さん、イギリスに留学して帰って来たばかりです。そちらは畝源太郎さん、お父様は元江戸町奉行所のお役人で探索の名人といわれていました。源太郎

さんも探索の仕事をしています」

花世の紹介にスミス老人は立ち上って、

「わたしはスタンリー・スミスと申します。スミス商会という貿易会社をやっています。妻はこのお国が新政府になって後にサンフランシスコから来ましたが、わたしは横浜に上陸して十五年になります」

と挨拶し、眩しそうな目で二人の青年を見た。で、麻太郎は英語で、源太郎は日本語で礼を返した。

「神林さん、あなたのイギリスの言葉、とても正確です。それなら妻もわかります。どうか、妻への質問は英語でお願いします」

といい、更に三人を等分に見て、

「どうぞ、なんでも聞いて下さい」

再び、椅子へ腰を下した。

そこへ、先程、玄関の扉を開けた女が清国人の娘を伴って入って来た。

「こちらはスーザン、むこうがわたしの友達の紅玉さん」

花世がいったとたん、それまでうつむいていた娘が花世へ走り寄ってすがりついた。

「助けて。奥様はどうしても、わたしが盗んだとおっしゃるのです」

「大丈夫、今、麻太郎さんがスミス夫人に話をしてくれます」

花世の飛躍的な言い方にあきれながら、止むなく麻太郎はスミス夫人に対して改めて挨拶をし、英語で話し出した。

「大体のことはここへ来るまでに花世さんから聞きました。ダイアモンドの指輪が紛失したとのことですが、少々、お訊《たず》ねしてよろしいでしょうか」

スミス夫人は好奇心を丸出しにした目で麻太郎をみつめていたが、小さく顎を引くようにして承知の意志を示した。

「では、はじめます。夫人は昨日、パーティのために指輪をおつけになった。パーティが終了した後、それをどうなさいましたか」

「この箱に入れて化粧台のひき出しにしまいました」

というのがスミス夫人の返事であった。箱はスミス夫人の脇の小卓の上においてある。

麻太郎は一応、ことわりをいってから、それを手に取ってみた。

外側は赤い革張りで金色の模様が型押しされている。蓋を取ると内側は黒い天鵞絨《びろうど》の布が波を打ったような感じでおさまっていて、無論、肝腎の指輪はない。

「恐縮ですが、おしまいになった場所をみせて頂けませんか」

麻太郎の要望で、夫人が立ち上った。箱を持って奥の扉を開ける。そこは夫人の居間のようであった。

服をしまう洋風の簞笥が二つ、大きな鏡のついた化粧台の隣には書きもの机があって椅子が各々に一つずつ、椅子の一つには夫人の化粧着らしい薄桃色の服が無造作にかけてあるし、化粧台には麻太郎ですら見当のつかないものがところ狭しとおいてある。

「このひき出しに入れましたの」

夫人が麻太郎に顔を近づけて教えた。その恰好のまま、自分でひき出しを開け、その中に宝石箱を入れてみせる。

「鍵はかけましたか」

「ええ」

「その鍵は……」

「ここですよ」

雑多な化粧品の並んだ中から、夫人が銀色の鍵をつまみ出した。

「昨夜も、そこに……」

「ええ」

「いつも、そのようにしてあるのですか」

「いいえ、いつもは主人にあずけて金庫にしまってもらいます。でも、昨夜は主人が疲れて早く寝てしまいましたので、とりあえず、ここに……」

「昨夜、それを見ていた者が居りますか」

「紅玉です」

麻太郎がふりむいた。

源太郎と並んで立っている花世に肩を抱かれるようにして清国人の娘が慄《ふる》えながらうなずいた。

「わたし……奥様の着替えのお手伝いをしますから……」

「あなたの他には……」

「スーザンさんはホールを片付けていました。ここへは来ていません」

「念のため、お訊ねします。紅玉さんはスミス夫人が指輪の箱をそのひき出しに入れるのをみましたか」

「はい」

「鍵をかけて、その鍵を化粧台の上においたのは……」

紅玉が叫んだ。

「わたし、盗《と》っていない。盗らないよ、そんな怖《おそろ》しいこと……」

花世がいった。

「紅玉は盗人じゃありません」

スミス夫人がその様子を見て英語で麻太郎にいった。

「では、誰が盗ったのでしょう。家の戸口は鍵がかけてあり、窓もそうです。どこからも賊の入った痕はないというのに……」

麻太郎が応じた。

「紅玉さんの持物は調べましたか」

部屋のすみにいたスーザンが訛りのある英語で答えた。

「勿論、全部、調べています」

「裸にしたのですよ。下着も全部取って、この人、恥かしい場所まで探られたっていっています」

怒りをこめて花世がいい、それが日本語であったにもかかわらずスーザンは理解した。

「当然のことです。女は特別にかくす場所を持っていますからね」

紅玉が声を放って泣いた。世にも悲痛な声であったが、スミス夫人の態度は変らなかった。

「スーザンがいくら調べてもある筈がないのです。紅玉はとっくに指輪を外の人間に渡してしまっているのですからね」

紅玉が激しく首を振り、麻太郎が訊ねた。

「それは、どういう意味ですか」

「一昨日、その子を訪ねて清国人の男が来たのです」

「一昨日ですか」

「紅玉は弟だといいました。横浜から来たので一晩だけ泊めてやってくれと頼みました。

夫がよろしいと答えたので……」

「一昨日の夜、ここへ泊って、昨日……」

「朝の中に出て行きました。でも、昨夜遅く、また来て、紅玉と話をしていたと。スーザンが……」

「嘘です」

声をふりしぼって紅玉が否定した。

「たしかに、弟は一昨日の夜、こちらへ来ました。奉公していた店が潰れてしまったのでわたしをたよって……わたし達は二人きりの姉弟《きょうだい》なのです」

麻太郎が正面から紅玉と向い合い、紅玉も泣きぬれた顔で麻太郎を直視した。

「紅玉さん、落付いて答えて下さい。弟さんは昨日の朝、ここを出て行ったのですね」

「はい、旦那様が朝食を召し上っている時にお礼を申し上げて、わたしは裏口まで送りました。間違いはありません」

「弟さんは、どこへ行ったのですか」

「陳鳳さんの家です。そこで働かせてもらおうと頼みに行きました」

「その後は……」

「会っていません。本当です。弟は昨夜、ここへは来ません」

スーザンが無表情でいった。

「わたしは見ましたよ」

花世が詰問という感じでいった。

「いつ頃ですか」

「さあ、旦那様も奥様もおやすみになって、わたしが家中の戸閉りを見廻ってから台所で水を呑んでいたら紅玉さんの声が聞えたので、自分の部屋へ戻って窓から覗いたら、紅玉さんの部屋の外に男が立っていて、窓越しに話をしているのがみえました」

「その男が紅玉さんの弟でしたか」

「外は暗いから、そこまではわかりませんね」

ぞろぞろと居間へ戻って来ると、スミス老人は憮然とした顔で煙草を吸っていた。

「何かわかりましたか」

と訊かれて麻太郎は、

「今のところはまだわかりませんが、これから陳鳳さんの所へ行って、紅玉さんの弟に会ってみようと思います」

と答えた。

「それがよいでしょう。わたしは疲れたのでやすみます。結果は明日、報告して下さい」

立ち上るはずみに脚を卓にぶっつけて痛そうに顔をしかめた。

よろよろと奥の部屋へ行くのに、スミス夫人がついて行く。

「源太郎君、行こうか」

麻太郎がうながしてスミス家を出ると、少し遅れて花世が追って来た。

「紅玉さんを慰めて来ました。必ず真犯人をみつけてあげますって……」

そんなことをいってしまってよいのかと源太郎が思った時、麻太郎が訊いた。

「花世さんは何がきっかけで紅玉さんと友達になったのですか」

「スミスさんはバーンズ先生の患者です。わたしはよく薬を届けに来るので……」

「成程」

暗い中から長助が顔をみせた。寒さで鼻の頭が赤くなっているような気配である。

「どうでございました」

提灯をさし出しながら訊く。

「長助は陳鳳という清国人を知っていないか」

「入船町の陳さんですかい。異人さんの服を作っている……」

「知り合いか」

「それほどじゃありませんが、居留地に住む清国人の中じゃ、古顔でございますから」

三人の男と一人の女が入船町へ向った。

夜はかなり更けて来ていて、道端の土が夜目に白く見えるのは霜柱が立っているせいであった。

入船町へ行ってみると、陳鳳の家はまだ灯がついていて、上りかまちのむこうで何人かが縫い物をしている。

出て来た陳鳳は、五十すぎでもあろうか、背が低く、総体に小柄だが顔付には或る種の貫禄がある。

「この家にスミス商会で働いている紅玉さんの弟が来ていませんか」

と訊いた源太郎に、

「楊貞生《ヤンゼンセン》かね」

と反問した。源太郎が花世をふりむき、花世が合点してみせた。

「貞生なら、昨日の午前《ひるまえ》に来て働きたいというから、まあ二、三日、みんなの仕事をみてやる気になったらやとってやるといいまして、当人は昨日と今日と、この家で掃除をしたり、雑用をしながら仕事場にいましたが、夕方になって、とても自分には出来そうもないので、もう一度、姉さんと相談してみるといって出て行ったきり、帰っていませんが」

「姉さんの所へ行くといったんだな」

源太郎がやや慌てた声を出した。

「左様でございます」

「出て行ったのは夕方だな」

「まだ陽のある中で……」

「昨夜はここへ泊ったのか」

「はい、泊めました」

「くどいようだが、昨日の午前に来て、ずっとここで働いていて、夜も泊ったのに間違いないか」

「おっしゃる通りで。あいつは体の小さい割にはよく働き、骨惜しみをしないようなので、その気になったら仕込んでもよいと考えていましたが、当人が向かないというのでは……」

「夜、ここを抜け出して、どこかへ行ったということはないか」

陳鳳が苦笑した。

「それは無理でございましょう。昨夜も真夜中すぎまで、仕事をして居りまして、それでも注文が間に合いません。みんな、仕事場でごろ寝をして夜明けにはもう起きていますので……」

第一、入口の戸は表も裏もたてつけが悪くて開けると大きな音がする。

「いくら、寝入りばなでもあの音では目がさめますし、わたしは弟子達が寝てからも、かなり遅くまで仕上げをやって居りました」

到底、楊貞生がこの家を脱け出すのは無理な状況であるとわかって、源太郎が頭を下げた。

「遅くにすまなかった。貞生にとって大事なことを聞かせてもらえた。まことにかたじけない」

陳鳳が外に顔を揃えているみんなを見廻すようにした。

「貞生に、何かございましたのでしょうか」

源太郎が明るく答えた。

「心配は無用だ。ここへ来たおかげで貞生の嫌疑はもう晴れたも同然だ」

「楊姉弟はわたしと同じ広東省広洲府の生まれでございます。同郷人として力になってやりたいと存じます。なにかあったら、どうぞお声をかけて下さい」

それにしても、貞生はどこへ行ってしまったのかと不安な顔をした。

「それはわたし達が調べる。まかせておいてくれ」

礼をいって源太郎が入口の戸を閉めた。開けた時は気持が先走っていてうっかりしたが、実際、もの凄い音がした。

「さて、どうしたものか」

夜の中に立って、源太郎がいい、麻太郎が、

「とにかく、花世さんを送ろう」

といった。花世が「かわせみ」に下宿しているのは、麻太郎も知っていた。

花世はちょっと不服そうな表情であったが、何もいわず大川端町へ歩き出した。

「かわせみ」の前には番頭見習の正吉が出ていた。

「花世様のお帰りが遅いので、皆様が御心配なさいまして……」

という声の後から暖簾を分けて神林通之進と麻生宗太郎が出て来た。

「あら、お父様、神林の伯父様も……」

花世が首をすくめ、

「何が、あらだ。いったい、今まで何をしていた」

宗太郎が父親の立場で叱った。

「父上、どうも遅くなりまして……」

麻太郎が神妙に頭を下げたのは、今日、築地居留地にバーンズ医師を訪ねる際、通之進と宗太郎が、

「今夜は久しぶりにおるいさんの所へ泊りましょう。きっと喜んでくれますよ」

と話し合っていたのを耳にしていたからで、但し、自分は源太郎と夜っぴて話をするつもりなので、むこうへ泊めてもらいますと、断りをいっておいたものだ。

上りかまちに出ていたるいが入って来た三人の若者と長助に笑顔でいった。

「どうやら、皆さん、ひどくお腹がすいていらっしゃるようですね。とにかく、お上り

になって、すぐに仕度が出来ますから……」

　さあさあとうながされて居間へ入りながら通之進がいった。

「おるいさんが、どうせのことならお前達もここへ呼んで一緒に飯を食おうと嘉助を源太郎の家へ迎えにやったのだよ。行ってみれば、家はまっ暗、誰も居ない。それで嘉助はお前達がなにか探索に出かけたのではないかと心配してね」

　宗太郎が一番先に居間へ入って行った花世の背へ向けて笑った。

「どうせ花世の奴が、ろくでもない事件を源太郎君の所へ持ち込んで、麻太郎君も長助も駆り出されたに違いないと噂をしていたのだよ。どうやら、その通りらしいな」

　ちゃっかり炬燵に膝を入れていた花世が首をすくめた。

「親って嫌ですね。なんでも子供のやることはわかっているって顔をして……」

　廊下のむこうから千春の声が叫んでいた。

「お母様、大成功、あの子、鰤《ぶり》大根で御膳を三杯も食べました」

　居間の障子を開けて、あっという顔をする。

「千春、お行儀が悪すぎますよ」

　るいがやんわりと叱って、千春は敷居ぎわにすわってお辞儀をした。ちらりと宗太郎をみてから弁解するようにつけ加えた。

「やっぱり、宗太郎叔父様のおっしゃった通りでした。お吉は清国人は鰤大根なんて食べないっていいましたけど……」

麻太郎が訊いた。

「ここには清国の人も泊るのですか」

嬉しそうに千春が膝を進めた。

「お客じゃありません。軒下で慄えていたのを嘉助がみつけて、結局、今夜、泊る所もなく、お腹もすいているようだから……お母様がかわいそうだと……」

花世と源太郎が同時に立ち上った。

「その子、どこにいます」

「紅玉さんの弟かも知れない」

「かわせみ」の外を、按摩の笛が流して行った。

四

だが、千春の案内で行った梅の間に、清国人の客はいなかった。庭に面した廊下側の雨戸が一枚開いていて、どうやら、そこから出て行ったらしい。

「かわせみ」の庭は大川に向っているが、川上側と川下側に各々、板塀を切ったくぐり戸がついている。夜は無論、内側から掛け金がしまるが、その川下側の木戸の掛け金が

はずしてあったことから、

「ここから逃げたのですよ」

と源太郎が判断した。

「どうして、そんな……」

千春はあっけにとられたが、

「親切にしてもらったのはいいが、宿賃を取られるとでも思ったのでしょう」

こちらの好意がわからなかったのではないかという源太郎の意見に「かわせみ」の人々は不本意ながらも納得した。

「どこへ行ったのでしょうね。この寒空に」

るいが途方に暮れたように呟いたが、意思の疎通を欠いた結果であれば致し方ない。

源太郎は長助と自分の家へ戻り、麻太郎は父の通之進と共に「かわせみ」へ泊った。

翌朝、宗太郎を含めて男三人が朝餉《あさげ》の膳を囲んでいると、花世が顔を出し、

「行って参ります」

と挨拶して出かけて行った。

「花世さん、どう勧めても朝の御膳を召し上らないのです。御膳を頂くより、ぎりぎりまで寝ているほうがよいとおっしゃって……」

三人の給仕をしていたるいが宗太郎に訴え、父親がぼんのくぼに手をやった。

「困った奴です。わたしから叱ってやりますので……」

「いえ、そういうつもりで申し上げたのではございません。お昼までお腹がすかないかとお吉が心配するものですから……」

慌てて、るいが弁解し、茶を運んで来たお吉が、

「その分、お弁当には御飯をしっかり詰めてさし上げて居りますんですけれど……」

お若い中は眠いものですよ、と、これも花世をかばった言い方をした。

その花世は午前中は居留地のA六番館女学校で勉強し、ジュリア・カロザス先生の秘書をつとめ、その暇にバーンズ医師の姉のマギー夫人から薬に関して学んでいる。

ゆったりした朝餉の間に、麻太郎は昨日、花世に乞われてスミス家へ行った顚末を説明した。

なにしろ、昨夜は遅い晩餉を腹一杯食べたので、飯の終りに茶を飲むあたりから麻太郎も源太郎も瞼が重くなって、源太郎は早々に帰ったし、麻太郎も、

「急を要する話でなければ明日でよい」

と通之進がいってくれたのを幸い、布団にもぐり込むと、すぐに前後不覚に眠ってしまっていたからである。

「成程、それで君達はかわせみで飯を食わせてもらった清国人が楊貞生だと思ったのか」

宗太郎がうなずき、るいがいった。

「その人はおいくつぐらいの方でしたの。うちで面倒をみたのは、せいぜい十四、五くらいにみえましたけれど……」

「多分、そのくらいではないかと思います。正確な年齢は聞いていませんが、姉さんのほうが、まだ二十《はたち》には間のある感じでしたから……」

麻太郎の返事に、考え込んでいた通之進が、

「その楊貞生だが、陳鳳の所で聞いた限りでは、一昨日の夜、姉の所へ行った可能性は低いのであろう」

と訊いた。

「仰せの通りです。ですが、スミス家の女中のスーザンというのが、窓越しに姉と話をしているのを見たと証言しているのです」

なんにしても、楊貞生に会って、その点を当人の口からはっきりさせたかったのだが、「かわせみ」から逃げ出した清国人が仮に楊貞生とすると、彼の行方が知れないだけ厄介であった。

「わたしは今日、これからバーンズ先生の所へ参りますが、もし、先生のお許しが出たら、診療所の終った後、源太郎君の家へ行って様子を聞きたいと思っています」

麻太郎の言葉に通之進が答えようとしたところへ、嘉助が来た。

「花世様が戻って来られました」

宗太郎が笑った。

「どうせ、忘れものでしょう」

すさまじい足音を立てて花世が走り込んで来た。

「殺人です。スミス家のスーザンが殺されました」

居間の空気がふっと止った感じであった。

五

英国人医師、リチャード・バーンズの居館は築地居留地十六番で、すぐ近くにA六番館女学校があった。

ゆったりした敷地に建てられた洋館は一階が診療所、二階が私室で、その上の屋根裏部屋が召使用となっている。

何分にも居留地の中なので、洋館であるのは不思議ではないが、バーンズ邸が変っているのは、その表玄関の左側の壁に鏝細工《こてざいく》で雌雄の鶏の画が描かれていることで、その大きさは子供の背丈ほど、左官職人の手になるものとは思えない出来栄えであった。

何故、洋館の外壁に日本独特の鏝絵《こてえ》を装飾にしたのかは、建主のバーンズ医師が何もいわないのでよくわからないが、なんでも横浜に居住していた頃、たまたま、見事な鏝細工を見て、築地に新しい住居《すまい》を造る際、特に職人を探してもらってのことらしい。なにしろ目立つ鏝細工なので、バーンズ邸は居留地に住む外国人や出入りする人々に、

「鶏の館《やかた》」

というだけで通用する。

その朝、大川端町の「かわせみ」を出た神林麻太郎はまっすぐ築地居留地へ入り、バーンズ邸の玄関を入った。

出迎えたのはバーンズ医師の姉に当るマグダラ・バーンズ、通称、マギーと呼ばれている女性で、年齢はバーンズ医師より一歳年上の五十三歳、一度、結婚したが夫と死別し、薬剤師の勉強をして、弟の許で暮しているというのは、麻太郎もよく知っている。

なにしろ、まだ旧幕時代、麻生宗太郎の息子の小太郎や畝源太郎と共に、宗太郎の肝《きも》煎《い》りで横浜のバーンズ邸へ下宿して医学のあれこれを学んでいたことがある。

麻生小太郎は勿論、親の跡を継いで医者になるためであったが、麻太郎と源太郎は、

「これからの時代は司法にかかわる人間も或る程度の医学の知識があったほうがよい」

という麻生宗太郎の勧めによるもので、実際、旧幕時代は殺人が行われても、被害者の死んだ時刻や死因について正確な判断を下せる医者は、宗太郎のように早くから西洋医学の知識を身につけた者以外には居なかったし、第一、殺人があったからといって、

一々、医者を呼んで検死をしてもらう慣例すらなかった。大方はその事件にかかわり合った同心が長年の経験に基づいて、こうこうだと決めてしまうのが普通で、同心にしたところで自分の知己に秀でた医者でもいない限り、不可能と割り切っていたものである。

「わたしにしても、東吾さんや畝源三郎さんと知り合って捕物にかかわり、随分、死者を診《み》せてもらいましたが、なかには死因を特定するのが難かしい事件もあった。これからの時代は西洋の医学がどんどん入って来て医者も多くを学ぶでしょうし、司法の方でも医者の意見を求めるのが当り前になるでしょうが、そうなるまでには、まだ少々の歳月がかかる。なんでも学んでおいて損はないと思いますよ」

という宗太郎の考えに、神林通之進が賛成し、とりあえず、小太郎と一緒に麻太郎と源太郎がバーンズ医師の弟子になったもので、

「バーンズ先生の姉さんのマギーさんの亡夫は司法関係の仕事をしていたので、マギーさんの手許にはそっちの書物もあるようです。この際、学べることはなんでも学んで来るべきです」

と宗太郎がいったように、バーンズ医師の許に下宿した歳月は決して長くはなかったものの、三人の少年には貴重な時間であった。

けれども、その三人の中《うち》、麻生小太郎は英国へ留学するのを目前にして、本所の自宅で祖父と母と共に凶刃に倒れた。

今、築地居留地の新しいバーンズ邸へ入って、麻太郎の心に浮ぶのは、もし、麻生小太郎が健在であれば、英国への留学も、今日、ここへ入るのも、自分ではなく麻生小太郎であったのに、という想いであった。

「お早うございます。麻太郎、お入りなさい」

明るいマギー夫人の声で、麻太郎は我に返った。

「お早うございます。今日からまたお世話になります。よろしくお願い致します」

丁寧に頭を下げた麻太郎に、マギー夫人が手をさしのべた。

「朝御飯はすみましたか」

「はい」

「では、麻太郎の部屋へ案内しましょう」

バーンズ姉弟の日本語は流暢であった。

麻生宗太郎にいわせると、

「日本人より達者」

で、事実、御維新によって地方から東京へ集って来た人々が、各々にかなり強い地方なまりや方言で長年、江戸に住む人々をめんくらわせているのに対し、むしろ、歯切れのよい江戸弁であった。

それは、どうやら、バーンズ姉弟と長年に及んで親戚同様につき合っている麻生宗太郎の影響によるらしい。

しかも、バーンズ家の日常語は今のところ日本語であった。

理由は、バーンズ医師の妻のたまきが日本人の故である。

家庭での会話を日本語にするといい出したのはマギー夫人で、

「リチャードとわたしが母国の言葉で話せば、たまきさんには聞きとりにくい会話になる場合もあるでしょう。それでは、たまきさんが孤独になりますから……」

と提案してのことだという。

実をいうと、麻太郎は英国に留学してみて、このマギー夫人の思いやりに改めて感心した。

日本人として、英語の理解力はかなりあると自負していた麻太郎であったが、留学中、周囲の人々の話す言葉を正確に聞くことが出来るようになるまでには、かなりの時間を要したものである。

第一に話す速さに追いつけない。

むこうが外国人と意識して丁寧に、ゆっくり話してくれればよくわかることでも、英国人同士が話している場合は比較にならないほど速く感じたもので、それに耳が馴れるまでは、いったい、何を話しているのかと不安になったこともある。友達との会話からいつの間にか疎外されたようになっている自分に気がついて寂しい思いをしたのもしばしばであった。

一軒の家の中で、夫と夫の姉が楽しく話し合っているのが、妻にはよくわからないとなれば、妻は孤独にもなろうし、悪くすると邪念も湧く。

そのあたりを考慮したマギー夫人を麻太郎は尊敬した。

「麻太郎、ここがあなたの部屋です。気に入るとよいのですが……」

マギー夫人がドアを開け、麻太郎は正直に目を輝かせた。

奥に寝台が一つ、服をしまう簞笥と用簞笥が一つずつ、手前には大きな机が窓辺にすえてあって、学生が使うような椅子がついている。脇に書棚と物入れがあった。

家具もカーテンも質素だが、清潔で、部屋全体が明るい感じがする。

部屋のすみには狸穴から昨日、麻太郎が運んで来た大きな鞄が二つと風呂敷包が二つ、そのまま、おいてある。

「とても、よい部屋です。ありがとうございます」

マギー夫人が微笑した。

「では、荷物の整理をして着替えたら階下へいらっしゃい」

「わかりました。すぐ参ります」

「慌てなくて大丈夫。今朝はまだ患者さんが来ていません」

一人になって麻太郎は手早く着替えた。

昨日から着ている紋付袴を脱いで、白いシャツと黒いズボンにチョッキ、グレイのジャケット、そして靴を履いた。

あとは脱いだものをざっと片付けて部屋を出る。

階段の下の広いホールにバーンズ医師が立っていた。

「先生、お早うございます」

かけ下りて挨拶した麻太郎に軽くうなずき、

「君は居留地で殺人があったのを聞いているかね」

といった。

「どうやら、スミスさんの所らしいが……」

「メイドのスーザンという人のことですか」

「誰が知らせたのかわからないが、邏卒《らそつ》が来ているらしい。勝手がわからず、スミスさんが困っているようだ。彼はわたしの患者でもあるし、今から行こうと思うが、一緒に来てくれるかね」

「お供します」

マギー夫人が黒い鞄を持って来て、麻太郎が受け取った。

「人力で行くなら、仙吉を呼びますが……」

「いや、歩いて行くよ。そのほうが麻太郎君と話が出来る」

慌しく玄関を出ようとするのに、バーンズ医師の妻のたまきが外套を持って来た。

「麻太郎、あなたも外套を……」

とマギー夫人が声をかけたが、麻太郎は手を振った。

「わたしはこのままでかまいません」

二階の部屋においた鞄の中には留学時代に愛用した外套があるが、着る必要を感じなかった。

ロンドンの冬から思えば日本は暖かい。

六

麻太郎とバーンズ医師がスミス商会の主人、スタンリー・スミスの家へ着いてみると、開けっぱなしになっている玄関の所に邏卒《らそつ》が二人、畝源太郎と向い合って居り、その間に両手を捕縛された清国人の少年と、それに取りすがって泣いている、スミス家の女中、紅玉《ホンユ》の姿がみえた。

「源太郎君、これはどうしたことだ」

バーンズ医師が声をかけ、源太郎は律儀に、お早うございますと頭を下げてから告げた。

「こちらは、スミス家から通報があってかけつけて来た方々です」

二人の邏卒の中、年配のほうが、バーンズ医師が日本語を解せるらしいとわかって、安心したようにいった。

「実は、訴えでは主家のものを盗み、主家の奉公人を殺害した下手人が立ち廻っているとのことでござって、とりあえずかけつけた所、この家の女主人より、この者が下手人であるといわれ、捕縛したところでござる」

紅玉が叫んだ。

「小貞《シャオゼン》は盗んでいないよ。殺してもいない」

貞生《ゼンセン》が泣き泣き訴えた。

「本当に、俺はなにもしていない。姉ちゃんに会いに来ただけで……」

麻太郎が訊いた。

「君が楊《ヤン》貞生か」

少年がうなずいた。

「入船町の陳鳳が心配していたよ。君は一昨日、陳さんの家へ行き、ひと晩、泊めてもらって、昨日の夕方、もう一度、姉さんと話をして来るといって出かけたそうだが……」

貞生がすがりつくような目で麻太郎をみつめた。

「そうです」

「ここへ来たのか」

「来ました。でも、スーザンとかいう召使の人に追い掃《はら》われて、姉ちゃんには会えませんでした」

「それからどうした」

「親方の所へ帰ろうとして……」

「入船町の陳さんのところだな」

「はい。でも、道に迷ってしまって、もう歩けないほど歩き廻って……そうしたら、男の人が声をかけてくれて、そこで飯を食わせてもらって……」

麻太郎が大きく合点した。

「間違いない。君に飯を食わしてくれたのは大川端町のかわせみという宿屋だ」

打ちひしがれていた少年の顔に僅かながら気力が戻った感じであった。

「君はどうしてあの家を逃げ出したのだ」

貞生がうつむいた。

「怖くなったですよ。もしかしてお役人に訴えられるのかと……俺、お金、持っていない」

「で、昨夜はどこにいた」

「陳親方の家を探して……みつからなくて、大きなお寺あったから、床下にもぐって、でも、坊さんが来て、俺、手を合せて拝んだですよ。そしたら、藁布団、持って来てくれて……」

「そこで一夜を過したんだな」

「はい、朝になって、お礼のつもりで境内の掃除を手伝って、坊さんに挨拶してから、ここへ来ました」

邏卒の一人が麻太郎にいった。

「おそらく、本願寺ではないかと思いますがね」

それまで黙っていたバーンズ医師が、しっかりした日本語で訊いた。

「スミス家の召使の女性、スーザンが殺害されたというが、本当かね」

邏卒がうなずき、バーンズ医師が続けた。

「遺体はどこかね。わたしは医者だ。この家の主人とも親しい」

紅玉がいった。

「庭です」

「案内しなさい」

紅玉がホールを横切ってフランス窓のところから庭へ出た。バーンズ医師と麻太郎がその後を行き、なんとなく玄関先にいた人々もついて来た。

スミス家の庭は中央に岩石でふちどりをした池があり、その周囲は花壇になっているが、この季節、花は何も咲いていない。手前の芝も冬枯れであった。

スーザンの死体は芝の上に横たわっていた。

首筋にくっきりと絞められた痕があるが、凶器のようなものは残っていない。

着ているのは、昨日、麻太郎達がスミス家へ来た時、目にしたのと同じ灰色の服で、外国人の家の召使がよく用いている日常着であった。

「随分と強い力で絞められている。これではひとたまりもあるまい」

バーンズ医師が呟き、麻太郎がいった。

「みるところ、スーザンはかなり大柄で背も高いです。貞生のような少年に大人しく首を絞められているでしょうか」

十五歳になるという清国人の少年は痩せていて、手も足も細っこい。

「他に何か気づいたことはあるかね」

バーンズ医師に訊かれて、麻太郎はスーザンの手を取り上げた。

「爪に血が付いています。爪の中まで……」

おそらく激しく抵抗して相手をひっかいたせいではないかという麻太郎にうなずいて、バーンズ医師は源太郎に声をかけた。

「その少年の顔や手なんぞに、ひっかかれた傷があるかね」

すでに源太郎は貞生の首から背中、手や腕まで、体中をくまなく調べていた。

「ありません。野宿同然の一夜を過して、えらく汚れていますが……」

バーンズ医師が立ち上った。

「とにかく、このままにしてはおけない。この人の部屋へ遺体を移そうじゃないか」

麻太郎に源太郎が手伝おうとすると、もう一人の若いほうの邏卒がとんで来て運ぶのを手伝った。バーンズ医師がその後について行く。

残った年長の邏卒が、低く源太郎にいった。

「失礼ながら、もしや畝源三郎どのの御子息ではござらぬか」

源太郎が相手をみた。

「左様ですが」

「手前、脇山吉之助と申し、元は八丁堀の住人でござった」

相手の顔に見憶えはなかったが、源太郎はさして驚かなかった。

明治四年に新政府が東京の市中取締りのために旧藩士から邏卒として三千人を登用した際、旧江戸町奉行所で同心を勤めていた者も何人か応募し、採用されたのは聞いている。

旧幕時代、武家地には武家が諸費用を持って辻番がおかれ、町屋には町人が金を出し合って自身番と称する番屋をおいていた。

いずれも、市中安全のための連絡所のような働きをしていたが、新政府になって辻番は自然に消滅し、自身番が番屋として残され、邏卒の下に番人を配属させて市中の見廻りや取締りに当らせている。

築地居留地は外国人居住地のため、治外法権で、仮に外国人が事件を起しても、日本政府は罰することが出来ない。けれども、下手人が日本人であれば当然、捕えて国法に照らして処罰されるし、また、居留地内の治安のために、一応、番屋を設置してあった。

どうやら、脇山吉之助はそこから出むいて来たようである。

「脇山様に申し上げます。お聞きの通り、ここに居ります貞生なる者、昨夜、この家の召使スーザンを殺害したと申すにつきましては、いささか合点の行かぬ節もあり、今暫くお取調べを願わしゅう存じますが……」

丁重な源太郎の申し出に脇山吉之助が人のよい顔で承知した。

「仰せ、ごもっとも。何分にも我らは外国人とは言葉も通ぜず、また、外国人を召捕る権限も持ち合せては居らぬ。その点、何分よしなに……」

「かしこまりました」

玄関の扉が開いて花世が坊さんの手をひっぱるようにして入って来た。

そこに居る邏卒には目もくれず、両手をくくられたまま立っている貞生の前へ坊さんを連れて行く。

「よく見て下さい。昨夜、本願寺の床下で一夜を過し、今朝、坊さんにお礼をいって去ったのはこの子でしたか」

坊さんが貞生をみて傍へ行った。

「お前、どうしたのだ。なにがあった……」

貞生が一度、乾いた頬に新しい涙を流した。

「俺は、人なんぞ殺していません」

「では、この娘さんのいうた通り、人殺しの嫌疑をかけられたのか」

花世が坊さんに手を合せた。

「お願いします。この子が昨夜、お寺の床下にいたことを、お役人に話して下さい」

坊さんが脇山吉之助をみて、これはこれはといいかけ、脇山が頭を下げた。

「異な所でお目にかかります。どうやら、とんだ御厄介をおかけしたようで……」

「なんの、人殺しの疑いがかかったとあっては捨ててはおけぬ。確かにこの子は昨夜、本堂の床下に居りました。左様、あれは、拙僧が常夜燈の油を足しに出た時でござる故、四ツ（午後十時）にはなって居らぬ筈。床下にこの子がもぐり込んで慄えて居るのをみつけ、方丈へ連れて参ろうとしたが、どうにも承知せぬ。仕方がないので藁布団なぞを運んでやり、この子はそれにくるまって眠った。昨夜、拙僧は宿直番《とのいばん》でもあり、夜中、二度ばかり見廻りに出た際、床下をのぞいてみたが、よほど疲れたのであろう、よく眠って居った。第一、この娘さんから聞いた所によれば、この子は横浜から出て来て、このあたりの土地には不案内、それ故、昨夜も大川端町から入船町へ向おうとして道がわからず、なんと本願寺まで迷うて来たらしい。左様な者が、仮に深夜、寺の床下をぬけ出してこの居留地まで参り、人を殺して、再び、寺へ戻るなどと申す芸当が出来るものかどうか。更に申せば、今朝、拙僧と共に寺の境内を清掃致した折のこの子の表情は、まことに晴々として、到底、人を殺して来た後とは思えなんだ。拙僧の申せることは以上、仏に誓って嘘偽りはいわぬぞ」

立板に水の弁護に、脇山が苦笑して手を振った。

「仰せ、ごもっとも。実を申せば、この者の嫌疑はなかば晴れて居ります。何卒《なにとぞ》、御安堵下され」

すかさず、花世がいった。

「では、この子の縄をほどいて下さい。この子は逃げません。貞生、お坊様に約束しなさい。事件が解決するまで、もう、逃げたりはしないと……」

貞生が体を丸めてひれ伏した。

七

麻太郎がホールへ戻って来たのは本願寺の坊さんが帰ってすぐであった。

「やあ、花世さんも来たのですか」

と思わずいったのは、今朝「かわせみ」へスーザンの死を知らせに来た際、父親の宗太郎から、

「お前はなにをしにA六番館へ通っているのだ。他人の家の事件にかかわっていてなんとする。一に勉学、二に勉学、それが出来なければ、直ちに狸穴の家へ帰りなさい」

と、こっぴどく叱られたのを知っていたからである。で、麻太郎もスミス家の事件が気になりながらも、父、通之進の指示の通り、まっすぐバーンズ先生の許へ行った。

「そうか、源太郎君は花世さんの知らせを聞いて、ここへ来ていたのか」

麻太郎が独り言にいい、源太郎が首をすくめた。

「なにしろ、花世さんの頼みでは断れませんからね。朝飯も食わずに花世さんとここへ来たら、スミス夫人がお抱えの馬丁に邏卒を呼ばせたとかで、貞生が捕えられている。スミス夫人は昨夜遅くに貞生がこの家の裏口に来てスーザンと激しく口論をしているのを、自分の寝室にいて耳にしたとおっしゃる。つまり、スーザンを殺害したのは貞生に違いないと主張されたわけです。しかし、貞生は昨夜、この先の大きな寺の床下で一夜をあかしたという。その話の間に花世さんがとび出して行って本願寺の坊さんを証人にひっぱって来たのです」

花世が叫んだ。

「スミス夫人のいうことなんぞ、あてになりゃあしません。あの人の寝室はこの上ですもの、部屋の窓でも開けていない限り、裏口の人声なんぞ聞えるものじゃない」

源太郎がなだめるようにいった。

「しかし、スミス夫人はなにかで窓を開けたのかも知れません」

花世がふんという顔でそっぽをむき、麻太郎はここへ戻って来た肝腎の用事に戻った。

「バーンズ先生はスミスさんの部屋へ様子をみに行かれました。それで、紅玉さんにお茶を運んでもらうようにと……」

紅玉があっと声を上げた。

「わたし、大事なこと忘れました。今朝、旦那様にも奥様にも、朝のお食事、運んでいません」

麻太郎が目許を笑わせた。

「そりゃあ大変だ。すぐ仕度をして下さい」

慌てて紅玉が台所へ去り、脇山が源太郎にいった。

「とにかく、貞生の嫌疑は全く晴れたともいえません。手前もこの家の主人夫婦から一応の話を訊きたいが、手助けをしてくれませんか」

源太郎が承知した。

「では、スミス夫妻の朝食がすむまで、そちらの部屋で待って下さい」

ホールの隣の部屋を指した。二人の邏卒がもの珍らしそうに、貞生を連れて入って行くのを見送ってから、麻太郎がそっといった。

「源太郎君、探し物を手伝ってもらいたい」

「探し物……」

「池の中だ。さっき、バーンズ先生と外へ出た時、朝の光を受けて光ったものが水の中にみえたのさ」

フランス窓から麻太郎が庭に出て、源太郎が続いた。

空は昨日よりもよく晴れていた。

殆んど風がないので、日だまりに立つと十二月なかばとは思えないほど暖かく感じる。

源太郎が池を覗き込んだ。

底には玉砂利を敷きつめてあり、深さはあまりない。

「太陽の光が石に反射したのではないのか」

源太郎の言葉に、麻太郎が軽く首をまげた。

「そうかも知れないが……」

ぎりぎりのところまで池へ体をのり出して水底を見廻している。

いきなり、麻太郎が上着を脱いで源太郎に渡した。白いシャツの右腕のカフスをめくって、左手を源太郎へさし出した。

「わたしの手を摑んで、支えてくれ」

源太郎がいわれた通り、麻太郎の片腕を摑む。麻太郎が岩に片足をかけ、上半身をぐいと低くした。その恰好で右腕を水面へ伸ばし、矢庭に水中に突込んだ。

「これだ」

体を元に戻して、濡れた右手を源太郎にみせる。

小さな指輪が、麻太郎の指先にあった。宝石が太陽の光にきらきらと光る。

「スミス夫人の、盗まれた指輪か」

源太郎が息を吞み、麻太郎は黙ってそれを眺めている。

「驚いたな。いったい、誰がそんな所に……」

源太郎がフランス窓をふりむいた。

ホールには人が出て来ていた。スミス夫妻が、今、やって来たらしい客に挨拶をしている。

バーンズ医師が二人へ叫んだ。

「おい、どうしたのだね」

源太郎が応じた。

「指輪がみつかりました。池の中にあったのです」

スミス夫妻と客と、バーンズ医師がフランス窓の所へかけ寄った。

源太郎が麻太郎の渡した指輪を持ってそこへ行く。

「これを、麻太郎君がみつけて……」

指輪を受け取ったのは、スタンリー・スミス、この家の主人であった。

ためつ、すがめつ見て、

「これは、わたしがマーガレットに買ってやったのではない」

指輪を妻に廻した。スミス夫人はあっさり、夫の言葉を肯定した。

「ええ、私のではありませんわ」

夫人の背後から茶色の髪をした体格のよい男が手を伸ばして指輪を取り上げた。

「成程、これはダイアモンドではない。偽物ですな」

アメリカ訛りの英語で夫妻に同意を求めた。

バーンズ医師が不思議そうに男の手にある指輪を眺めた。

「では、なんだって、そんな偽物があの池の中にあったのかね、クーパー君」

クーパーと呼ばれた男が笑って首を振った。

「そんなこと、僕にわかる筈がありませんよ」

麻太郎がバーンズ医師に訊いた。

「こちらのお方はスミスさんのお友達ですか」

返事をしたのはスミス老人であった。

「マーガレットの友人でジャック・クーパー氏ですよ。妻と同郷のニュージャージィ州の出身でね」

クーパーが照れたような微笑を浮べた。

「いやいや、奥さんの御縁でスミスさんとも親しくおつき合いをして居りますよ」

「一昨日のスミス家のパーティには御出席なさいましたか」

正確な英語で麻太郎が訊き、クーパーは珍らしそうに相手を窺った。

「出席しました。お招きを受けたので……」

「不躾《ぶしつけ》な質問をどうかお許し下さい。パーティが終った後は御自宅へお帰りでしたか」

スミス夫人がさらりと口をはさんだ。

「クーパーさんは横浜にお住いですのよ」

麻太郎がクーパーとスミス夫人を等分に見た。

「では、横浜へ……」

「いや、もう遅かったのでホテルへ泊りました」

「ホテルはどちらですか」

「いつも、江戸ホテルへ泊っています」

「すると、今日も江戸ホテルから、こちらへ……」

「いや、これでも商売をしていますので、そう、のんびりもしていられません。昨日は朝早くに横浜へ帰りました」

麻太郎の次の問いを躱《かわ》すように、スミス老人へ口早やにいった。

「実はこちらへうかがったとたん、指輪の盗難やら、召使のスーザンが殺されたとかいう話で肝腎のことを申し上げる暇がなかったのですが、今日、お邪魔したのは、急に帰国する必要が生じて、お別れを申し上げるためでした」

スミス夫人が一足、前へ出た。

「御帰国なさるのですって……それは、いつですの」

「緊急を要することなので、明日、上海へ向う船に乗ります」

「そんなに急に……」

スミス老人がゆったりした口調で訊ねた。

「帰国する理由はなにかね」

「伯父の遺産相続の件で……伯父の遺言書に僕の名前があったらしいのですよ」

「伯父さんは歿られたのか」

「なにしろ変った人で、生涯、独身でしたので……」

紅玉が茶を運んで来てホールの奥の大きな卓へおき、スミス老人が客達をうながして椅子の一つに腰を下す。

移動しながらスミス夫人が早口の英語でクーパーにいうのが、麻太郎の耳に入った。

「伯父さんの話など、聞いたことがありませんでしたわ」

「あまり、つき合っていませんでしたからね」

苦笑して、クーパーはバーンズ医師にいった。

「スーザンを殺した犯人が紅玉の弟ならば、この国の刑法で裁かれるのでしょうな」

バーンズ医師が英語で答えた。

「それは無理でしょう。清国人である以上、この国の警保寮としては取調べはともかく、裁判まではね」

「しかし」

茶を各々の茶碗に注いでいた紅玉がクーパーを睨みつけた。

「弟は泥棒ではない。殺人者でもない。それを、花世さん達が証明してくれています」

クーパーが紅玉に手伝って、砂糖壺や茶碗を運んでいる花世をちらと見た。

「あの人は……」

スミス夫人が白い手袋をした手で茶碗を受け取りながら答えた。

「紅玉の友達だとか」

「清国人のメイドですか」

バーンズ医師が訂正した。

「花世さんは日本人、A六番館のジュリア・カロザス先生の生徒ですよ」

花世がスミス夫人へゆっくりした英語でいった。

「奥様はいつも手袋をしていらっしゃいましたか」

スミス夫人は花世を無視した。

「クーパーさん、御帰国なさるなら、私の実家にことづけたいものがありますの。私の部屋まで来て頂けますか」

クーパーが曖昧に承知した。

「それはもう」

はねかえすように花世がいった。

「紅玉さん、こちらの奥様は手袋をしたままでお茶を召し上っていましたか」

はっとしたように、紅玉がスミス夫人の手袋をみた。

「いいえ、いつもは……」

「手袋をしてお茶を頂いてはいけませんか。別に私どもの国では礼に反することではございません」

スミス夫人が茶碗を卓上へ戻した。

「クーパーさん、来て下さいな」

麻太郎がスミス夫人の前へ立ちふさがった。

「先程、バーンズ先生とスーザンの遺体を調べさせて頂きました。スーザンの手の爪の間には血痕が付着して居りました。おそらく、絞め殺される際、犯人と争った際についたものとバーンズ先生もお認めになりました。スーザンを殺害した者は体のどこかに、スーザンの爪痕を残している可能性があります」

スミス夫人がいささか乱暴に立ち上った。

「こちらのおっしゃっていること、わたしには解りません。クーパーさん、行きましょう」

クーパーが逡巡し、その視線がスミス老人とぶつかった。

「大変、失礼ですが、今日は急いでいます。帰国するとなると、なにかと用事が多くて……申しわけありませんが、これでお暇を致します」

スミス夫人がクーパーのほうへ踏み出し、その手を麻太郎が捕えた。

「不躾ですが、手袋を取っては頂けませんか」

「否《ノゥ》、離しなさい。失礼な……」

スミス老人が静かに、しかし、はっきりした声でいった。

「マーガレット、そちらのいわれた通りにしなさい」

クーパーがスミス老人に向かって腰をかがめた。

「では、僕はこれで……お元気で」

素早く背を向けてホールを横切って行く。

スミス夫人が長い天鵞絨のスカートの脇のあたりへ手をやった。

なんとなく、それを目にして麻太郎がはっとした時、スミス夫人は小型のピストルを突き出していた。

麻太郎がスミス夫人にとびつき、轟音が鳴り響いた時、源太郎がクーパーを突きとばしていた。

クーパーがひっくり返り、ホールの隣の部屋からピストルの音に仰天した邏卒が二人、かけ出して来た。

八

クーパーは左脚を撃たれて居り、その手当はバーンズ医師と麻太郎が行った。

スミス夫人は麻太郎にピストルを奪われ、いきなりしがみついて来た花世に手袋をむしり取られた。

スミス夫人の白い手の甲には、腕のあたりまで、すさまじいひっかき傷があった。

事件はアメリカ領事館に移り、スミス夫人とクーパーは拘束された。

邏卒二人はその段階でお役御免となり、番屋へ戻ったが、その前に脇山吉之助は貞生を無罪放免にして行った。

麻太郎はバーンズ医師と共に「鶏の館」へ帰り、スミス邸の事件のことは忘れたような顔で働いていたが、気になっているのは、事件の翌日の夕方、源太郎が「鶏の館」へやって来て、裏口に麻太郎を呼び出していったことである。

「わたしも、麻太郎君も覚悟しておいたほうがよいかも知れない」

成り行きで、スミス夫人とクーパーをアメリカ領事館へ脇山吉之助達が連行する際、源太郎は脇山に頼まれて通訳としてついて行った。

「アメリカ領事館に、麻生先生と君の父上が来て居られたのだよ」

領事館員の一人となにやら親しげに話をしていたのを見て、ぎょっとしたと源太郎は首をすくめた。

「君は、そこで何かいわれたのか」

麻太郎が少々、慌てて訊くと、

「いや、なにも……」

源太郎が脇山吉之助達とひき渡しをすませて領事館を出た時には、もう姿がみえなかったという。

「麻生の叔父上はお顔が広いから、あっちこっちの領事館に知り合いがいらっしゃっても不思議ではないがね」

「どっちみち、スミス家の一件に我々がかかわり合ったのは、ばれると思う」

「源太郎君は仕方がないよ。わたしも、まあ弁解するなら、バーンズ先生のお供をして行ったのだから……」

しかし、弁解はしないと麻太郎はいった。

「父上に叱られても、あやまるだけだ」

「花世さんは、大目玉をくらったかな」

源太郎の心配はそのことのようであった。

黙っていたが、麻太郎はやれやれと思った。

あの朝、「かわせみ」で花世は父親から断じてスミス家の事件にかかわり合ってはならないと厳命されたというのに、その足で源太郎を呼び出し、まっしぐらにスミス邸へ行って最後まで見届けていた。

「しかし、スミス夫人に最初に目をつけたのは花世さんだよ」

紅玉の口から、スミス夫人とクーパーは不倫の仲で、しばしば、クーパーがスミス夫人を江戸ホテルへ呼んだり、時には大胆にも夜、クーパーがスミス邸へ忍び込み、スミス夫人の寝室で逢引をしたりして居り、その仲立ちをしていたのがスーザンであったというのを、花世は聞き出している。

「源太郎君は、その後、花世さんに会ったか」

「いいや」

顔をしている。

「ここにも来ないよ」

神妙にA六番館女学校に通っているであろうと麻太郎は笑ったが、源太郎は笑えない

バーンズ医師から、

「スミスさんが我々をクリスマス・イヴの晩餐会に招いて下さるというのだがね」

と麻太郎が聞かされたのは、十二月二十二日のことである。

実をいうと、二日前、居留地内の教会で、非業の死を遂げたスミス家の召使、スーザンの弔《とむら》いをスミス老人が施主となってとり行い、麻太郎もバーンズ医師と共に出席した。

で、昨日、バーンズ医師がスミス老人の体調を気遣ってスミス家を訪問したのだが、話はその時に出たものらしい。

「スミスさんは前々から御自分の年齢と体調を考えて、弟さんにまかせているサンフランシスコの店のほうへ帰る気になって居られたのだが、今度の事件でそれが少々早まった。で、クリスマス・イヴを祝うのと送別をかねて今回、世話になった人々を招きたいといわれたのだよ」

場所は大川端町の「かわせみ」というホテルだといわれて、麻太郎は驚いた。

「先生、あそこは日本の宿屋ですが……」

バーンズ医師が笑った。

「スミスさんは長年の日本暮しで、日本風の宴会が気に入っているそうだ。結婚してからは妻が反対するので、ずっとその機会がなかったといって居られたよ」

「かわせみでは承知したのですかね」

「花世さんがスミスさんの頼みで準備をしているそうだ」

成程と、麻太郎は合点した。

スミス家の事件については、スーザンを殺害したのはスミス夫人とクーパーだと、麻太郎自身、推量していたが、詳細についてはわからないことが多い。

ひょっとすると、当事者の一人であるスミス老人の口から、なにかが明らかにされるのかも知れないと麻太郎は思った。

十二月二十四日、築地居留地の中は敬虔な雰囲気に包まれていた。

どの家もクリスマス・ツリーを飾り、A六番館女学校の方角からは讃美歌の合唱が聞えていた。

もっとも、バーンズ診療所にはいつものように患者がやって来て、この日、最後の患者を麻太郎が玄関まで見送った時には、外は暗くなりかけていた。

「麻太郎、すぐ着替えないと遅刻しますよ」

マギー夫人にうながされて、麻太郎は二階の自室へ戻り、新しいシャツと英国で他出着《よそゆき》にしていた背広《シビルコート》と呼ばれている、西洋の日常服に着替えた。

下りて行くと、バーンズ医師はフロックコートを着ていた。マギー夫人がなにやら包み、上からリボンをかけている。

「スミスさんへのクリスマスプレゼントですよ。忘れずに渡して下さい」

玄関の外には貸馬車が来ていた。

バーンズ医師は往診用の人力車を持っていて、お抱えの車夫がいるが、馬車はなかった。必要に応じて貸馬車を呼ぶ。

築地居留地から大川端町は馬車で行くほどの距離でもないが、

「クリスマス・イヴのおよばれに行くのですからね」

とマギー夫人は笑いながら、たまき夫人と共に送り出して、手を振った。

「かわせみ」では昔ながらの掛け行燈の他に、もう一つ、大きな提灯が入口に出ていた。

馬車の停る音を聞きつけたように、嘉助と千春がとび出して来る。

上りかまちには、紫地に白く霰小紋《あられこもん》を染めた小袖に、黒に金糸銀糸で亀甲を織り出した帯を角出《つのだ》しに締めたるいが迎えていた。

「バーンズ先生、わたしの叔母です」

麻太郎が紹介し、バーンズ医師は感嘆の目で、るいを眺めた。

「これは美しい。麻太郎君には、こんな天女のような叔母さんが居られたのですか」

バーンズ医師が西洋人らしい率直な感想を口に出し、るいは丁寧に挨拶をした。

「麻太郎どのが、いつもお世話になって居ります。今日はようこそお出で下さいました」

先に立ってバーンズ医師を案内して行く後姿を麻太郎はつい、見とれていた。

いつも思うことだが、なんと優雅で凜とした人であろうと胸の奥が熱くなる。

「麻太郎兄様、今日のお席は離れにしました。お母様がそのほうがくつろいで頂けるからと……」

千春は黄八丈の働き着姿であった。赤い鹿の子の前掛が愛らしい。

「スミスさんはまだ、見えていないのか」

「いいえ、さっき、宗太郎叔父様と……」

「大丈夫かな、日本の料理で……」

「お刺身も煮物も大好物だとおっしゃいました。でも、今夜はその他にもいろいろと変ったものが出ます」

「なに……」

「それは、おたのしみ」

ばたばたと千春が台所へ続く暖簾口に姿を消し、そのむこうからは麻太郎が英国でなじみになった食物の匂いがうっすらと流れて来た。

この夜、「かわせみ」の離れの部屋に勢揃いしたのは、スミス老人にバーンズ医師、麻生宗太郎に神林麻太郎、畝源太郎、それから、最後に大きなお盆に本格的なワイングラスをのせて現われた麻生花世の六人であった。

スミス老人もバーンズ医師も横浜に居住していた時分から日本座敷にすわることに馴らされて来たとかで、どちらも器用に趺坐《あぐら》をかいている。

一同が揃ったところで、スミス老人が口を開いた。

「今日、集ってもらった第一の理由は先頃のスミス家の騒動について、いろいろと尽力をしてくれたことへの御礼を申し上げたかったからですが、それとは別に間もなく、この国を去り、サンフランシスコへ帰るわたしの気持の中には片付けておかねばならん不安がある。ここに居られる方々はスミス家の内情をすでにかいま見られた。だが、すべてを知ったわけではありません。アメリカ領事館からの報告によると、マーガレットとクーパーはスーザン殺害の犯人として本国に送還され、むこうで裁判を受けることになって居ります。しかし、わたしの考えでは彼らはそれほど重い刑を与えられるとは思わんのですよ。つまり、殺されたスーザンはマーガレットの召使です。召使が主人と揉《も》めごとを起し、その結果殺されたとなると、マーガレットの申し立て次第では、むこうの陪審員制度は情状酌量の声も上ろうし、少くとも極刑に処せられるとは思えん。とすれば、二人が再び、日本へ戻って来る可能性もないとはいえない。一方、わたしはすでに老齢であり、持病もある。所詮、そう長くは生きられまい。残り少い生涯を、心の闇をひきずっているのは耐え難い気持がする。この際、御迷惑でも、殺人が起るに至ったすべての事情を聞いておいてもらいたい。いわば真相を神に懺悔《ざんげ》するつもりで皆さんにお出で願ったわけです」

スミス老人が深い息をつき、バーンズ医師が顔を上げた。

「わたしは医者として、スミスさんの心の重荷が少しでも軽くなることを望みます。皆さんはどう思いますか」

麻生宗太郎が答えた。

「真相を話されることがスミスさんの希望であれば、慎んでお聞きしましょう。今度のことで最も苦しまれたのはスミスさんだと感じて居りますので……」

バーンズ医師と宗太郎が三人の若者を見、麻太郎と源太郎、花世がかしこまって頭を下げた。

「お若い方には苦々《にがにが》しい話かも知れない。しかし、我慢して聞いて下さい。まず、マーガレットのことですが、彼女はサンフランシスコのわたしの弟の妻の友人でした。生家は裕福でしたが、彼女は田舎暮しを嫌って、召使、つまりスーザンを連れてサンフランシスコへ出て来ていて、たまたま、商用でシスコへ戻ったわたしと知り合ったのです」

一目でマーガレットを気に入ったとスミス老人はなつかしそうにいった。

「とはいえ、三十歳も年下の彼女と結婚する決心はつきませんでした」

スミス老人は日本へ戻ったが、翌年、マーガレットはスーザンと共に日本へやって来た。

「彼女はわたしを頼って来た。彼女にわたしとの結婚の意志があるのを確かめて、わたし達は結婚しました」

マーガレットは宝石が好きであった。スミス老人も宝石には関心があり、嫌いではなかった。忽ち、スミス夫人の宝石箱は色とりどりの宝石で一杯になり、それでも足らずに高価な指輪や首飾りが買い集められた。

「年々、老いて行く夫の中には若い妻を着飾らせて満足している者が少くありません。年齢の差はひたすらわたしを妻に対して寛大な夫にして行きました。それはつまり、妻を怖れを知らぬ女に仕立て上げることでしたが、わたしはなかなかそれに気づきませんでした。愚かな話ですが、それだけ、妻に溺れていたのでしょう」

「かわせみ」の離れの部屋はひっそりとして、穏やかに話し続けるスミス老人の達者な日本語が白い障子紙にしみ渡るようであった。

「ジャック・クーパーについて聞いて頂きましょう」

スミス老人が冷《さ》めた茶に手をつけた。

「彼はわたしにとって妻を奪った憎い男ですから、どうしてもわたしの耳に残っているのは彼の悪い噂ばかりです。その点は割引いて聞いて下さい」

「いや」

とバーンズ医師が口をはさんだ。

「わたしが知る限り、居留地での彼の評判はよろしくありません。彼を詐欺師だと断言する者もいますし、商売についてもいかがわしい話を耳にしたことがあります」

「バーンズ先生のお言葉に力を得て申し上げましょう」

宗太郎が人なつこい微笑と共にいい出した。

「わたしがアメリカ領事館の知人から得た情報では、ジャック・クーパーは米や油の投機的な商売を行っていて、それも不正に利を上げたのが発覚して、領事館から忠告を受けていました」

花世が好奇心を我慢出来なくなったという顔で訊いた。

「お父様はクーパーを調べていたのですか」

「お前がスミスさんの家の盗難の話を持ち込んで来たからね。バーンズ先生にスミス家のパーティに招待されたお客の名前を調べて頂いた。領事館へ行けば、その方々について知ることが出来る」

「あきれました。娘には、よけいなことに首を突込むなとお叱りになったくせに……」

「子供が危い橋を渡りかけていると知れば、親はその橋を調べて、どこが危険かを知る必要がある」

「お父様の屁理屈……」

「まあまあ花世さん」

バーンズ医師が若い娘を制した。

「麻生先生がクーパーの経歴をみて彼に疑念を持ち、横浜まで行かれたのが、事件解決の大きな鍵になったのですよ」

「お父様が横浜へ……」

「そうです。スミス家のパーティの夜からスーザンが殺害された夜まで、クーパーが果してどこへ泊っていたかを調べて来られたのです」

花世が指を折った。

「スミスさんのお宅でパーティがあったのは、麻太郎さんが帰国なさった日の夜、つまり十二月十五日。翌十六日の午後にスミス夫人の指輪がなくなっているのがわかって紅玉姉弟に疑いがかけられ、わたし達、スミスさんのお宅へ行きました。スーザンが殺されたのは、その夜中、わたし達がスミスさんのお宅から帰った後のことです」

麻太郎がいった。

「わたしがクーパーに訊いた時、十五日は江戸ホテルに泊り、十六日は横浜へ帰って泊った。つまり、彼はスーザンが殺された夜は横浜にいたと……」

バーンズ医師が笑った。

「十六日の夜、クーパーが横浜にいたとすれば、彼はスーザン殺しには関係がないということになる。しかし、それがまっ赤な嘘だと調べて来て下さったのが麻生先生なのですよ」

宗太郎がスミス老人へ向いた。

「クーパーは十五日も十六日も江戸ホテルに泊っていました。ホテルで調べればすぐにわかることを、よくもぬけぬけといったと思います」

「あいつは日本という国に高《たか》をくって居ったのじゃろう。かかわり合いになる前に日本を出ようと考えたのはスーザンを手にかけて、すぐのようだね。そういう点では頭の廻りが早い男だ」

スミス老人がいい、宗太郎が同意した。

「たしかに、居留地は治外法権、まして外国人に対して日本の捕吏は拘束出来ません。もたもたしている中に国外に出てしまえば、或いは逃げ切れたかも知れませんね。今回はバーンズ先生のおかげで物事がとんとんと進んだので、なんとか間に合いましたが」

ところで、とスミス老人は麻太郎を見た。

「君はクーパーとは、あの時が初対面だね。どうして、いきなりクーパーに質問をはじめたのかね」

庭の池から偽物のダイアモンドの指輪をみつけてホールへ戻って来て、ちょうど来たばかりのクーパーに対してさりげなく質問を開始した。

「君の質問が次々と核心に入って来て、クーパーはかなり慌てていた。君は最初からスーザンを殺したのはクーパーと気がついていたのかい」

「いいえ、そんなことはありません」

あっさりした麻太郎の返事に、スミス老人は首を傾げた。

「では、どうして……」

「ホールへ戻って来た時、バーンズ先生がクーパーに強く注目して居られるのがわかったからです」

「ほう」

「それに、指輪をおみせした時、スミス夫人の手から指輪を取り上げて、これは偽物だといったクーパーの態度に不審を持ちました。仮にも知人の奥さんに対する節度がない。馴れ馴れしすぎる。それをスミス夫人はなんとも思わないようだし、スミスさんは、失礼を承知で申し上げるなら、大変、不快そうに二人をみて居られました」

スミス老人が軽く自分の膝を叩き、麻太郎は遠慮がちに続けた。バーンズ医師の目が、そのまま続けろとうながしているのを知ったからでもある。

「あの時、わたしはバーンズ先生とスーザンの死体をみたあとでした。スーザンの手の爪は血だらけで、首を絞めたのは人間の手のようでした。バーンズ先生は余程、強い力で絞められたものとおっしゃいました。とすると女では無理です。指の太くて長い、がっしりした男の手……クーパーの手はまさにそんな手に見えました」

バーンズ医師が頼もしそうに麻太郎へうなずいた。

「その通り。しかし、クーパーの手にはひっかき傷がなかった。そう思ってみていると、花世さんはスミス夫人の手袋に注目している。これはこれはと思ったね」

スミス老人が大きく合点した。

「成程、それで麻太郎君はクーパーに質問をはじめたわけか」

麻太郎がバーンズ医師に訊ねた。

「先生は何故、クーパーに目をつけてお出でだったのですか」

「わたしはクーパーとスミス夫人について悪い噂を聞いていたのでね。しかし、どうやら、スミスさんはそのことにお気づきらしい。ならば、よけいな話をお耳に入れるまでもないと思いました」

九

「知っていましたよ。わたしはマーガレットとクーパーのことは……」

どこか寂しげな口調でスミス老人が話しはじめた。

「最初は同郷の昔なじみということで納得させられていましたがね。ああ、おおっぴらにやられては気がつかないわけがない。それでも、わたしはマーガレットに未練があった。これはいけないと思い知らされたのは、偶然、マーガレットの宝石箱の中身をみてしまったときだ」

宝石はことごとく偽物に変っていた。

「わたしは横浜の知人からクーパーが偽の宝石を扱って危い橋を渡っているという噂を聞いていたから、すぐ思い当った。マーガレットはクーパーのいいなりに宝石を渡し、それがわたしに露見しないよう、クーパーは偽物をマーガレットに持たせていた」

前から考えていた帰国を決断したのはその時だとスミス老人は打ち明けた。

「もし、マーガレットがわたしと一緒に帰国するといったら、わたしはすべてに目をつぶって彼女を許そうと思った。クーパーをえらぶというなら離婚をする。その決心がついた時に事件が起った」

ダイアモンドの指輪が盗まれたと聞いて、スミス老人は驚かなかった。前夜のパーティにはクーパーが来ていた。

「パーティのはじまる前にマーガレットは指輪をわざとわたしの目の前に突き出してみせた。わたしは目が悪くなって来ている。しかし、目の前でみれば本物か偽物かぐらいはすぐわかる。それは本物のダイアモンドの指輪でしたよ」

おそらく、パーティの終る直前、マーガレットはクーパーに本物を渡し、偽物を指にはめた。

「そうなるであろうことを、わたしは知っていた。が、もう、どうでもよいという気持でもあったのです。疲れていて体調も悪かった。バーンズ先生が勧めてくれるままに、わたしは早々に寝室に入り、指輪を確かめることはなかったのです」

花世が訊ねた。

「でも、どうして偽物がなくなったのです。クーパーが持って来なかったのですか」

スミス老人が唇をすぼめるようにして笑った。

「花世さん、それがスーザンが殺された理由ですよ」

麻太郎が思わずいった。

「指輪盗人はスーザンですか」

「何故、そう思います」

「もしかすると、夫人はスーザンにゆすられたのでは」

「麻太郎君、君は全く勘がよい。いや、正確に物事をみているのでそうなるのかも知れませんね」

スーザンはスミス家の夫婦の状態に気がついていたとスミス老人はいった。

当主であるスタンリー・スミスが妻の不貞を知り、離婚を決意してサンフランシスコへ帰ろうと準備をしているのを知ったスーザンは困惑したに違いない。

離婚となれば、妻の召使にスミス老人がまとまった金を、渡してくれる筈がない。といってマーガレットについて行けば、金のなくなった彼女は早晩、クーパーに捨てられるに違いないと、そこはマーガレットよりも遥かに世間を知っているスーザンならば計算が出来る。

「スーザンにとって、大金を手にする最後の機会が、偽物の指輪を証拠に、もし、いいなりの金を出さなければ、わたしに真実を訴えると脅すこと、その結果が十六日の深夜です」

すでに領事館でスミス夫人が告白したものだが、スーザンに脅迫されて二人はいい争い、つかみ合いになって、非力なスミス夫人は追いつめられた。

クーパーがそこへ来合わせたのは、ダイアモンドの指輪の一件がスミス老人にばれていないか不安であったため、スミス夫人にそのことを訊く心算であった。

「クーパーが我が家へ忍んで来るのは、深夜、庭伝いにホールのフランス窓の所へ来る。あの上はマーガレットの寝室なので、大方、石つぶてでも投げて合図をし、鍵を開けさせていたのでしょうが、あの夜、クーパーが見たのはフランス窓の外でとっ組み合っている二人の女でした。マーガレットを助けようとしてとクーパーはいっていましたが、とにかく、彼はスーザンの首を絞めて殺してしまったというわけです」

スミス老人が肩から力を抜き、麻太郎が穏やかに訊いた。

「指輪が池の中に落ちていたのは、争いになった時、スーザンが夫人に取られまいとして投げたのでしょうか」

それについてはマーガレットもクーパーも全く知らないようであったとスミス老人は答えた。

「しかし、麻太郎君の推量通りでしょう。君が池の中から拾ったと指輪を持ってホールにやって来た時のマーガレットとクーパーの顔といったら、見ていられませんでしたよ。あのあたりから、わたしはマーガレットに対するどろどろした気持が憑《つ》きものが落ちたようになくなってしまって……」

そこでスミス老人は深呼吸をした。

「考えてみれば、今度の事件は、わたしが年甲斐もなく、若い妻に執着したのが原因です。そのことを皆さんに懺悔したくて、この席を設けました。おかげで胸の内の重いものがいくらか軽くなりました。さあ、もういいでしょう。食事にしましょう。わたしもお腹がすきました。皆さんはさぞ空腹でしたでしょう」

花世がぱっと立って行き、待っていたように料理が運ばれて来た。それらの多くはいつもの「かわせみ」の料理であったが、やがて女中達が持って来た大皿をみて、バーンズ医師が大声を上げた。

「なんと、これは鶏の丸焼ではありませんか」

花世にうながされて、千春がいった。

「作ったのは楊貞生さんです。貞生さんは横浜でコックさんの修業をしていたそうです。うちの板前達も、貞生さんに教えられて。かわせみのはじめての西洋料理です」

「では、これを作ったコックさん達を呼びなさい」

スミス老人の命令で、「かわせみ」の板前と貞生が挨拶に来た。スミス老人は各々と握手をし、日本式に御祝儀を渡した。

十

クリスマス・イヴの祝宴は賑やかに終った。

スミス老人はお抱えの馬車が到着するのを待ち、バーンズ医師と麻太郎はそれに同乗して帰ることになった。

で、一足先に帰る源太郎はるいから大きな重箱の包みを持たされた。

「これは、長助さんにお土産」

といわれて、源太郎はとび上らんばかりに喜んだ。

「ありがとうございます。頂いて行きます」

長助がさぞかし驚くでしょうと、いそいそと帰って行く源太郎を外まで麻太郎と一緒に見送った千春がいった。

「源太郎さん、別に暮してお出でのお母様やお千代さんとどうも気が合わないのですって。お母様が昔のことは忘れて、家族で幸せに暮しましょうとおっしゃったのが不快だと怒っているのですよ」

麻太郎は返事をしなかったが、各々の想いはよくわかった。

畝家にとっての過去といえば、当主であった源三郎の不慮の死であろう。不幸を乗り越えて、家族が幸福にと願うのも自然な気持に違いないし、といって、源太郎の心中にある、なにがなんでも父の仇を探し出して討たねば自分の人生は始まらないという願いももっともと思う。

その源太郎にとって、父の配下であり、誰よりも自分の本心に理解を示してくれる長助は生きるよりどころのような存在かと推量出来る。

「あたしは心に重荷を抱えている人が好きです」

ぽつりと千春がいった。

「お母様も大きな重荷を抱えて、それでも、力一杯、生きてお出でなの。千春はそんなお母様が大好きです」

なんと答えたものかと迷いながら、麻太郎は馬車が目の前に停るのに気がついた。

「かわせみ」の玄関をスミス老人とバーンズ医師がるいと宗太郎に送られて出て来る。

「麻太郎君、帰るぞ」

バーンズ医師に呼ばれて、麻太郎は千春が気になりながら、馬車のほうへ走って行った。

翌日、麻太郎はいつものように着替えをすませ、部屋のドアを開けて、そこに置かれている紙包みを発見した。

それが、バーンズ夫妻からのクリスマスの贈物だとは、すぐにわかる。

包みを手に持ち、バーンズ夫妻にお礼をいうつもりで階段を下りた麻太郎はそこに立ってバーンズ医師と話をしている若者を見た。

年齢は麻太郎より上であろう。

中肉中背だが、すらりとした容姿にシビルコートがよく似合っている。

濃く黒い髪をやや長めに切って、七三で分けている。秀でた額と力のある目許が理智的で、口許は女のように優しい。

「麻太郎君、紹介しよう。こちらは榎本新之介君、君が留学している最中、一年ばかり、ここで働いてもらっていた」

茫然とした麻太郎に、相手は礼儀正しく頭を下げた。

「お初にお目にかかります。榎本新之介です。よろしくお願い申します」

「神林麻太郎です。こちらこそ、よろしくお願いします」

声がかすれて、そのことに麻太郎は狼狽していた。

初対面の相手に自分の内心の動揺が伝わってはならないと腹に力を入れる。

「榎本君の家は牛込でね。お祖父《じい》さんの代から医師として、お大名に仕えていたそうだよ」

バーンズ医師がいい、麻太郎はそれに対して、黙ったままお辞儀をした。

たまき夫人が顔を出して、リビングにお茶の用意が出来たことを知らせ、バーンズ医師と榎本新之介がついて行ってから、麻太郎は洗面所へ行った。

鏡に映った自分の顔がこわばっていた。

榎本と聞いただけで体中の血が逆流している。

あの榎本とは、なんの関係もない相手の筈であった。親戚縁者とも思えない。

世の中に榎本という姓は珍らしくはなかった。

鏡に向って、麻太郎は唇を噛みしめた。

榎本と聞けば、反射的に或る榎本という人物を思い出してしまう。

麻太郎にとっても、かけがえのないその人は、榎本に懇望されて一艘の船を目的地まで運航させたら、直ちに単身江戸へひき返すという約束のもと、大海へ出て行った。

それきり、船も、その人も帰っては来ない。

榎本を怨んでも仕方がないと、養父である神林通之進は何度となく麻太郎にいった。

それは自分にいいきかせているような声音であった。

その通りだと、麻太郎は思う。

それでも、榎本という姓にぶつかった時、自分の中に狂ったように躍り上る感情があることを、麻太郎は榎本新之介にすまないと思った。

むこうにとっては、なんのかかわり合いもないことである。

頰を叩き、顔色を整えて、麻太郎は居間へ出て行った。

蝶丸屋《ちょうまるや》おりん

一

明治六年も残すところ、あと二日という夕暮れ時、男が一人、大川端の「かわせみ」へ入って来た。

帳場にいたのは、この家の一人娘の千春で、老番頭の嘉助は二階の客部屋へ、番頭見習の正吉は裏庭で薪割りをしていた。

「お出でなさいまし」

と、上りかまちへ出て行った千春がまず目を止めたのは、相手がまだ珍らしい西洋の服を着て、靴を履いていたことである。

もっとも、ここは築地の居留地に近く、そこに住む外国人をよくみかけるし、千春にとっては親しい身内の一人はその居留地でイギリス人の医者の助手をして働いていて、日常着は殆んど洋服でもあるから、突然、暖簾《のれん》を分けて土間に立った男の服装に驚くことはなかった。

「部屋はあるかね」

と相手は千春を正面からみつめて訊《き》いた。

「今夜、泊りたいのだが……」

口を開こうとして、千春は自分でも思いがけない返事をしていた。

「申しわけございません。あいにく本日は……」

相手がまじまじと千春を凝視した。

「あいている部屋がないと……」

「はい」

「それは不思議。暮の三十日だ。どこの宿屋もがらがらだと聞いている」

「御足労でも、そちらへお出かけ下さいませ。手前どもでは少々、部屋の模様替えを致して居りまして、折角でございますが、お役には立てませんので……」

「ほう」

いい具合に二階から釘を打つ音が聞えて来た。昨日から棟梁がやって来て、いささか古くなった二階の窓の手すりを修理している。

男がその音に耳をすませ、再び、千春を眺めた。

「では、またの折に……」

くるりと体のむきを変えて外へ出て行った。

「お嬢さん」

嘉助の声が千春の背後に聞えた。千春がなにかいいかけるのを目で制して、上りかまちの草履をひっかけて暖簾ぎわに立つ。

それは、八十に近い老人の動きではなかった。千春の所からは、嘉助の背中しか見えない。けれども、千春はこの老番頭の鋭い目が、たった今、出て行った男の行方に油断なく注がれているのに気がついていた。

が、それも束の間、嘉助の背中がゆるやかな感じになって、千春の前へ戻って来た。

「ごめんなさい。嘉助、あたし、今のお客様、お断りしてしまって……」

別に胡乱《うろん》な客と思ったわけではなかった。

身なりはきちんとしていたし、物腰は穏やかであった。容貌は男前といってよい。

今夜の「かわせみ」は満室ではなかった。二階の部屋に大工が入っているとはいえ、空いている部屋はいくつもある。

男がいったように、暮の三十日、それまで掛取りなぞで滞在していた客も、今日は発って行く。正月を宿屋で迎える客なぞ、よくよくの事情でもない限り、まず、居ない。

「お断り下さってよろしゅうございました」

いつもの声で嘉助がいった。

「何故……」

「手前が帳場に居りましても、お断り申したと思いますので……」

千春が何かいいかける前に、派手な靴音が土間へかけ込んで来た。

「今の人、なんていって来たの。ここへ来たのでしょう」

花世は鼻の頭を赤くしていた。外は師走の風が今日も強い。

嘉助が花世へ頭を下げた。

「お帰りなさいませ。さぞ、お寒かったでしょう」

「そんな挨拶、いいから……」

「花世嬢様は、今、ここから出て行った男を御存じですか」

「医者の卵よ。以前、バーンズ先生の所で勉強していて、こないだ、又、やって来たの。先生に教えて頂きたいことがあるとか」

千春が慌てた。

「どうしましょう。あたしったら、バーンズ先生のお弟子を、お断りしてしまって……」

築地居留地の医師、バーンズ先生の家には神林麻太郎が弟子として住み込んでいる。千春にとっては兄同様の人であった。

「なにを断ったの」

土間に突っ立ったまま、花世が訊く。

「お宿を、です。あちら、今夜、泊めてくれとおっしゃったのに……」

「ここへ泊りたいですって……」

花世が犬のように鼻をうごめかした。

「冗談じゃない。あいつ、居留地の江戸ホテルに泊っているのよ。第一、さっき、バーンズ先生に、今日は牛込の家へ帰ります、また、お教えを乞いたい時は参りますので、よろしくって挨拶して行ったのに。おかしいよ、あいつ、なんだか、うさん臭い。第一、名前が好かない。榎本っていうのよ」

嘉助が千春へむかって、軽く口許をゆるめた。

「よろしゅうございましたね。お断り申して……」

台所から帳場へ続く暖簾を分けて、女中頭のお吉が顔を出した。

「花世嬢様、今から狸穴《まみあな》へお帰りなさるなら、人力を呼びますが……」

「帰らないから、いいです」

「なんでございますって。女学校はもう休みだと……」

「あたし、年越しはここでさせてもらいますから……」

とっとと靴を脱いで自分が寄宿している「かわせみ」の部屋へ行く花世を、お吉が二、三歩追ってあきらめた。

「どうしましょう。てっきり、今日は狸穴へお帰りなさると思って、お正月のものをいろいろとあちらへお届けするよう用意してあったんですけどねえ」

嘉助がいつもの表情に戻って笑った。

「もうすぐ麻太郎様がお出でなさるだろう。若先生にお願いしたらいい……」

いってしまってから、嘉助の顔に微妙なものが浮ぶのを、千春は見た。

イギリス留学から神林麻太郎が帰国して、築地居留地のリチャード・バーンズ医師の許に寄宿してから、バーンズ家では麻太郎のことを、ごく自然に「若先生」と呼ぶようになっている。それは、バーンズ医師と区別するためで格別、意味があったわけではない。

けれども、麻太郎がバーンズ家に寄宿してから、「かわせみ」では嘉助やお吉がバーンズ家へ使いに行くことが増えた。

一つには、るいがバーンズ家に麻太郎が世話になっている礼心に、なにかと届け物をしているせいで、商売柄、魚河岸で上等の魚を手に入れるのも、珍らしい季節の食材をみつけるのも「かわせみ」の奉公人にとっては容易であった。で、それらを持ってバーンズ家へ行く嘉助やお吉は、バーンズ先生や、その姉のマギー夫人などから、麻太郎の

ことを、

「うちの若先生は患者さんに評判がよくて」

とか、

「大先生がいくらいっても駄目でしたのに、若先生が優しくお酒はほどほどにって申し上げたら、ぴたっとやめてしまった老婦人がね」

などと聞かされ、最初はどきりとして、なんともいえない気持になったというのに、次第に、

「若先生」

と聞くたびに、胸の底に温かいものがあふれて来て、気がつくと自分達も、麻太郎を、

「若先生」

と呼んでいたりする。

そのことを知って、千春は複雑な気持であった。

「若先生」

とは、長年「かわせみ」の人々が神林東吾を呼ぶ時の代名詞であった。

千春は物心つく頃から、その「若先生」を聞きながら大きくなった。もっとも、千春が十歳を過ぎたあたりから、「若先生」は「旦那様」に代ってはいたが、それでも嘉助やお吉は始終、「若先生」を連発していたものだ。

麻太郎は「若先生」と呼ばれて、どんな気持であろうと思っていたところ、千春はいきなり背中を叩かれて、とび上りそうになった。

バーンズ家の若先生が、そこにいた。

「どうした、千春。なにを真剣に考えていたんだい」

その麻太郎の肩越しに、千春は小柄な男がおずおずと暖簾口を入って来るのを目にした。

縞の着物に羽織、その上から寒さしのぎに着て来たらしい合羽《かっぱ》を脱ぎながら、男は腰をかがめた。

「年の暮に御造作をかけますが、今夜のお宿を願えませんでしょうか。手前は麻布桜田町で傘や提灯を商って居ります蝶丸屋の、万次郎と申します」

二

大晦日と元旦を、神林麻太郎は狸穴の方月館に隣接する神林家で過すことにした。

方月館はもともと、旧幕時代、松浦方斎《まつうらほうさい》という直心影流の剣士が開いた剣道場であった。その方斎は晩年、剣よりもむしろ書に親しみ、知己であった斎藤弥九郎の推挙によって神林東吾を招いて道場をまかせ、以来、神林東吾の兄の通之進とも水魚のまじわりを持つようになった。

その縁から、神林通之進はまだ江戸町奉行所の与力職にある時分に、方月館の隣、五百坪ばかりを地主からゆずり受けて、さきざきの隠居所にする心算であった。

で、幕府が瓦解《がかい》し、八丁堀の組屋敷を立ち退くに当って、その土地に家を建て妻子と共に移住した。

一方、方月館は松浦方斎歿《な》き後、その遺言によって神林通之進に遺《のこ》された。

「如何ようとも、世に役立つ使い途《みち》あらばと御存分になされたく……」

という方斎の志を思案して、通之進は麻生宗太郎に、方月館を医療の場にしてはと提案した。

旗本であった麻生家が、やはり本所の屋敷を召し上げられ、当主の宗太郎が然るべき住居を探していた故でもある。

もともと、麻生宗太郎の生家は将軍家の御典医の一人、天野家であった。無論、当時の医学は漢方である。若年にして西洋医学を志した宗太郎は長崎に留学して蘭方を学び、江戸へ戻って天野家の家督を弟の宗三郎にゆずって、旗本麻生家の娘、七重と夫婦になって麻生家を継いだ。

麻生七重は神林通之進の妻、香苗《かなえ》の妹に当るので、通之進と宗太郎は妻の縁による義兄弟の仲となる。

通之進が麻生宗太郎に方月館をまかせようと考えたのは、そうした縁から宗太郎の人柄を熟知し、医者としての能力に全幅の信頼を置いていた故であった。

麻生宗太郎は義兄の厚情に応えて「方月館診療所」の看板を掲げ、その傘下には末弟の天野宗三郎をはじめ、医学に志を持つ人々が馳せ参じて、この節、狸穴の方月館といえば大臣諸公から貧乏人まで、分けへだてなく治療に当ってくれる点を含めて、大層な評判になっている。

その方月館と神林家は庭続きであった。

なにしろ、方月館には女手が殆んどない。

麻生宗太郎は寡夫《やもめ》だし、弟の宗三郎はまだ独身である。門弟は男ばかり、それで掃除も炊事も洗濯も当番を決めて案外、器用にやっているが、やはり監督は必要なので、その役目は松浦方斎の頃から方月館の一切を取りしきっていたおとせがひき受けている。

麻太郎が狸穴へ来てすぐにおとせを方月館へ訪ねて行ったのは、「かわせみ」から、

「これは狸穴のお屋敷のほうへお持ち下さいまし」

と持たされた荷物の中に、るいからおとせにとことづかったものがあったためである。

方月館の広い台所では、宗太郎が蕎麦を打っていて、宗三郎が器用に出来上ったのから庖丁を入れている。

「驚きましたよ。叔父上は蕎麦の打ち方も御存じなのですか」

正直に目を丸くした麻太郎に、宗太郎が笑った。

「長寿庵の長助直伝だからね。まあ、楽しみに待っていなさい」

おとせは鍋で蕎麦のつけ汁を作っていた。

昆布と鰹節の香がして、如何にも旨そうである。

「かわせみのおるい叔母様から、これをことづかって来ました」

麻太郎が渡した紙包みを、おとせは前掛で手を拭き、軽く押し頂くようにして礼をいった。

「いつも、お心にかけて下さって有難う存じます。若様をお使にしてしまって申しわけございません」

そっと包みを開くと、そこに入っていたのは美しい半衿であった。藤色の縮緬《ちりめん》に松竹梅の縫いがほどこされている。

「まあ、なんと見事な……私にはもったいのうございますよ」

嬉しそうに半衿を包み紙ごと宗太郎と宗三郎の目の前へ持って行って見せているおとせは、いきいきとして実年齢よりも若々しい。

もっとも、麻太郎はおとせの年齢を知らないが、「かわせみ」で見習番頭をしている正吉の母親なので、少くとも五十歳は過ぎているに違いないと思う。

「それから、正吉君ですが、藪入りにはここへ帰って来るとのことですから、楽しみにしていて下さい」

るいにいわれたままを伝えると、おとせはかすかに頬を染めた。

あの子、少しはお役に立って居りますでしょうか。嘉助さんのお荷物になっているのでは……」

麻太郎は大きく首を振った。

「そんなことはありません。みんなの頼りになっていますし、嘉助は、そりゃあ正吉君を頼もしがっていますよ」

傍から宗太郎もいった。

「全く、いい若い者になった。昔から健気《けなげ》な子だったが、おとせさんも育てた甲斐があったね」

おとせが目許をうるませ、宗太郎が麻太郎に訊いた。

「バーンズ先生の所へは、何日に戻る」

「先生は三日でよいとおっしゃいましたが、二日の午後までにはと考えています」

「そうか」

宗太郎が蕎麦を打ち出したので、麻太郎は方月館を出て我が家へ帰った。

神林家の居間では、母の香苗が正月の花を活けていた。麻太郎をみると、

「花世さんはどうなさったの」

ためらいがちに訊《たず》ねた。

「年越しは、かわせみでするそうです」

「元日には、こちらへお帰りかしら」

「さあ、それは聞いていません」

「てっきり、あなたと一緒に帰って来ると思っていたのに……」

母の心中がわかって麻太郎は困った。

麻生家は父一人、娘一人の家族であった。

新時代を目前にして、麻生家は隠居の源右衛門、娘の七重、孫の小太郎をはじめ、奉公人すべてが惨殺された。下手人は未だに知れない。

麻生宗太郎にとっては舅と妻と嫡男を、花世にとっては祖父と母と弟を、いっぺんに失ったことになる。

麻生家から神林家に嫁入りした香苗にしてみれば、生き残った父と娘が、日頃、はなればなれに暮しているのは、花世が築地居留地内の女学校へ入った故と諦めているものの、せめて暮と正月くらいは父親の許へ何故、戻って来ないのかと合点の行かぬ気持であるに違いない。

「花世さんは、なにを考えているのでしょうね」

早咲きの梅の枝に花鋏を入れながら母が呟いたが、麻太郎は返事が出来なかった。

花世の心中が、わかるような気もするが、口に出して母に説明出来るほど確かではなかった。

で、とりあえず、母の花活けの水盤に入れる水を汲みに行こうと台所へ来ると戸口のところに人影が見えた。

むこうも麻太郎を認めたらしく、遠慮そうに頭を下げながら、

「麻太郎坊っちゃま、お帰りでございましたか」

という。

「仙五郎《せんごろう》じゃないか。久しぶりだね」

旧幕時代、飯倉界隈を縄張りにしていた岡っ引で、本業は桶屋。よく方月館に出入りして松浦方斎にも目をかけてもらい、当人は神林東吾の一の子分の気で捕物に走り廻っていた。

今は表向き桶屋の主人に戻っているが、本業はとっくに悴《せがれ》まかせ、町内の世話役という恰好で揉め事の仲裁をしたりしている。

麻太郎にとっては少年時代からの顔馴染であった。

「どうした。父上に用なのか」

と麻太郎が訊いたのは、仙五郎が自分一人では手に余る町内の相談なぞをよく、神林家へ持ち込んで、通之進の智恵を借りて行くのを承知していたからである。

「へえ、ですが、坊っちゃまがお出でなら、坊っちゃまに聞いておもらい申してえ。そのほうが、あっしとしても話しやすい気が致しますんで……」

麻太郎が人なつこい微笑を向けた。

「聞くのはよいが、坊っちゃまはやめてくれ。いい年をして、きまりが悪いよ」

母上の所へ水を持って行くので、その辺で待っていてくれと断りをいって、井戸から水を汲み、水差しに移して奥へ運び、それから仙五郎を方月館のほうへ伴って行った。

方月館の裏口を入ったところは広い土間で、上りかまちの板敷には昔のままに炉端があって、この季節、いつも自在鉤に茶釜がかかっている。

但し、昔は釜の下に焚木が燃えていたものだが、今は炭火に変っていた。

方月館では宗太郎をはじめ弟子達は手があくと、ここへ来て勝手に茶をいれて飲む。が、今は誰も居なかった。

「なんですか、世の中すっかり変っちまいまして、晦日《みそか》に月が出る御時世でございますから……」

器用に炭箱から炭を取って、炉に足しながら仙五郎がいった。

「坊っちゃまがお出でのイギリスって国は、やっぱり晦日に月が出るほうの暦で……」

太陽暦のことだとわかって、麻太郎はうなずいた。

「そうだよ。むこうは今の日本と同じだ」

「それなら、なんてこともございませんでしょうが、どうもあっしのような昔者は、正月の後に節分が来るなんてのは前代未聞で……」

「たしかに、そうだね」

「坊っちゃまはイギリスにお出での時で御存じねえと思いますが、旧暦から新暦に変った時は大さわぎで……なにしろ、十二月三日がいきなり元旦になっちまったんですから、松飾りどころか、餅も間に合わねえ。初詣でにまで行きそびれるって按配で、今年はろくなことがございませんでした。まあ、明日、新年が来てなんとかまともになりゃあようござんすが……」

あり合せの土瓶に茶釜の湯を注いで、仙五郎のために茶をいれてやりながら麻太郎は笑いながら聞いていた。旧暦から新暦に変った昨年の暮の騒動は帰国してから何遍となく耳にしている。

「こりゃあどうも、申しわけのねえことで」

麻太郎から渡された茶碗を両手で捧げ、仙五郎は漸《ようや》く本題に入った。

「どうも、この節の娘っ子の申しますことで、雲を摑むような話なんでございますが……」

仙五郎の店のある飯倉の裏店《うらだな》に彦市という按摩がいるという。

「ぼつぼつ七十って事でございますが、そいつの死んだ娘が、その昔、桜田町の大店へ女中奉公に上って居りまして……そのう、坊っちゃまの前ではいいにくいんでございますが、旦那のお手がつきまして女の児を産んだんです」

旦那には当時、本妻が生きていて、その間に娘が一人、

「おりんさんと申します。ですから、彦市の娘はお店《たな》を出まして実家へ帰り、かなりまとまった金をもらいまして父親のところで、まあ安穏に暮していたんですが、二年程前に風邪をこじらせちまってぽっくり逝っちまいました。で、旦那が子をひき取ってくれまして本妻さんの娘の妹分として暮せるようになりましたんで……」

「ちょっと待て」

麻太郎が制した。

「要するに女中に産ませた娘を、父親がひき取ったということだな」

「左様で……」

「本妻は何もいわなかったのか」

「そのようで……まあその時分から、おとくさん、こいつは清兵衛旦那の本妻さんの名前でございますんですが、だいぶ体を悪くして寝たり起きたりのようで気が弱くなっていたんじゃねえかと思います」

「清兵衛というのか、その大店の旦那は……」

「へえ、御養子さんでございまして、お内儀《かみ》さんには頭が上らなかったようですが、よ

く出来た人で町内での評判は悪くはございませんでした」

「死んだのか」

仙五郎が腰を浮かした。

「なんで坊っちゃまは、清兵衛が死んだとおわかりで……」

「町内の評判が悪くなかったといったろうが。健在なら、悪くない、というところじゃないのか」

首をひねった仙五郎に先をうながした。

「いつ、死んだんだ」

「今月二十五日に四十九日の法事をしましたんで……」

「年齢は……」

「ちょうど五十で……」

「まだ、そんな年齢でもないな。病身のお内儀さんのほうが生き残ったわけか」

「いえ、おとくさんは二年前に。なにしろ、旦那より七つも年上でござんして……」

ちょうど、清兵衛が外に産ませた娘をひき取って半年足らずで歿《なくな》ったという。

「すると、残されたのは清兵衛の二人の娘か」

「へえ、本妻さんのほうの娘がおりん、女中の子のほうがおきみで……」

おりんは二十、おきみは十九だと、流石《さすが》に仙五郎は昔取った杵柄《きねづか》で、元の縄張り内の家々にはくわしかった。

「聟《むこ》は決っていないのか」

「へえ、ですが、清兵衛旦那の甥に当る万次郎というのが、随分と前から同居して商売を手伝っていますんで、世間じゃ、そいつがおりんの聟になると噂をして居ります」

麻太郎が仙五郎を眺めた。

「なにか厄介が起ったのか」

ざんぎり頭へ手をやって仙五郎は僅かばかり、くちごもった。

「昨日、おきみが実家へ来まして、正月の餅だのなんぞを届けに来たんですが、そのついでにあっしの家へ参りまして……その……どうも店の中の具合が悪いので実家へ帰って来てえってなことを申しました」

父親の清兵衛が歿って心細くなったのかと仙五郎は推量している。

「いずれ、おりんさんが万次郎と夫婦になって店をやって行くわけでして、おきみにしてみりゃあ、自分は厄介者かと……そんなふうに考えているんじゃねえかと思いました」

いってみれば妾の子であった。父親の庇護を失っては居心地がよいわけがない。

「ですが、一度は旦那が家へ入れた娘なんですし、先代の気持を考えたら阿漕《あこぎ》なことは出来ねえ筈で……」

「本妻の娘から出て行けよがしに扱われたとでもいうのか」

「おりんさんというのは大人しい娘さんで、よもや、そんなことはねえと思いますが……」

「仙五郎はおきみになんといったんだ」

「百ケ日が過ぎるまでは、亡者の魂はその家の軒から離れねえというから、清兵衛旦那のためにも、もう少し、蝶丸屋にいて様子をみるようにと……」

「蝶丸屋……」

どこかで聞いたと、麻太郎が思ったとたん、おとせがとんで来た。

「あらま、仙五郎親分、ここに居たんですか」

桜田町の蝶丸屋から使が来て、急病人だというので、宗太郎が行くといった。

「あいにく、お弟子さん達は親許へ帰ってますし、宗三郎先生までお行きになると、急な病人が来た時、困るので……」

麻太郎が叫んだ。

「わたしが叔父上のお供をします。蝶丸屋は仙五郎が知っているようですから……」

三

麻布桜田町の蝶丸屋はなかなか大きな店がまえであったが、喪中のため松飾りなどはしていない。

それでも、旧幕の頃からの商家がみなそうであったように大晦日といえども、店を開け、常の如く商売をしていたらしいが、奥は人々が凍りついたような恰好になっていた。

かけつけた宗太郎と麻太郎、それに仙五郎の三人を迎えたのは、この近くの医者で恒《こう》庵《あん》という初老の男で、方月館へ使をよこしたのもこの医者であった。

「麻生先生、とんだ日にとんだお願いを申しまして……」

恐縮して頭を下げた恒庵を、宗太郎が制した。

「医者には暮も正月も関係ないでしょう。御斟酌《ごしんしゃく》は御無用……」

「恐れ入ります。どうぞ、こちらへ……」

恒庵が案内したのは中庭に面した六畳の部屋で、若い女がとりあえずといった様子で布団に横たえられている。

宗太郎が近づいて咽喉《のど》へ手をやり、恒庵をふりむいた。

「手前が呼ばれて参りました時、すでに息が絶えて居りましたので……」

うなずいて宗太郎が改めて遺体の検分をはじめ、麻太郎は少々の手伝いをしながら死んでいる女の様子を見た。

表情は穏やかとはいい難いが、苦悶の形相でもない。ただ、大きく見開いた目から、死が突然にやって来たのが窺われる。

「おきみさんで……」

死体の足のほうに膝を突いていた仙五郎がうめくような調子でいった。それで、麻太郎はこの若い女が、ついさっき、仙五郎が話したばかりの、この家の歿った主人の妾腹の娘だと知った。

「麻生先生、死因はいったい……」

恒庵がそっとささやき、宗太郎が仙五郎に声をかけた。

「この家の者を呼んでくれないか」

仙五郎が心得て部屋を出ると、すぐに二人の男女を連れて来た。

「ここの娘のおりんさんと、歿った旦那の甥に当る万次郎さんで……」

おりんは茫然自失といった感じであった。

異母妹の死体を目にして泣くのを忘れたように、ただ、かすかに唇を慄《ふる》わせている。

「この娘の様子がおかしくなったのを見た者はいないか」

万次郎が答えた。

「別に様子がおかしいとか、そんなふうではございませんでした。いつもと変りなく……」

「では、いつもと変った状態になっているのを最初にみつけた者は誰か」

「私でございます」

おりんが低い調子で漸くいった。

「喪中でございますが、年越し蕎麦ぐらいはと女中と仕度をして居りまして、おきみの姿がみえませんので、この部屋へ呼びに参りました。声をかけても返事がありませんので、障子をあけて……」

声がかすれて、指が部屋のすみにおいてある箪笥の前をさした。

「そこに倒れて居りまして、どうしたのかと肩へ手をかけて抱き起そうとしているところへ万次郎さんが来ました」

万次郎がいった。

「ついさっきまで元気で居りましたので、まさか卒中とは思いませんでしたが、小僧を恒庵先生の所へ走らせまして……」

宗太郎がおりんに訊いた。

「抱き起した時、体は温《あたたか》かったか」

「はい。ただ、声をかけても返事はございませんでした」

相変らず声は細かったが、唇の慄えはおさまっている。

「なにか、この人の様子で気のついたことはありませんか」

おりんが考え込んだ。

「口から吐いた様子は……」

「いいえ」

ためらいがちにいった。

「あの、お酒を飲んで具合が悪くなったのかと……」

「酒ですか」

宗太郎がおりんと万次郎を等分に見た。

「この人は、酒が好きでしたか」

万次郎が困ったように合点した。

「女にしては強かったと思いますが……」

部屋を宗太郎が見廻した。

「この部屋に徳利や茶碗のようなものがあって、それを片付けたということはないでしょうね」

おりんがはっきり否定した。

「それはございません。私がおきみを抱き起した時、部屋にはそれらしいものは何も見当りませんでした」

「では、口が酒臭かったとか……」

「いいえ」

途方に暮れたように、おりんがうつむいた。

その時、部屋から出ていた仙五郎が戻って来て麻太郎の耳にささやいた。

「おきみがものを食べたのは、八ツ（午後二時）すぎに、饅頭を……その、小僧の伊吉がいいますには、万次郎の土産の、異人の菓子だとか……」

万次郎が青ざめた。

「たしかに……たしかに、みんなで頂きましたんで……その……手前が築地の居留地で、近頃、評判の西洋饅頭とか申しますのを買って参りまして……おきみさんも、ですが、店の者みんなが食って居ります。大層、珍らしがって……」

おりんがいった。

「私も頂きました。番頭の梅之助も、小僧の伊吉も、女中のおまさも……、おきみ一人が頂いたわけではございません」

仙五郎がいった。

「しかし、お嬢さん、万次郎さんは食わなかったんじゃございませんか」

おりんが口をつぐみ、万次郎が大きく手を振った。

「手前は、甘いものは苦が手で……饅頭もあんころ餅も頂きません。そのことは店の者はみんな知って居ります」

店のほうから小僧の伊吉がかけ込んで来た。

「邏卒《らそつ》の旦那がお出でなさいました」

四

宗太郎と麻太郎が方月館へ戻って来たのは、かなり夜が更けてからであった。

「旦那様が年越し蕎麦はあちらでと、お待ちになっていらっしゃいます」

出迎えたおとせにいわれて、神林家の居間へ行くと、すでに宗三郎は来ていて通之進となにやら話し込んでいたが、すぐに立って台所へ行った。

「どうも、お待たせ申してすみません」

宗太郎が神妙に挨拶し、麻太郎もその背後から小さくなってお辞儀をした。宗太郎について出かける際、つい、神林の父母にことわりをいうのを忘れていた。

「母が心配して居ったぞ」

通之進がそんな麻太郎を眺めて苦笑し、香苗は、

「いいえ、麻太郎ももう大人でございます。宗太郎さんについて行ったのは医学の勉強のため、どうぞお叱りになりませんように」

むしろ、麻太郎をかばった言い方をした。

「さて、医学のために行ったかどうかはわからぬぞ」

面白そうに通之進がいった時、おとせが蕎麦を運んで来た。茹《う》で立てらしく湯気が立

っている。

「宗三郎先生がどんどん茹でて下さっていますので、お熱い中《うち》に召し上って……」

さまざまの薬味の入った器をおいておとせが出て行き、すぐに宗三郎が新しく茹で上ったのを大量に持って来て自分も席についた。

「ところで、厄介な病人であったのか」

ひとしきり蕎麦をたぐってから通之進が訊ね、宗太郎が今夜の一件を要領よく話した。

「すると、毒物による殺人なのか」

元吟味方与力だけに通之進がすみやかな反応をし、香苗が眉をひそめた。

「なんということでございましょう。大晦日と申しますのに……」

「邏卒はいやな顔をしていましたよ。恒庵という医者に、出来れば卒中で片付けられないものかと暗示をかけていましたがね」

宗太郎が義姉に首をすくめて見せ、通之進が、

「毒物はなんであった」

蕎麦汁のだしの種類でも訊くような口調でいう。

「今のところ不明です」

「ほう」

「昔は毒殺といえば石見《いわみ》銀山ねずみ取りと相場がきまっていましたが、この節は多様に

なりましたので……」

「阿片《あへん》でもないのだな」

「モルヒネのようではありませんでした」

視線を、せっせと蕎麦を食べている麻太郎へ向けて宗太郎は、湯桶《ゆとう》からおとせが茶碗に注いだ蕎麦湯へ手をのばした。

「漢方の薬種にも少々、その傾向はありますが、この節、我々が手にする薬には処方をあやまったり、量によっては危険な毒となるものが少くありません。それらはまだこの国では症例が多くはないのが、医者の泣き所で、やはり実例を目にしていないと、知識のみでは断定しにくいのです」

手拭で口許を拭いて、麻太郎が目を上げた。

「ロンドンに居りました時、ストリキニーネと申すのを、あやまって嚥下した患者がいました」

「死んだか」

「はい」

「ストリキニーネは口に入れた時、刺激が強い。殺人に用いるには、よくよく味の濃い食物に混入しなければ、相手が吐き出してしまう」

蕎麦湯を注いで廻っていたおとせがあっけにとられていた。

およそ、ものを食べながらする話の内容ではなかったが、うつむいているのは香苗だけで男達は平然と耳を傾けている。

「蝶丸屋のおきみと申す娘は、自分から毒物を口にしたのではあるまいな」

通之進が話をひき戻し、宗太郎がうなずいた。

「その可能性は薄いと思われます」

「邏卒には、毒物を調べるのは難かしかろうが、その娘が何故、殺されねばならなかったか、おきみに対して殺人の動機のある者を調べることは出来よう。但し、邏卒に熱意があればの話じゃが……」

「歿った畝源三郎どののようにですか」

かつての江戸南町奉行所きっての捕物名人であり、人情家でもあった定廻り同心の名を口にして、宗太郎は首を振った。

「医者に、卒中にしておけぬかなどと耳打ちするような邏卒では、難かしいでしょうが、仙五郎がねばってくれると思いますよ」

畝源三郎から手札をもらって、その手足となって働くことを生き甲斐にしていた岡っ引であった。

「なにか探り出して来るかも知れません」

除夜の鐘が聞えて来て、男達は漸く話をやめた。

両親におやすみなさいの挨拶をして自分の部屋へ入った麻太郎は、早速、書架《しよか》から何冊かの本を取り出した。

イギリス留学を終えて帰る際、大量に持って来た医学書の中、取りあえず必要なものは築地のバーンズ先生の家へ運んだが、大半はこの家においてある。

ずっしりと重い書物を抱えて、麻太郎はふと小窓の障子を開けて庭のむこうを見た。

方月館に一つだけ灯の洩れている部屋が見える。そこは、宗太郎の居室であった。

叔父も亦《また》、先刻、診《み》たおきみの遺体から、彼女の命を奪った毒物について調べているのかと思う。麻太郎の部屋と宗太郎の部屋と、二つの灯が消えたのは夜明け近くになってであった。

飯倉の仙五郎が疲れた顔もせず、方月館へやって来たのは元日の午後のことで、一応、神林家で正月の挨拶をすませると、麻太郎の顔をちらとみて、

「今から、宗太郎先生の所へ参《めえ》ります」

とお辞儀をして行った。

で、僅かの間をおいて麻太郎が、さも用ありげに居間を出て行くのを見送って、通之進が呟いた。

「その昔の、東吾をみるようじゃな」

思いきり伸びた背丈と着痩せして見える体つき、そして、少々、都合の悪い時に必ず

肩先を丸めるようにしてそそくさと出て行く恰好は香苗の目にも忘れ難い義弟にそっくりであった。

通之進と香苗の夫婦が、しばし、昔の思い出にふけっている時分、麻太郎は裏口から方月館へ行った。思った通り、そこに待っていた仙五郎と、宗太郎の部屋へ行く。

「あけましておめでとうございます」

と挨拶の頭を上げたとたんに仙五郎がいった。

「まず、お知らせ申します」

この暮に、蝶丸屋では思いがけない出来事があったのだと、勢い込んで話し出す。

蝶丸屋の主人、清兵衛が歿って四十九日の法要が終った日の夜に、菩提寺である一向山専称寺の住職が、生前の清兵衛よりあずかっていたという、清兵衛の遺言書を披露したという。

「そいつが、思いもよらねえ内容でございまして……」

昨夜、邏卒が帰った後に、とにかくおきみの遺体に対して、正月にならない中にお経をあげてもらおうと、俄かに菩提寺から住職を呼んだので、仙五郎は形ばかりの法要のあと、寺へ帰る住職を送って行って、清兵衛の遺言書の件を聞き出したらしい。

「すると、邏卒の旦那は、蝶丸屋から誰もしょっ引かなかったのだな」

宗太郎の言葉に、仙五郎は苦い顔をした。

「ろくなお調べもしませんで、松の内が終ってから改めて詮議をするから神妙にして家中の者は外出をしねえようにといっただけでして……」

「ま、そんな所であろうなあ」

大晦日の夜であった。邏卒にしてみれば縁起でもない事件にかかわり合いたくない気持が強かったに違いない。

「畝の旦那の頃とは大違いでございます」

ため息をついて、仙五郎が続けた。

「清兵衛の遺言書なんでございますが、自分にもしものことがあった後は、蝶丸屋は万次郎とおきみが夫婦になって継いで行くようにてえことでして……」

宗太郎が制した。

「万次郎とおりんではないのか」

万次郎は清兵衛の甥、おりんは本妻の産んだ娘であった。

「あっしも最初、聞き間違えではと思いましたんですが、遺言書によると、おりんさんってのは本妻のおとくさんが親の許さねえ相手といい仲になっちまって妊《みごも》った子供なんだそうでして、そのことは住職さんも知ってなすったようです」

相手は旧幕時代、内藤因幡守に奉公していた中間《ちゅうげん》で、蝶丸屋の一人娘、おとくをたらし込んで小遣い銭を貢がせていたが、おとくの両親がそんな男に娘はやれないと、すったもんだしている中に賭場のいざこざで命を落した。

「蝶丸屋じゃあ、おとくさんの腹が目立たねえ中にってんで、当時、番頭の悴で手代になっていた清兵衛に因果を含めて聟になってもらったってわけでして、それでもおとくさんは家付娘、清兵衛は聟養子、おとくさんの両親がどちらも結構、長命したこともあって清兵衛は女房の秘密を世間に口外しなかったようでございます」

けれども、おとくの両親が他界し、おとくも病弱になって、清兵衛は待っていたように自分の甥を蝶丸屋へ入れ、おとくが生きている中に、女中に産ませた娘のおきみを手許にひき取った。

「清兵衛の腹の中にゃあ、もうその時から蝶丸屋は万次郎とおきみを夫婦にしてすべての財産をゆずる気があったんでございましょう」

麻太郎が、つい口をはさんだ。

「しかし、おりんさんはもともと、蝶丸屋の主人筋のおとくさんの忘れ形見でしょう。まさか、その人を放り出したら、親類が黙ってはいないでしょう」

仙五郎が情ない表情をした。

「そいつがどうも、蝶丸屋の親類にはきちんとした話の出来るような人が居りませんようで……でも、清兵衛もそのあたりは考えたのか、遺言書ではおりんさんが番頭の梅之助と夫婦になって、蝶丸屋の稼業を助けるようにということにしてあるんだそうでございます」

その上、遺言書通りにしない者は、蝶丸屋の資産の分け前どころか、無一文で店を出て行くように指示されていたと仙五郎は不服そうに告げた。

「つまり、遺言で一番、得をしたのはおきみだな」

ぽつんと宗太郎がいい、仙五郎がいきり立った。

「気の毒なのは、おりんさんですよ。夫婦になって蝶丸屋を継ぐ筈の相手は、女中の子の亭主になる。自分はその下で働かされるんですから、こりゃあ、我慢ならねえところで……」

「我慢ならねえから、おきみを殺したのか」

宗太郎が仙五郎の口調を真似て、仙五郎は肩を落した。

「蝶丸屋の事情が世間に知れれば、そう考える人が出まさあ。現に奉公人の中にはおりんさんが殺《や》ったと思ってる奴もいるようで……」

「万次郎はどうだ。おきみよりもおりんが好きだ。で、邪魔になるおきみを……」

仙五郎が途方に暮れた。

「たしかに、みんなが食ったのは、万次郎が土産に買って来た菓子ですが、あの気の弱そうな男がやりますかね」

「おりんは気が強いのか」

「大人しい人ですが、あの界隈では母親ゆずりの気性者って噂もありますんで……」

今はともかく、お上が調べ出せば、清兵衛の遺言書の件は明るみに出る。そうなれば、おきみ殺しの下手人はおりんとなるのではと仙五郎は嬉しくない顔で何度目かの吐息を洩らした。

五

正月二日、麻太郎は両親に挨拶して築地のバーンズ邸へ戻るに際して、少々の書きつけをおとせに渡し、麻生宗太郎の手のあいた時に渡してくれるようことづけた。

更に狸穴から飯倉町へ寄って桶屋の仙五郎を訪ね、昨日から考えて来たいくつかのことを調べてくれるよう頼んで、今度はまっすぐにバーンズ邸へ向った。

予定より少し早めに帰って来てよかったと思ったのは、正月早々から急患があって、バーンズ先生がてんてこまいをしていたからで、

「助かったよ。なにしろ、今朝から次々と使が来てね。わたし一人でどうなることかと思っていたところだ」

悪性の風邪が居留地に蔓延しかけているようだと注意された。

早速、バーンズ先生から二、三の指示を受けて、麻太郎も往診に出る。

狸穴からの道々、門の所に日章旗を出している家をみかけたのは、政府が元旦に日章旗を掲げるよう、前年の春に布告したせいだが、築地居留地でも、自分の祖国の国旗と日章旗の見える洋館がある。

バーンズ先生の家もその一つで、英国旗と日章旗が松飾りと並んでいる。バーンズ先生の口癖の一つが、

「郷に入れば郷に従え」

というもので、それを知っている麻太郎には、なんとなく可笑《おか》しかった。

三日ばかり患家廻りにあけ暮れたものの、いい具合に風邪が鎮静化の方向へ落付きはじめて一息ついたところで、麻太郎はバーンズ先生の姉のマギー夫人に、

「居留地の中のパン屋で甘い菓子のようなのを売っているそうですが……」

と訊いてみた。

外国人の居留地では必ずパンを焼く工場や店があるもので、築地居留地の中でも自家製のパンを焼く店が二、三軒あるのは麻太郎も知っている。また、外国人が好む菓子もそうしたパン屋で作られ、売られているものだが、麻太郎はまだ、それらの店を見たことがない。

「甘いお菓子といっても、いろいろありますよ、麻太郎。教会のバザールの時によく焼くビスケットのようなものもあるし、クリスマス・プディングとか……」

「商用でこの土地へ来た日本の商人が珍らしがって土産に買って行ったのです。日本の饅頭のような感じにみえたらしいのですが」

「いつのことです」

「暮の三十一日です」

マギー夫人がうなずいた。

「それなら、トライフルでしょう。麻太郎もイギリスでみたことがある筈ですよ。あれはどこの家でもよく作るものです。小麦粉にミルクと卵と砂糖を加えて練って焼くシンプルなお菓子だけれど、特徴はワインを加えることね。大きな型に入れて焼いて、上に粉砂糖を飾りにふりかけて、好きな大きさに切り分けて食べるのが普通なのに、暮に売り出されたのは小さな型で焼いて砂糖をまぶして一個ずつにしたもの。たしかに日本の饅頭に似ていますね。切り分ける手間が省けて好評だと聞きましたよ」

「トライフルならございますけれど……」

といったのは、バーンズ先生の妻のたまきで、

「旦那様が疲れたので甘いものが欲しいとおっしゃいましたので、さっき、買って来ましたの」

台所へ行って大鉢に盛ったのを持って来た。

「そうそう、これがトライフルです」

ちょうど時間もよいからお茶にしましょうとマギー夫人が仕度をはじめ、麻太郎はトライフルを一個頂戴する破目になった。

食べてみると、まんべんなく粉砂糖がふってあるので、生地の甘味に加えて、かなり口の中がべたつく感じである。

「如何ですか」

マギー夫人に訊かれて、麻太郎は、

「おいしいです。しかし、かなり甘いものですね」

と答えた。

「そう。ですから一緒に頂くお茶は濃くいれます。茶葉も少し渋味のあるもの、これはアッサムですよ」

渡された紅茶茶碗の中を見ると、いつもより色が強く、口に含むと日本の煎茶よりも渋味が感じられる。菓子の甘味を洗い流してくれるようで、麻太郎は紅茶を二度もお代りした。

畝源太郎がバーンズ邸に麻太郎を訪ねて来たのは夜であった。飯倉の仙五郎が一緒である。

「友達が来たのなら待合室を使っていいよ。わたしはくたびれたから、今夜はもう寝る」

バーンズ先生にいわれて、麻太郎は二人を診療所の患者の待合室に通した。

源太郎もここへ入るのは初めてであったし、仙五郎は洋風の部屋の調度に仰天している。

「今、方月館からまっすぐここへ来たんだよ」

二日に花世を送りがてら狸穴へ行き、神林家で新年の挨拶をしたと源太郎がいった。

「わたしはそのままこっちへ戻るつもりだったのですが、仙五郎に会いましてね」

麻太郎が笑った。

「帰るに帰られなくなったんだね」

仙五郎に訊いた。

「蝶丸屋の一件、その後、どうなった」

「どうなったも、こうなったも、あれっきり邏卒の旦那は来ませんので。なんですか、今年になって邏卒の名を巡査と変えるんだとか、いろいろとお忙しいようです」

語尾に皮肉がのぞいた。

「蝶丸屋の周辺では、下手人は万次郎という声が強いですよ」

恒庵の口から、おきみが死んだのは毒のせいと知れて、そうなると、おきみが最後に食べたのは、万次郎の築地居留地土産の西洋の菓子ということになる。

マギー夫人が入って来て、大きなお盆をテーブルの上においた。三人分の紅茶茶碗と大きなポットにはキルトのカバーがかかっている。そして木鉢にはトライフルが山盛りになっていた。

「麻太郎、ストーブにもう少し石炭を入れておきなさい。外はかなり冷えて来ましたよ」

ゆっくりしていらっしゃい、と源太郎と仙五郎に会釈をしてマギー夫人が去り、仙五郎が大きな息を吐いた。

「西洋のお人なのに、日本語がうめえもんですねえ」

と感心している。

ストーブに石炭を足しながら麻太郎がいった。

「蝶丸屋の万次郎が土産に買って行ったのは、多分、その菓子だと思う」

ええっと源太郎が驚き、すぐその一つを取って眺めた。

「成程、西洋の饅頭か」

一口かじってみて、ふうんという顔をする。

仙五郎が軽く頭を下げて一つを取り、おそるおそる食べた。麻太郎は手を出さなかった。

あの甘さには閉口している。

「甘いだろう。茶を飲んだほうがいい」

麻太郎にいわれて、二人共、慌てて紅茶茶碗を口に運ぶ。

「わたしも、さっき一つ食べたんだ。粉砂糖が口の中に残って、茶を三杯も飲んだ」

それで気がついたのだが、と断ってから、別に仙五郎に訊いた。

「頼んでおいたこと、なにかわかったか」

紅茶の味に首をひねっていた仙五郎が答えた。

「麻太郎様から申しつかったことの一つでございますが、大晦日に万次郎が買って来た、そのこいつでございますが、まず食ったのはおりんさんとおきみ、それから番頭の梅之助が紙袋ごと受け取って、女中二人と小僧の伊吉、そうして梅之助も一個ずつ、買って来た万次郎は甘いものは苦が手だといって食わなかったそうでございます」

「成程、それで万次郎が疑われているんだな」

麻太郎が紅茶だけを飲んだ。トライフルを食べて随分と時間が経っているのに、まだ口中が甘ったるい気がする。

「しかし、西洋饅頭は万次郎を除く蝶丸屋のみんなが食っているんだから、おきみ一人が毒に当るというのは無理ではないかな」

麻太郎の言葉に源太郎が反論した。

「万次郎が一個にだけ毒を仕込んだとは考えられませんかね。世間はそういっているようなんだが……」

木鉢の中に残っているトライフルを眺めていた仙五郎が黙っている麻太郎にいった。

「もう一つ、麻太郎様のおっしゃったことですが……」

「自分の部屋へ入って行くおきみの姿を見かけた者はいたか」

「居りました」

「うん」

「番頭の梅之助で……」

「なにか変ったことは……」

「へえ、おきみさんが酒に酔ってでもいるのか、ふらふらしていたと。西洋饅頭があんまり甘かったので口直しに酒でも飲んだのではないかと思ったそうでして……」

「成程」

源太郎がいった。

「このトラなんとか、要するに……」

「西洋饅頭でいいよ」

「酒が入ってないか」

「流石だね。マギー夫人がいっていた。作る時、葡萄酒を入れるそうだ。しかし、酔うほどは入っていない。それは源太郎君も食ってみて、わかったろう」

おきみが全く酒を飲まなければともかく、かなり酒好きのようだと麻太郎はいった。

「梅之助という番頭が口直しに酒を飲んだのかと思ったというように、蝶丸屋でおきみは女のくせに大酒飲みと知られている。トライフルに入っていた葡萄酒ぐらいで、足許がよろめくというのは不自然だ」

源太郎が合点し、麻太郎が言葉を継いだ。

「もう一つのことは、どうであった」

仙五郎がいいかける前に、源太郎がひき取った。

「蝶丸屋にかかわり合いのある者で、目を患っている者は居ないか、仙五郎に調べろといったことか」

「そうだ」

「それについては、わたしも手伝って聞いて廻ったんだが、残念ながら蝶丸屋の者の中には居なかった。しかし……」

仙五郎がつけ足した。

「宗太郎先生が、もっと範囲を広げて探してみろとおっしゃいましたんで……」

「叔父上が、そういわれたのか……」

嬉しそうな表情で麻太郎はポットの紅茶を源太郎の茶碗に注ぎ足してやった。源太郎が反射的に茶碗を取ってそれを飲む。

「で、誰かいたのか」

「へえ、ですが、あんまり冴えない奴で……」

「誰なのさ」

「おきみの祖父の按摩で……」

「按摩は眼病というより、生まれつき目がみえないのではないのか」

「いえ、彦市は生まれつき目が不自由というんじゃございませんで、子供の頃、近所の悪餓鬼に石をぶつけられたとかで、左目が見えなくなりましたんで。それでまあ、親がさきざきを考えて近所の按摩の所へ修業にやり、その当時は両目とも見えねえように取り繕って按摩の資格を取りましたんです」

　旧幕時代、幕府は盲人を保護するために、検校《けんぎょう》、勾当《こうとう》、衆分、四度の四階級を設け、鍼《はり》治療や按摩の業につき、金貸をして利息を稼ぐことも黙認した。従って、建前としては盲人でなければならなかった故である。

「すると、彦市は片目は見えたのだな」

「へえ、ただ年をとりまして、見えるほうの右目もそこひになったようで、けっこう難儀をして居りました」

　眼医者へ行きたくとも、一応、両眼とも見えないことになっているので、彦市としては行きにくかったらしい。

「誰かが薬を与えたのか」

仙五郎が目を丸くした。

「よく、おわかりで……彦市の倅で、おきみの死んだ母親の弟に当りますのが品川で馬丁をして居りまして、そいつが知り合いにもらったということで……」

「彦市はその薬を使ったのか」

麻太郎の語気が鋭くなって、仙五郎が慌てた。

「使って居りません。西洋の薬で使い方が難かしい。そいつを次に来る時までに訊いて来るからといって……」

「彦市は今もその薬を持っているのか」

「そいつは、おきみがあずかっている筈だってえことでして……」

「おきみだと……」

麻太郎が出鼻をくじかれた顔になった。

「死んだおきみが持っていたのか」

肩の力が抜けたような麻太郎に源太郎が訊ねた。

「おきみを殺した毒というのは、その薬だと思うのか」

冷えた紅茶を少しばかり口にして、麻太郎は声を低くした。

「ベラドンナという、源太郎君も名前を聞いたことがあるかも知れない。植物で花は灰がかったような紫色をしている。その草から抽出されるアルカロイド系の成分は有毒なのだが薬にも使われている。鎮痛薬として、また、目をぱっちりさせるというか、散瞳剤に用いるんだ」

源太郎が気をとり直したように質問した。

「つまり、目薬か」

「まあ、そんなものと思ってくれていい。ベラドンナというのは、イタリヤ語で美しい女という意味なのだそうだ。つまり、目をぱっちりときれいにみせたくて、女の人が使い続けて危険なことになったという話を聞いたことがある」

「それが、馬丁の持って来た薬か」

「最初はそう思ったのだが、本を調べている中にアトロピンではないかと考えた」

源太郎が眉を寄せ、仙五郎はいよいよわからないという表情になっている。

「ベラドンナもそうだが、朝鮮朝顔とか、はしりどころなんぞの根や葉に含まれるんだ。何故、そう思ったかというと、一つは蝶丸屋のおりんがおきみの倒れているのをみつけた時のことを話した際、酒に酔ってひっくり返っているのかと思ったというような話をした。つまり、おきみという女は若いのに大酒を飲む。けれども、わたしが口から酒の臭いがしたかといったら、首をふった。ぶっ倒れるほど酒を飲めば、当然、臭いはするだろう。臭いがしなかったのは、酒のせいではない。では、何故、おりんが酔っぱらっていると思い込んだのか、もしかすると、おきみの顔が赤くみえたせいではないのか」

源太郎が体を乗り出した。

「その薬を飲むと、顔が赤くなるのか」

「本にはそう書いてある。はじめに口が渇き、脈拍が早くなり、更に重症となると顔が赤くなったり、めまいがして、瞳孔が散大するらしい。勿論、劇薬だから死に至るんだ」

仙五郎が咽喉の奥から声を絞り出した。

「いったい、なんだって、おきみはそんなものを……」

彦市の悴である馬丁が、親の眼病の薬と思って、それを入手して来たとして、それを持っていたのはおきみの可能性が強い。

「まさか、間違って飲んじまったんじゃ」

「おきみに死ぬ理由があるのか」

「とんでもねえことでございますよ」

仙五郎の声が大きくなった。

「清兵衛旦那の遺言書のおかげで、万次郎と夫婦になり、蝶丸屋のお内儀さんと決ったわけでございます。店中の誰もが、おきみのことを急に陽気になったの、いばり出したのと申して居りました。遺言書の中身を知ってすぐに呉服屋を呼んで正月の晴れ着を何枚も注文したそうで、父親の喪中の正月だというのにと、女中なんぞはかげ口を叩いているくらいで……」

「自分で飲んだのではなければ、誰かが飲ませたことになります」

源太郎が日頃の落付きを取り戻した。

「その場合、その薬を飲ませれば死ぬとわかっている者の仕業ですかね」

第一、どうやっておきみから薬を取り上げ、当人に飲ませたのか。

「その薬の効き目は遅いのですか」

「どの程度かな」

麻太郎には、はっきりいえないが、

「宗太郎叔父上は御存じかも知れない」

狸穴から築地へ帰る時、アトロピンについて自分の考えついたことを手紙にしておとせにことづけて来たと麻太郎はいった。

「叔父上の所に患者が来ていて手がはなせない様子だったから、そうしたのだが、おそらく、叔父上も気がつかれていたように思うよ。仙五郎に、もっと広い範囲に目を恵っている者はいないか調べろとおっしゃったことからしても、そう思う」

「とにかく、彦市と馬丁を調べてみますよ。どっちみち、お上のほうは邏卒が巡査に変ったところで、今のところ、蝶丸屋の事件を調べる気配はありません。わたしのほうはごらんの通り暇ですから、やれるだけのことはやってみようと思います」

源太郎が断言して、今夜は源太郎の家へ泊まるという仙五郎と共に帰った。

六

次の日曜日に、麻太郎は「かわせみ」へ出かけた。前日、花世からの伝言があった故で、行ってみると、「かわせみ」の帳場の所に棟梁の小源の顔があった。

小源がその昔、「かわせみ」の女中であったお石と夫婦になるに当って、二人のたっての頼みで十三歳の麻太郎と七歳であった千春が仲人をつとめたことがある。

それでなくとも、小源は父親の代から「かわせみ」を大事な得意先にして来たし、お石と夫婦になってからは「かわせみ」の身内のようになにかにつけてかけつけて来る。

「こりゃあ若先生、診療所は日曜が休みって聞いたもんですから……」

嬉しそうに頭を下げた小源は髷《まげ》こそ落したざんぎり頭だが、体つきから着ているものまで昔のまま、如何にもいなせな江戸の棟梁の雰囲気を保っている。

帳場の脇から、るいが立って来た。

「すみません、勝手を申して……花世さんが今日が日曜で麻太郎さんには都合のよい日だと……私のような昔者には日曜というのがよくわからないのですけれど」

およそ、奉公人の仕事休みといえば、藪入りと相場が決っていたものである。

「西洋では一カ月を七曜に分けます。月曜、火曜、水曜、木曜、金曜、土曜、日曜というのですが、その中、日曜が休日となるのです。この節、新政府でもそれを採用して官員などはそのようになっているとか」

「ええ、花世さんにも教えて頂きました。でも、なんですか、ぴんと来なくてね」

お吉が不服そうにいった。

「月曜といっても、お月様とはかかわりがないとか、火曜にしても火の神様のお祭をするわけじゃないって、それなら、なんで水だの金だのが出て来るんですか」

「いや、水とか金とかではないのですが」

麻太郎がためらったのは、この場合、どう説明すればお吉を納得させられるか、いささか途方に暮れたためである。

「わたしも、そんなにくわしいことは知りませんが、七曜というのは七つの星、つまり、日月と木星、火星、土星、金星、水星の五つの星のことなのです。古くからこの七つを用いて吉凶を占う方法があって、この国でも空海が唐、要するに今は清国ですが、持って帰って伝えたとされています」

「空海ってお大師様のことですか」

「お大師……ああ、そうです。弘法大師です」

「お吉、少し黙ってお聞きなさい。麻太郎さんが困ってお出でですよ」

るいにたしなめられて、お吉がひき下り、麻太郎は自信のないままに続けた。

「西洋で、いつ、誰が決めたのかわたしは不勉強でよく知りませんが、その七曜を暦の中に取り入れて、一週を七日とし、その曜日名とでもいうのですか、日曜、月曜、火曜という呼び方をしています。で、日曜は休息日、キリスト教の信者の人は教会へおまいりに行ったりしています」

小源が笑った。

「七日に一遍も休んだら、こちとら、仕事にはかが行かなくなっちまって困りますねえ」

「棟梁はキリスト教の信者ではないから、かまわないでしょう」

「そいつは忝《かっち》ねえ」

剽軽《ひょうきん》に額を叩いて、すぐ本題にかかった。

「西洋のホテルってえのがありまさあね。日本の宿屋で……」

「居留地の江戸ホテルのようなのかな」

「部屋ん中だけ、西洋人が泊れるようにするには、どう手を入れたらようござんすかい」

るいが助け舟を出した。

「居留地へお出でになる外国の人で、日本の宿屋を珍らしがって泊めてくれとおっしゃってみえる方が時折、いらっしゃいますの。花世さんがお風呂はともかく、厠《かわや》は少し変えないと、というものですから……」

「ああ、そういうことでしたか」

昨年の暮に、居留地に住む商人でスタンリー・スミスという人が、自分の家で起った事件の解決に麻太郎達が尽力したのを徳として、「かわせみ」でお礼の意味の会を設けた。その席には麻太郎は勿論、バーンズ先生も招かれたのだが、バーンズ先生はすっかり「かわせみ」が気に入ってしまい、患家へ行く度に日本の宿屋の話をしているらしい。

「なにしろ、女神のような美しいマダムがいて、ゆったりした部屋で珍らしい料理が出る。日本のホテルというのが、あんなにくつろげる場所とは思わなかったね」

といったバーンズ先生の感想はバーンズ家で、マギー夫人や患者が何度となく聞かされているのを麻太郎も傍にいて知っている。

バーンズ先生が心酔しているのは、実をいうと「かわせみ」の女主人、るいのことだと麻太郎は気がついているものの、その話はここでは出来ない。

早速、「かわせみ」の客室へ行って、小源にあれこれと思いつくことを説明し、

「外国の人は、日本風というか、日本の宿というものに関心があって泊りに来るのだと思いますから、居留地のホテルのようにすっかり西洋と同じにしないほうがむしろ、喜ばれると思います」

と助言をした。

それらをすませて、るいの部屋で昼餉《ひるげ》の膳に向っていると、花世が入って来た。

「蝶丸屋の万次郎が、ここへ泊ったこと知っていますか」

という。千春が、

「暮の三十日に、麻太郎兄様がここへいらしていた時、小柄な男の人が……」

とつけ加えるのを聞くまでもなく、麻太郎は憶えていた。

大晦日に宗太郎のお供をして蝶丸屋へかけつけて万次郎を見たとたん、昨日、「かわせみ」の客として来た彼と気がついたものだ。

「そうか。花世さんは狸穴へ帰って、仙五郎から蝶丸屋の話を聞いたんだな」

当然、花世のことだから、仙五郎について蝶丸屋の様子を見て来ているに違いないと麻太郎は苦笑した。

「なんであの人が三十日にここへ泊ったか、仙五郎に訊いてもらいました」

「商用で居留地へ来たのでは……」

「あの人が行った先は横浜です」

「ほう」

「店で西洋の傘を売ろうと思ったとか」

「ああ、蝙蝠《こうもり》傘か」

西洋人の用いている男物の雨傘は形状と色が蝙蝠に似ているというのでその名前で呼ばれ、横浜でまず男達の間で愛用され、東京でも洒落者の間で急に人気が高くなっている。

「横浜で、築地の居留地の中にある西洋雑貨を扱っている店のが丈夫で安いと教えてもらって来たのです」

麻太郎はうなずいた。同じ洋傘でも、イギリスから運んで来るものは少くて高価なのに対して、近頃はイギリスの商人が香港や上海なぞで作らせたのが多く日本へ入って来る。そのほうが、ずっと値段が安く売りやすいというのを居留地で聞いたことがある。

「それにしても、あの時刻なら麻布へ帰るのに支障はなかった筈だが」

万次郎が「かわせみ」へ来たのは夕方であった。三十日に麻布桜田町の店を出て、陸《おか》蒸気なら新橋駅から横浜までの所要時間が五十三分というから、勿論、その日の中に帰って来ることが出来る。

帰途、築地居留地へ寄って、夕刻、大川端町の「かわせみ」に姿をみせるまでは自然だが、わざわざ泊るまでもない。

「仙五郎にそのことを追及させたら、ひどくくたびれたのと、居留地のタムソン商会の主人に明日、もう一度会って話をたしかめたいと思ったからですとさ」

花世が仙五郎の尻を突ついてあれこれ訊かせている恰好が目に浮んで、麻太郎は笑いがこみ上げて来るのを我慢した。その代り、ちょうど麻太郎のために吸物を運んで来たお吉に訊いてみた。

「三十日に泊った蝶丸屋万次郎ですが、何か変った様子はみえませんでしたか」

「それが、花世嬢様からも同じことを訊かれましたんですけど、なんだか小難かしい顔をしてひどく考え込んでお出でなさったということぐらいで……」

花世がお吉の話の途中に割り込んだ。

「下手人は万次郎です。あの人、おきみよりもおりんのほうが好きで……そりゃそうでしょう。おりんって人は品がいいし、きれいだし、蝶丸屋の近所で仙五郎が聞き廻ったことだけど、みんなが口を揃えて死んだおきみよりおりんのほうが人気があったって。おきみの取り柄は若いってことぐらい、根性は相当悪かったみたいだから……」

「花世さんは、万次郎がおりんと夫婦になりたくて、おきみを殺したと思いますか」

「殺すより仕方がないでしょう。清兵衛の遺言だと、おきみと一緒にならなけりゃ蝶丸屋を追い出されるんだし、遺言なんぞなかったら、もともと、万次郎はおりんと夫婦になって店を継げる筈なんだから……」

「では、おきみを殺した毒は何に入っていたと……」

「勿論、万次郎が居留地で買って帰った西洋饅頭です」

「成程」

花世がただでさえ大きな目を一杯に張った。

「麻太郎さんは、どう思いますか」

「わたしは、毒が入れられたのは茶ではないかと……ただし、死んだのはおきみ一人ですから、饅頭にせよ、茶碗にせよ、それをおきみが誰の手から受け取ったかがわからないとね」

　るいが二人をたしなめた。

「もう、およしなさいまし。そんな物騒な話をしながらよく御膳が咽喉を通りますこと」

　その日の午後、麻太郎がまだ「かわせみ」で小源の相談にのっている最中に、仙五郎を伴って源太郎がやって来た。

　彦市の悴の、品川で馬丁をやっていた安吉に会って、事件の概要がつかめたというにしては、表情がぱっとしない。

「麻太郎君の推量通り、安吉は父親のそこひに効くのじゃないかと思って、自分の奉公している家の隠居が横浜の眼医者からもらって来る薬を少しばかり猫ババしたんです。ただ、隠居が横浜へ行く時、お供をするのは馬丁の安吉なので、医者が薬について隠居に注意しているのを傍で聞いていた。医者は隠居が老齢なので、念のために安吉にもその薬は使い方を間違えると大変なことになると教えていた。で、薬を父親の所へ持って来たものの、心配になって、もう一度、医者によく訊いて来るから、それまでは使うなと念を押したのです」

「おきみはそれを聞いたのだな」

「ちょうど暮に正月の餅だの、なんだの届けてやりに行った時、安吉が来ていた。安吉はおきみにも念を押して行ったそうです」

「薬は彦市の家になかったのだね」

「彦市がいうには自分は目がみえないので、おきみにあずけたと。念のためあちこち調べても出て来ませんでした」

仙五郎が鼻息荒くいった。

「おきみでございますよ。おきみが蝶丸屋へ帰ったのは、安吉が品川へ戻ったより後だといいますんで……」

もう一つ、面白いものをみつけた、と懐中の手拭の間にはさんで来た手紙を取り出した。

「蝶丸屋の番頭の梅之助がおきみと取りかわした起請文です」

麻太郎が訊いた。

「起請文って何だ」

仙五郎が絶句し、源太郎が答えた。

「麻太郎君は知らないかな。その昔、吉原なんぞの妓《おんな》が恋仲になった男と交換する約束の文ですよ。決して相手を裏切らないとか、末は夫婦になるという……」

「おきみは遊女ではないだろう」

「だから、この場合は惚れ合った二人の夫婦約束の証拠手形みたいなものかな」

気をとり直して仙五郎が話した。

「蝶丸屋で聞いたんですが、おきみは梅之助に首っ丈だったと申します。家の中どころか外でもおおっぴらに夫婦気どりで挨拶していたようでして……」

源太郎が憂鬱そうにいった。

「遺言で、万次郎と一緒になるようにと書かれてしまって、悲観したんですかね」

同じくがっかりしているような仙五郎に麻太郎が問うた。

「おきみが死んだ日のことだが、万次郎が買って来た西洋饅頭をおきみにとってやったのは誰か、わからないか。それと、茶を飲んだ筈だが……」

「それなら知って居ります」

「訊いてくれたのか」

「宗太郎先生の御指示で、蝶丸屋を調べましたんで……」

西洋饅頭はおりんが袋から出して鉢に盛ろうとしたのを、一番におきみがまだ紙袋の中にあるのをつかみ出して食べたという。

「茶でございますが、これはおきみが台所で仕度をして女中が盆の上にみんなの茶碗をのせて持って来たそうで、湯呑茶碗は各々のが決っているとかで、みんなが自分のを取ったってことです」

「それを叔父上に話した時、叔父上はなんとおっしゃった」

「へえ、どうも、わからんと……」

「そうか」

麻太郎が源太郎を眺めた。

「どう思う」

「おきみが、梅之助と夫婦になれないのを悲しんで毒を飲んで死んだということかなあ」

「仙五郎は……」

「あっしが聞いているおきみって女らしくねえような気がしますが、近頃の娘っ子は何を考えるか知れたもんじゃねえと申しますんで……」

お吉が串団子と茶を運んで来て、三人の男は帳場の脇の小部屋でそれを食べてから、麻太郎はバーンズ邸へ、源太郎は仙五郎と肩を並べて亀島川沿いに去った。

その別れぎわに、まだ事件に未練があるらしい源太郎がそっと訊いた。

「麻太郎君は毒が何に入っていたと思っていた」

「茶だよ」

「茶か」

「渋味のある茶なら、うっかり毒入りとは気づかず飲む可能性があると思ったんだが」

自殺なら、なんで飲もうと当人が毒と承知で口にするのであるから、あれこれ考える必要もない。

その月の終りの日曜日に、麻太郎はまた、「かわせみ」へ来ていた。

奥まった客室の一つに、少々、西洋人むけに手を加えたと花世から聞いた故である。

珍らしく帳場に出ていたるいに挨拶していると、暖簾を分けて、遠慮そうに若い女が入って来た。ふりむいた麻太郎へほっとした表情をみせて小腰をかがめた。

「仙五郎さんから、神林様の若先生のお住居《すまい》なら、こちら様へうかがってお教え頂くのが早いとききまして……」

蝶丸屋のおりんであった。

「わたしに御用ですか」

「申しわけありませんが、少しだけ、話を聞いて頂けますまいか、どうしてよいかわからなくて……」

すかさず、るいが声をかけた。

「麻太郎様、あいているお部屋がありますから、そちらで……」

案内されたのは、二階の菊の間であった。すぐに、るいが自分で茶菓子を運んで来てそのまま出て行こうとするのを、おりんが止めた。

「そちら様は……」

麻太郎が答えた。

「手前の叔母です」

「御迷惑でも、若先生と御一緒に話を聞いて下さいまし」

優しくうなずいて、るいがすわり直した。そのまま、うつむいたおりんに、麻太郎がそっと訊ねた。

「もしかして、茶のことではありませんか」

あっとおりんが小さな叫びを上げた。

「どうして、それを……」

「いや、なんとなくです」

はじかれたように、おりんが話し出した。

「あの日、万次郎さんがお土産を買って来て、みんなでお茶を頂くことになりました。おきみさんが台所へ行ってお茶をいれて、女中が運んで来ました。私共ではみな各々の湯呑茶碗が決って居りまして……」

「各々が、自分のを取って飲んだのですね」

「はい」

「居間にいたのは……」

「万次郎さんと梅之助、おきみさんとあたしと四人で……」

「成程」

「あたし、お湯吞を取って飲もうとして、これは違うように思いました」

日頃、自分は亡母の湯吞を使っているとおりんはいった。

「歿りました父と母は、日頃、大《おお》ぶりのお揃いの湯吞を用いて居りました。二人ともお茶好きで、たっぷりした湯吞は使いよいと申しまして……」

「お揃いの湯吞ですか」

るいがふと口をはさんだのは、かつて東吾と自分が大小の違いのある夫婦茶碗ではなくて、やはり大きさの同じ唐津焼の湯吞を愛用していたのを思い出した故である。

おりんがいった。

「ちょっと見にはお揃いですが、よく見ると少し違います。菊の花に流水をあしらった模様で、父のは流水が左から真直ぐに右へのびて途中で弧を描いて少し戻り、また右へ行って消えます。母のは逆に、流水が右から左へ流れて、やはり弧を描いてから左へ行って終っています」

つまり、流水が一方は左から出て右へ、一方はその逆になっていると、おりんは畳に指先でそれを描いて説明した。

「あたしが飲もうとしていたお湯呑の流水は左から出て居りました」

「それは、どなたが使っていたのですか」

麻太郎の質問に、おりんは僅かに息を呑み、返事をした。

「父が歿りましてから、おきみさんがお形見に欲しいといって、自分で使って居りましたのです」

おりんが手にしたのは、本来、おきみが飲むべき湯呑であった。

「そのことを、おきみさんにいおうとして顔を上げましたら、おきみさんが激しい目をしてあたしをみつめていました。あたしはなにかいうのが怖いような気持でためらっていると、おきみさんが湯呑のお茶に口をつけたので、もう取り替えるともいえなくて止むなく、あたしもそのまま、頂いてしまいました」

麻太郎の表情が柔かくなった。

「それで、あなたは何を考えたのですか」

障子窓の外に風の音がしていた。

上体をやや伏せるようにして、おりんが片手を畳についた。

「麻布ではこの節、おきみさんは、父の遺言で好き合った梅之助と添えなくなったのを悲しんで、毒を飲んで死んだのだという話が、世間様に信じられて居ります」

医者の恒庵に訊ねてみたとおりんはいった。

「毒はそのままでも飲めるのかと。恒庵先生は、やはり水か白湯《さゆ》でうすめて飲み下したのであろうとおっしゃいました」

居間には長火鉢に鉄瓶はかかっているが、湯呑のようなものを入れる茶簞笥がない。

「おきみさんは私共とお茶を飲んだ後、自分の部屋へ入りました。あたしは空いた湯呑を下げて台所へ行き、女中と片付けものをして居りました。おきみさんの部屋にも水差しとか湯呑のようなものは何一つおいておりません。それに、おきみさんを抱き起した時、あたしはなんとなく部屋を見廻しましたが、そのようなものはございませんでした」

麻太郎が軽く片手を上げた。

「おきみさんが自分で毒を飲むためには台所へ来ないと、水も器《うつわ》もない」

「台所にはずっとあたしも女中も居りました。おきみさんは来て居りません」

少し笑って、麻太郎がいった。

「では、西洋饅頭かも……」

「あれは、おきみさんが自分で取りました」

思い切ったように体を起して正面から麻太郎をみつめた。

「もし、毒がお茶に……いえ、湯呑に入っていたのでしたら……」

「お茶をいれたのは、おきみでしょう」

「はい、でも、湯呑が……」

麻太郎が穏やかに、おりんへいった。

「もし、あなたが自分の本当の湯呑の茶を飲んだら、死んだのはあなたかも知れない。しかし、本来ならあなたが飲むべき湯呑をあなたより先に取って飲んでしまったのはおきみです」

「間違えたのでしょうか。おきみさんが……」

「そうかも知れないし、そうでないかも知れない。本当の所はあの世へ行って、おきみに訊くしかないでしょう」

おりんが泣き出しそうになった。

「どうしたらよいのでしょうか。あたしは」

「どうする必要もありません。おりんさんにはかかわり合いのないことです。湯呑を取りかえたのはあなたではない。第一、おりんさんは自分の湯呑に毒が入っているなぞとは夢にも思っていなかった筈だ」

「はい、でも……」

おりんの唇が慄え出した。

「あたしは、おきみを憎んでいました。口には出しませんでしたし、みんなにも気づかれないように注意していましたけれど……」

物心つく頃から母親に、大きくなったら蝶丸屋のお内儀さんになるのだといわれて育ったと、遂におりんは泣きながら訴えた。

「おっ母さんが歿って、あたしはおっ母さんに代って蝶丸屋のお内儀さんの役目を果そうと一生懸命でした。万次郎さんと夫婦になるのが嬉しいとは思いませんでしたが、おっ母さんがのぞむように自分が蝶丸屋のお内儀さんになってやって行くのなら、それも仕方がないと思いました。なのに、お父つぁんの遺言では、蝶丸屋のお内儀さんになるのはおきみだと……それだけは嫌でした。それだけは許せない。あたしは何度も思いました。いっそ、おきみがぽっくり死んでしまったら、どんなによいかと……」

全身で泣きじゃくっているおりんの肩へるいがそっと手をかけた。

「あなた、おきみさんを殺しましたか。自分で毒を入手し、茶に入れて、おきみさんが飲むようにしむけましたか」

激しく首を振った娘へ、るいがいった言葉は凛として情にあふれていた。

「思うだけでは人は殺せません。死にもしませんよ」

おりんがぐしょぐしょになった顔を上げた。

「私がおりんさんなら、こうするでしょう。歿った方々の法要を大切にします。そして、蝶丸屋をしっかり守り抜きます。他に何が出来ますか」

半刻（一時間）後、おりんは麻太郎とるいに何度も頭を下げ、嘉助が呼んで来た人力車で麻布へ帰って行った。

外に出て、それを見送っているるいが麻太郎に訊いた。

「何故、おきみはおりんさんを殺そうとしたのですか」

麻太郎が微笑した。

「色と欲です」

おきみは梅之助が好きで夫婦になりたかった。が、遺言では万次郎と一緒にならないと蝶丸屋は継げない。

「おりんを殺し、その疑いを万次郎に向ければ一挙両得です」

麻太郎はそこで、うなずいているるいに少々のためらいを捨てていった。

「有難うございました。わたしはおるい叔母様が、こんなにも凄い人だとは、気がつきませんでした。尊敬します。感動しました」

頰を赤くしている麻太郎に背をむけたまま、るいがひっそりと呟いた。

「今日の麻太郎様をみていて、私、或る人を思い出していました」

「或る人ですか」

「ええ、その人は、昔、このかわせみで、あなたと同じように、若先生と呼ばれて居りました」

声を失っている麻太郎の耳に、煎豆売りの声が聞えて来た。

四角い桝《ます》に煎豆を入れて奉書で蓋をしたのをいくつか重ねて竹の枠でまとめ、天秤棒の左右につるして売り歩く、節分用の縁起物である。

「かわせみ」の暖簾から、ひょっこりお吉が顔を出した。

「まあ、世の中、へんちくりんになっちまったもんですねえ。どこの世界に、お正月の後から節分が追いかけて来るなんてのがあるんでしょうか。全く、お上のなさることにはついて行けませんですよ」

漸く、るいがふりむいた。晴れ晴れとした笑顔で麻太郎へいった。

「節分のお豆、お願い出来ますか」

豆撒きのことだとわかって麻太郎は大声で返事をした。

「勿論、喜んで撒かせて頂きます」

通りかかった豆売りが驚いて立ち止っている。西の空が茜色に染まりかけていた。

桜十字《さくらじゅうじ》の紋章《もんしょう》

一

その日、神林千春が大川端町の「かわせみ」を出て永代橋を渡り、富岡八幡宮へ参詣に出かけたのは、午前十時を過ぎていた。

三月といえば、旧暦の時代、江戸の桜は満開の時を迎えていて、大川を花見舟が賑やかに上って行ったものだが、新暦に変った今は、まだ川風にも冷たさが残っていて道行く人々の表情は浮かれ気分に程遠い。

いつものように拝殿に上って合掌し、暫く祈念してから深く頭を下げて漸く石段を戻りかけた恰好で、千春は思わず息を呑み、足を止めた。

参道にあの男が立っていた。

忘れもしない。

昨年の暮、千春が一人で「かわせみ」の帳場にいた時、暖簾《のれん》をくぐって入って来て宿を求めた男である。

あの時刻、「かわせみ」の客を泊める部屋がすべてふさがっていたわけではなかった。にもかかわらず、咄嗟に千春は、

「あいにく、空いているお部屋はございませんので……」

と相手を拒絶してしまった。

男は疑わしそうな表情をし、ねっとりと絡みつくような視線を千春に向けて不満そうに出て行った。

実をいうと、千春は自分が何故、男に宿泊を断ったのか、よくわからない。

男の名が榎本と、最初から知っていたら、或いはその姓に対する嫌悪感から泊めたくないと思ってしまったかも知れない。

けれども、男は名乗らなかった。男が榎本というのだと知ったのは、その男が出て行くのと入れかわりに帰って来た麻生花世に教えられたからである。

花世の話によると、その男は、今、神林麻太郎が勤めている築地居留地のバーンズ医師の許で、かつて一年ばかり医術を学んでいたことがあり、このところ、しばしば顔を

見せているらしいという。

うさん臭い奴、と、花世はいった。

仮にも自分の父親と昵懇《じっこん》で、麻太郎が住込みで働いている医師の許で、僅か一年にしろ修業した縁のある男を花世がそんなふうに評したのは、おそらく、彼女も「榎本」という姓に不快な印象を持った故ではないかと千春は考えていた。

とすれば、先方にとっては迷惑極まりないことであった。

この世の中に榎本姓の人はごまんといる。その中で、千春や花世が格別な意識を持つ榎本姓の男はたった一人であった。他の榎本姓の人は、なんのかかわり合いもない。

参道に立って自分を眺めている男に気がついた際、千春の脳裡に浮んだのは以上のことであった。

とはいえ、相手の男にいい印象が生じたのでもなかった。で、視線を伏せ、その男の横を通るのを避けて、参道の敷石へふみ出そうとした足を拝殿の右手の社務所へ向けた。

「お待ちなさい。神林千春どの」

男にしては甲高い声で呼ばれて、千春はふりむいた。

「貴女が神林東吾どのの娘だということは知っています」

最初の驚きが去って、千春は相手を瞠《みつ》めた。

「私に、なにか御用でしょうか」

「少々、お話し申したいことがござる」

「どのような……」

「榎本武揚と申す男についてです」

「そのようなお人には、なんのかかわりもございません」

背を向けようとした千春に、男は素早く近づいた。

「そうはいわせませんぞ」

男の手が肩にかかる寸前に、千春はとびのいた。

「なにをなさいます」

男が苦笑した。

「なにもしません。そう兎のようにとびはねるのはやめて下さい」

千春は眼のすみで社務所を見た。そこには千春の顔馴染の神官がいる筈であった。

「貴女が榎本武揚の名にこだわっている理由をいいましょうか」

男の口調が早くなった。

「第一に、貴女は毎月十九日にこの社へ参詣に来る。それは何故か。月は異なっても、十九日は貴女の父上が榎本武揚率いる艦隊の一隻、美加保丸に乗って江戸湾を出て行った日だ」

黙っていたが、千春の全身に熱い血がかけめぐり出していた。

慶応四年八月十九日払暁、開陽、回天、蟠龍《ばんりゅう》、千代田形、長鯨、神速、美加保、咸臨の八隻の艦隊が土砂降りの雨の中、品川から出港して行ったと、「かわせみ」の人々が知ったのは、その翌日のことであった。

悲報は月の終りになって届いた。

二十二日から二十三日にかけて台風に遭遇した艦隊は銚子沖でばらばらになり、美加保丸は房総沖で破船沈没、咸臨丸は漂流して下田を経、清水港へ入港したところを薩摩軍に拿捕《だほ》され、多くの死者が出た。

榎本艦隊はその後、箱館に集結、五稜郭にたてこもり、明治二年五月十八日に政府軍に降服したが、そんなことは千春にとってどうでもよかった。

神林家の人々、神林東吾に格別の思いを持つ人々は、みな房州まで出かけて行った。誰もが、神林東吾の生存を信じ、その行方を求めて奔走した。生きているという確証もなく、死んだという証拠もないままに、月日は過ぎた。

母と共に、何度、あの海原をみつめ続けたことかと思う。

男が千春の様子を眺めていった。

「貴女は八月十九日を父上の命日と決め、ここへ社参に来ているに違いない」

「いいえ」

千春は激しく否定し、静かにつけ加えた。

「私共は、父の死を信じては居りません」

「ほう」

相手が息を吐いた。

「では、わたしの話をしましょう。わたしの二人の兄は、共に榎本の崇拝者でした。奴と共に行動し、五稜郭で戦死したのです。生き残りの者が後日、二人の兄の遺品を届け最後の様子を知らせてくれた時から、わたしは我が名を榎本新之介と改めました。かけがえのない二人の兄を非業に死なせた奴への憎しみを忘れないためです」

あっけにとられて千春は訊いた。

「では、貴方の本当のお名前は違うのですか」

「父がわたしにつけてくれた名は石井兵助《ひょうすけ》です。しかし、わたしは今の政府が戸籍を作るといって来た時には榎本新之介と届けましたよ。奴に報復する日まで、わたしは榎本新之介です。さぞかし、いい気分でしょうね。榎本が榎本に殺害される日が来たら……」

千春は眉をひそめて相手を見守った。

榎本新之介、いや、石井兵助は満面を朱に染めて演説をしていた。なまじ、眉目秀麗といった男前だけに、怖《おそろ》しい気がした。

「神林千春さん、あんた方は腹が立たんのですか。榎本を信じ、彼の志に共鳴し、北海道に共和国を作って、まず、外国に認めさせるなんぞという空手形のために、次々と戦場で無念にも死んでいった者に対し、元凶の榎本は黒田侯の勧めで降参し、同じく黒田侯の助命嘆願によって、僅か二年半で獄中から出された。そのあげく開拓使四等の地位をもらって政府に仕えたのですよ。死んだ者貧乏。こんなことが許されてよいと思いますか」

まるで酒に酔っているかのように、石井兵助は続けた。

「許せないのは、今年一月に奴が海軍中将を拝命したと新聞で知った時です。冗談ではない。ぶっ殺してやる」

境内を畝源太郎が走って来た。その後から長助が近所の鳶の若い連中の先に立って地を蹴ってくる。

「千春さん」

源太郎が叫び、千春がそっちへかけ出した。

社務所から人が出て来る。

「参詣人が知らせてくれたんだ。ちょうど、俺は長助の所へ来ていて……」

ばすっと鈍い音がして、源太郎の足許の土がえぐれた。

源太郎が千春を背後に抱え、相手を睨みつける。

短銃をこれ見よがしに突きつけたまま、石井兵助はあっという間に境内から姿を消した。

二

次の日曜日に、神林麻太郎は迎えに来た畝源太郎と共に築地から牛込へ向った。

早朝から雲が厚く、大気はしめり気を帯びている。

居留地で「鶏の館《やかた》」と呼ばれているバーンズ邸を出る時、マギー夫人が雨仕度をしていない源太郎をみて、洋傘を二本、麻太郎に渡した。

「面倒がらずに持ってお行きなさい。今日は必ず降りますよ」

母親のような口調でいわれて、二人は神妙に一本ずつを受け取り、

「それでは行って参ります」

と挨拶をした。

二人共、まるで申し合せたように絣《かすり》の着物に小倉の袴、朴歯《ほおば》の下駄を素足に履いて、颯爽と本町通りから湯島聖堂の脇を通って牛込橋をめざした。

「どうも奇妙な奴がいるものだな」

肩を並べて歩きながら麻太郎が慨嘆したのは、榎本新之介と名乗っている石井兵助についてであった。

「たしかに箱館の戦で兄さん二人が死んだのは口惜しいだろう。その口惜しさが彼らをその戦に導いた榎本に向っても仕方がないが、憎しみを忘れないために、その名前を名乗るというのは異様な気がするよ」

「そもそも、かわせみへ来るのからして異常ですよ。千春さんをつけ廻していたようだし……」

むしろ、そっちが気になると源太郎はいった。

「あいつが何を考え、誰に報復しようとそりゃあ勝手ですがね。女子供になにをしろというんですか。冗談じゃない」

「ピストルを持っていたのだろう」

「本気で撃ち殺そうとしたわけじゃなさそうですがね」

しかし、源太郎の足許へ向けて発砲している。

「狂気の沙汰だな」

怪我がなくてよかったといった麻太郎に、源太郎が懐中に手を入れて笑った。

「今日は一応、用心して来ましたよ」

「ピストルを……」

「そんな器用なものは持っていません」

ちらりと見せたのは麻縄のようである。

縄を武器とは、源太郎らしいとその時の麻太郎は思った。

お茶の水を過ぎたあたりから周囲に桑畑が目立った。

麻太郎の記憶にあるこの辺りは武家屋敷ばかりで、桑畑なんぞありはしなかった。

「これでも減って来たほうでね。一、二年前までは見渡す限りの桑畑、ここも江戸の内かと思うと泣けて来たものです」

新任の東京府知事が、主人を失った武家屋敷をぶちこわして桑畑にして殖産興業の道を開こうと本気で考え、実施にふみ切ったのは明治二年のことで、その頃、麻太郎はイギリスへ留学していたから全く知らない。

昨年、帰国してなにかの折にその話を聞いたものの、実際にその風景を目にしたのは今日が初めてであった。

「お城のまわりに桑畑を作ろうなんて、田舎者のやることは、つくづく凄いもんですよ」

江戸生まれで、江戸より外で暮したことのない源太郎が口をとがらせ、麻太郎が苦笑した。

「父上がおっしゃったよ。旧幕時代の武士は大名も旗本も屋敷を放りっぱなしで江戸から逃げ出してしまった。建物は荒れ放題で盗賊の棲家になっていたりする。幕臣とつき合いのあった御用商人も後難を怖れて都落ちをする。残ったのは逃げ出したくとも逃げるあてがなかった貧乏人ばかりであったとね」

「直参は仕様がないですよ。直ちに屋敷を開け渡して退散せよ、ですからね」

先祖代々の八丁堀の住人も、みな屋敷を出て、各々に散って行った。

「新政府も大馬鹿野郎だ。世の中の仕組みなんてものは下っ端役人がしっかりしてなけりゃどうにもならない。御改革だ、御維新だで、根こそぎ叩き出したあげくに人材不足、駒不足でお手上げだ。迷惑しているのは、天子様がおっしゃるところの一番下の民草さ。民草泣かせて、この国が繁栄すると思いますかね」

桑畑を目にしたことで、源太郎が日頃の忿懣《ふんまん》をぶちまけながら歩いているのを、麻太郎は黙って聞いていた。

自分は何もいえないと思う。この国がもっとも苦しい時を血を流して乗り越えようとしている頃、自分は外国にいた。

それは大きな変動がこの国を襲った後、過去も現在も均等な目で冷静に判断し、未来へつなげて行く力を持つようにと、神林家の両親が麻太郎のためにしてくれた配慮だとわかっていても、麻太郎はつらかった。

少くとも、子供の時から兄弟のような深い絆《きずな》で結ばれて来た源太郎が苦しみ、悶えていた時、自分はなんの力にもなれなかったという口惜しさが麻太郎にはある。

が、ひとしきり心中のもやもやを吐き出すと、源太郎はいつもの人のよい顔を取り戻した。

「牛込っていったって広いぞ。いったい、どの辺りを探せばよいのだろう」

石井兵助の家のことであった。

正確な住所はバーンズ先生も知らなかった。

「もともとは、わたしが横浜で開業している時分、石井寛斉という医者が訪ねて来ていろいろと教えを乞われた。紹介者がアメリカ長老教会の宣教師、ルーミス牧師でね。何度、横浜までやって来たことか。大変に熱心な医者であったよ。榎本新之介は彼の伜《せがれ》でね。三男坊なので他家に養子にいって苗字が変ったといっていた」

牛込という地名は石井寛斉がバーンズ家へ来た時に話したもので、そういったところはまことにのんきなバーンズ先生なのである。

「医者というのが一つの手がかりだな。なにしろ桑畑にされちまって人家は少いに違いないから、案外、わけなくみつかるかも知れないよ」

自分でいい出して、自分で答えて、源太郎は、浦島太郎になった感じの麻太郎をはげました。

けれども肝腎の牛込橋まで来てみると、桑畑はめっきり少くなって、新築の家が目立つ。それでも何人かに訊いて廻ると、

「石井寛斉先生の住居なら、築土《つくど》八幡の裏だ」

と教えてくれる者があった。

で、神楽坂を上って横丁に入り、築土八幡宮の社務所で訊いて訪ねて行った石井家は、造作は武家屋敷のようにものものしいものの、ひどく古びていた。外からのぞける庭も久しく植木屋の手が入っていないようで、木の枝は伸び放題、雑草が丈高く生い茂っていて、浅茅生《あさじう》の宿といった印象である。

いささか、あっけにとられて麻太郎と源太郎が眺めていると通りすがりの老人が、

「あんた方、石井先生を訪ねて来たのなら、裏門へ廻りなされ」

と教えてくれた。で、塀に沿って左折して行くと、確かに丸木柱の門があって、その戸は左右に開いている。

門から玄関までは僅かに一間《いっけん》ばかり、玄関の格子戸から子供の手をひいた女が出て来たのは、どうやら治療を受けて帰って行く患者らしい。

麻太郎が格子戸の前へ進むと、そこに若い男が立っていてこっちを見ている。

「なにか御用ですか」

と訊かれて、麻太郎は、

「率爾《そつじ》ながら、こちらに石井兵助どのは居られますか」

と訊いた。

「石井兵助なら、手前ですが」

返事を聞いて、麻太郎は思わず源太郎と顔を見合せた。相手はせいぜい十四、五歳、麻太郎達の知っている男とは似ても似つかない。

「では、榎本新之介どのといわれる御仁にお心当りはありませんか」

重ねて訊ねると、奥から中年の男が出て来た。筒袖にくり袴、髪は昔ながらに茶筅《ちゃせん》髪《がみ》に結っている。

「手前は石井寛斉と申しますが……」

と挨拶されて、改めて麻太郎と源太郎も名乗り、築地の居留地に住むバーンズ医師の門弟で、榎本新之介、実は石井兵助と名乗る男について訪ねて来たことを告げた。

「バーンズ先生ならば、昔、横浜にお住いの頃、噂を聞いて何度か教えを乞いにうかがったことがございます」

築地居留地に転居されたことは知らなかったが、お変りはありませんかと、なつかしそうにいう。

「相変らず、お元気でいらっしゃいます」

と答えながら、麻太郎は石井寛斉親子を観察していた。ごく平凡な町医者の感じであった。旧幕時代はそれ相応の身分の患者を持っていて格式ばった暮しをしていたのかも知れないが、今はそうしたことに捕われず、訪ねて来る病人の治療に当っている。石井兵助という悴が父親を助けて働いているのも好感がもてた。

「どうやら、手前共が尋ねて居ります人物は、こちらの御子息の名を無断借用したような気が致します。失礼を承知でうかがいますが、そういった人物にお心当りはございませんか」

といった麻太郎に寛斉は人のよさそうな目を細くした。

「それは、おいくつぐらいの……」

「しかとはわかりかねますが、おそらく三十は過ぎていようかと。中背にて、やや痩せぎす、瓜実顔《うりざねがお》で目鼻立ちの整った男で、以前は武士の家の生まれのような気が致します」

「江戸者でございましょうなあ」

「言葉からして左様かと……」

兄が二人いて、どちらも榎本武揚に心服し、箱館へ行って歿《なくな》っているといっていたと話すと、寛斉の表情が変った。

「それは佐々木新三郎ではないか」

この屋敷はもともと、旗本佐々木家の所有であったと寛斉はいった。

「手前の家は牛込御門の近くにあり、佐々木家の御当主が病身であった故、旧幕時代はしばしばお出入りをして参りました」

佐々木家には三人の男児がいて、長男と次男は軍艦操練所へ入っていて、幕府が瓦解した後、榎本武揚に従って箱館へ行き、二人とも歿った、と寛斉はいった。

「御当主はすでに老齢。手前は依頼されてこの屋敷をあずかり、老夫妻は下野《しもつけ》のほうへ行かれたが、間もなくお二人とも、歿られたと聞いて居ります」

「新三郎どのは三男ですか」

「左様、御両親と共に下野へ行かれて……。そう申せば、一度、新三郎どのがここを訪ねて来られたことがございました。御両親の遺骨を佐々木家の菩提寺へおさめに来たとやらで、それっきり音沙汰はありませんので」

「下野へ戻られたのでしょうか」

「いや、それはなんとも……」

急に、少々お待ち下さいといい、開け放したままの奥の部屋へ行った。そこに仏壇がみえる。ひき出しから何やら布にくるんだものを出して寛斉が戻って来た。

「その折に、新三郎どのがおいて行かれたものでございます。形見とおっしゃいましたが……」

麻太郎が布を開いてみると、一分銀ほどの大きさに平たく銀を延ばした上に、家紋のような模様が打ち出してある。

「薩摩様の紋所のような感じでございますが」

と寛斉がいったように十字が刻印されていて、十の交ったあたりに桜の花がついていた。


上に穴があいていて、そこに細い銀の鎖が通っている。

「もし、よろしかったらお持ち下さい」

と寛斉にいわれて、麻太郎は念を押した。

「おあずかりして行ってかまいませんか」

「さし上げます。実を申しますと、手前共ではあまりあの御方にかかわり合いたくございません」

なんのつもりで、自分の悴の名前を偽称したのかと、寛斉は立腹している様子であった。

三

牛込の帰りに、麻太郎と源太郎は狸穴《まみあな》の方月館を訪ねた。

雨はちょうど二人が神林家の玄関を入ったあたりから降り出した。

「運がようございましたね。ほんの一足違いでしたもの」

出迎えた香苗が二人を居間へ通しながら、大粒の雨が急に速さを増して庭へ叩きつけられるのを眺めていった。

麻太郎から榎本新之介を名乗っていた佐々木新三郎の一件を聞き、石井寛斉から渡されて来た十字に桜の型を打ちつけた銀細工を手にして通之進は軽く眉を寄せた。

「お前達は、これを何と思った」

と訊かれて、まず、麻太郎が答えた。

「桜がなければ、くるすでしょう。むこうでは、キリスト教の教会でよく見ましたし、築地の居留地でも、こんなのを首にかけている人がいます」

源太郎がいった。

「佐々木新三郎は切支丹でしょうか」

「切支丹か」

通之進が微笑した。

「徳川様の世では、キリスト教は御禁制であった。切支丹は磔《はりつけ》、火あぶりになるとみな怖れたものじゃが……」

新政府は諸外国からの強い要請により明治六年に切支丹禁制の高札を撤去し、宣教師が日本人に伝道するのを許した。

「それ故、今はこのようなものを所持していたところで何ともないがのう」

その昔、世の中が戦国乱世であった頃には切支丹を信仰する大名もあって十字架を軍旗や馬印に用いていたことがあるようだと、通之進は二人の若者に話した。

「それらの中には十字架紋と申して十字架をそのまま家紋として決めた大名もあったが、やがて幕府は切支丹を禁制となし、厳重に処罰を行ったのは、其方達も知って居ろう」

麻太郎がうなずいた。

「我が国では、まだキリスト教に偏見を持つ者が少くありません。石井寛斉もこのようなまぎらわしいものを所持するのは剣呑と思っていたようで、我々に渡してほっとしているような感じが致しました」

香苗がおとせと共に二人分の膳を運んで来た。まだ昼をすませていないと知っての心尽しで、通之進から、

「二人には話がある。かまわぬから、ここへ運んでつかわすように」

と許しがあったからである。

その通之進のために新しい茶を勧めながら、香苗が夫の手にある十字の銀細工に気づいた。

「まあ、珍らしい久留守《くるす》紋でございますね」

通之進が訊ねた。

「このような久留守紋をみたことがあるのか」

「いえ、これは初めてでございます」

「そうであろうのう。わしも、これは見たことがなかった」

麻太郎が取り上げた箸をおいた。

「久留守紋とは、先程、父上が仰せられた十字架紋のことでございますか」

「左様。十字架紋にせよ、久留守紋にせよ、家紋の中にそのような名があるわけではない。

ただ、信仰と申すものは、どのようにお上の禁制となっても容易にその心から消えるものではないとわしは思う。とはいえ、あえてお上に逆って自らを破滅に導くのは、自分一人ならともかく、一族や家臣を抱える大名の立場ではなかなかそこまでの決断は出来にくい。されば心の中にとどめ、表向きはお上に従う道をえらんだ時、十字架紋に手を加え、肝腎の十字架を目立たなくするくらいの分別はあろう」

十字架の上下や左右に単純な花のような飾りのついた花久留守紋や、菱型や丸の中に十字を取り込み、周囲に工夫をこらした家紋を作って用いたのが久留守紋で、

「お寺社や、宗門改めの役人などが俗にそう呼んで居った。町奉行所でも職務柄、そうした知識が必要であったし、麻生家の義父上《ちちうえ》は目付役をつとめられた折に、旗本で久留守紋を使う家があるのを知られて関心を持たれていたのだよ」

通之進の言葉を聞いて香苗が麻太郎に微笑した。

「歿ったお祖父様《じい》は、とがめだてするためにそうしたものをお調べになっていたのではありません。御心配なすっていらっしゃったのは、キリスト教の名を借りて世の中に無

法を働こうとする集りの者どもが久留守紋を仲間のしるしに使ったり、久留守紋に礼拝することで仲間の結束を固めたりすることがあるそうで、それ故にどのような久留守紋があるのか昔の文書をごらんになっていらしたのですよ」

麻太郎が香苗にうながされて箸を取り上げながらいった。

「母上は、それをごらんになったことがおありなのですね」

「とても美しくみえたものですよ。家紋というのは本来、よく出来ていますでしょう。繊細で工夫されていて……」

「イギリスで、わたしが持参した紋付の家紋を、或る時むこうの人々が見て感嘆されたことがあります」

神林家の家紋は「源氏車」であった。

二人の若者のために飯櫃《めしびつ》を持って入って来たおとせがそっと告げた。

「宗三郎先生からうかがいましたのですけれど、例の広尾の祇園御堂《ぎおんみどう》様へ親御さんを取りかえしに行こうという人々が大勢集って、なにやら騒動になっているようでございますよ」

源太郎がはやばやと二杯目の飯をよそってもらいながら、おとせに訊いた。

「祇園御堂様というのは、なんですか」

飯茶碗を渡しながらおとせが少々、困った顔で返事をした。

「なんでも大変に御利益のある神様だとか。昨年あたりからお年寄の方々が信心のため講中を作っておこもりなどをするようになっていたのですが、だんだん、家へ帰らないとか」

「余程、居心地がよいのですかね」

気持がよいほどの食欲で膳の上のものを片付けながら源太郎がいったのは、昔、亡父から老婆ばかりを人質にとって大金を詐取《さしゅ》した生き神様と称する女の話を聞いたのを思い出したからである。

「居心地がよいのかどうかは存じませんが、広尾の名主様がおっしゃるには、皆さん、家からかなりの大金を持ち出しているとか」

庭に足音がした。

「宗三郎でございます」

と声がかかって、おとせがすぐ障子を開ける。

「仙五郎が参って居ります」

麻生宗太郎の弟の天野宗三郎は兄と一緒に方月館診療所で働いている医者で、今日も白い上っぱりを着用している。

「かまわぬ、こっちへ来るように」

通之進が立ち上り、庭のすみから、かつて飯倉一帯を縄張りにしていた岡っ引、桶屋の仙五郎が走って来て膝を突いた。

「どうも、だいぶ怪我人が出ているようで、広尾の名主様が、方月館の麻生先生に来て頂けないかと……」

仙五郎の言葉にかぶせて宗三郎がいった。

「兄は只今、所用で築地のほうへ行って居ります。代りに手前が参ろうと思います」

通之進が仙五郎を見た。

「怪我人が出ているとは、親を迎えに行った者達が乱暴を働いて居るのか」

「いえ、そうじゃございません。実は皆さんが祇園御堂へ親御さん達を取り戻しに行くとおっしゃいますので、あっしも心配してついて行ったんでございますが、最初《はな》からむこうが親に会わせませんので……」

「親が帰りたくないと申して居るのか」

「違《ちげ》えますんで……」

仙五郎の声が高くなった。

「今までは、むこうがそういいますんで、みんな、そうかと思っていたんですが、昨夜、広尾村の仁助爺さんが水車小屋の所で半死半生になっているのがみつかりまして……」

「仁助というのは祇園御堂の講中の一人です。先月からおこもりと称してむこうへ行っていたものですが……」

宗三郎が仙五郎の言葉を補った。

「仁助の口から、どうやらおこもりに入っている年寄達がえらいことになっているらしいとわかりまして、今朝、広尾の名主が番所へ訴えに参りました」

「巡査が祇園御堂へ参ったのか」

「なんとかいってくれたそうですが、先方へ行って坊さんに聞いてみると、祇園御堂の生き神だか生き仏だかという女は、アメリカ長老教会のカロザス牧師の妹で、苦情があるなら築地居留地のアメリカ長老教会へ行ってくれといわれたそうで、そのまま、帰って来たと申すのです。実は兄が今日、築地へ行ったのは、その故なのですが……」

とにかく、手前は仙五郎と参りますので、といった宗三郎に、麻太郎と源太郎が同時に叫んだ。

「わたしも一緒に参ります」

通之進が制した。

「待ちなさい。ともかくも、わしが行って様子を見よう」

「父上がお出ましになるまでもありません。我々におまかせ下さい。これをお借りして参ります」

おとせが小さく声を上げたのは、麻太郎が手に取った十字に桜の花を打ちつけた銀細工に気がついた故である。

「それでございます。祇園御堂の講中の方々が首から下げているお守りで桜十字と申すと聞きました」

方月館へ治療に来ていた年寄が講中に入ったとかで、みせてくれたといった。

「六本木の菓子屋の御隠居でお勝さんとおっしゃるのですが、おこもりに行く度に、持病の喘息がよくなるとか……」

麻太郎がいった。

「ひょっとすると、祇園御堂とやらに佐々木新三郎もかかわっているのかも。とにかく、手前共が参ります」

通之進の返事を聞く前に玄関へとび出して行く。雨はすでにやんでいた。

庭からは宗三郎と仙五郎が走り出し、通之進は香苗に苦笑した。

「あいつら、わしを老人扱いしおったぞ」

四

狸穴から新堀川へ出て、仙五郎は近道をたどりながら四ノ橋を渡る。

もともと、このあたりは大名家の下屋敷が広大な敷地を持っていたが、その殆んどが荒れるにまかせている。

塀が毀《こわ》されたり、大樹が伐《き》り倒されたりしたままで、大嵐が通り過ぎた後のような気配であった。

川沿いをひたすらたどって行くと水車小屋で、そのむこうのかつて森越中守の下屋敷のあったあたりに祇園御堂と呼ばれる建物が石垣に囲まれている。

人々が立ちさわいでいるのはその周辺で、少し手前の畑地のところに女が三、四人、頭から血を流して倒れている男の介抱をしていた。怪我人は他にも五、六人、と見て宗三郎がすぐ手当をはじめる。

仙五郎が先に立ち麻太郎と源太郎は祇園御堂の門前へ行った。

十数人の男達が、

「親父様を返せ」

「お袋様に会わせてくれ」

などと叫びながら門内へ入ろうとし、それに対して白い着物に黒い僧衣をまとった坊さん達が六尺棒をかまえて阻止している。

「待て、待て」

麻太郎が仙五郎にささやき、人々をかき分けて仙五郎が前へ出た。

「方月館の若先生をお連れした。先生が坊さんに話をつけて下さる。みんな、さわがねえで待つんだ」

ふりむいた男達の中には神林麻太郎の顔や名前を知っている者もいたが、多くは知らない。それでも広尾一帯に住む者には方月館の名は効果的であった。

かつて、方月館には松浦方斎という秀れた剣術家がいて、その弟子に当る若先生と呼ばれている人物は町奉行所にかかわり合いがあって、どんな難事件でも片はしから解きあかし、弱い者の味方をして下さった。そして、今の方月館は病人や怪我人に対して救いの神の存在であった。

男達の何人かが叫んだ。

「お願い申します。親父やお袋を取り返して下せえ」

人々の間を通って麻太郎と源太郎が門の前へ行った。

麻太郎は、六尺棒をかまえている坊さんの黒い僧衣の胸に、十字に桜の印を打ち出した紋章が首からぶら下っているのを眺めて、さりげなく声をかけた。

「少々、お訊ねします。こちらはアメリカ長老教会のカロザス牧師様にかかわり合いのある教団の伝道所と聞いて参ったのですが、間違いはありませんか」

坊さんの間に動揺が走った。おたがいに顔を見合せるようにして返事をしない。

と見て、麻太郎がいった。

「こちらは大事なお話があって参ったのです。もし、皆様がよくおわかりでなければ、責任者の方をお呼び頂きたいのです」

懐中から取り出して見せたのは、十字に桜の模様のある銀の紋章で、坊さんの態度が急に変った。

「只今、お呼びして来る。少々、お待ち下され」

一人がそそくさと建物のほうへ走って行くと、残りの坊さんも六尺棒を引き、麻太郎と源太郎を門内に招じ入れた。

そこからは建物の全容がよく見えた。

明らかに大名家の下屋敷の建物を正面だけ改造したもので、柱という柱にはすべて白い塗料を塗り、おそらく式台のあった入口附近は西洋風の扉がついて、そこにも十字に桜の紋章が描かれている。

その扉があいて、キリスト教の修道僧が着るような黒い僧服をまとった男が出て来た。

やはり、と麻太郎が源太郎へ目くばせする。

男は佐々木新三郎であった。

むこうも、麻太郎と源太郎に気づいてぎくりと足を止める。

「やあ、誰かと思えば、榎本新之介どのですか。しかし、千春の話では、御本名は石井兵助どのとか。それとも、佐々木新三郎どのと申し上げたほうがよいのですか」

相手が満面を朱に染めた。

「貴様ら、なんの用だ」

「こちらにおこもりと称して監禁されている善男善女を解放してくれませんか。家族が心配して迎えに来ています」

佐々木新三郎が憎々しげに言い放った。

「監禁とはいいがかりもほどほどにせい。信者はみな信仰のために大事なおこもりをして居る。信仰を捨てて帰る者なぞ一人も居らぬ」

「では、そのおこもりの様子を少々、見学させて頂けませんか。場合によっては、応分の寄附をさせて頂きます」

「馬鹿な。信者でもない者におこもりの様子など見せられるものか」

「信者になるにはどうすればよいのですか。例えば、あなたが首にかけているこの紋章をロザリオのように、こうわたしが下げては如何ですか」

手に持っていた銀細工を麻太郎が胸に下げ、新三郎が悪鬼の表情になった。

「おのれ」

右手を懐中に入れてピストルを取り出してまず、空へ向けて一発撃った。

「貴様、死ね」

麻太郎へ向けてねらいを定めた瞬間、源太郎の手から蛇のように麻縄がくり出された。鉄砲玉の速さで宙を走ってピストルにからみつく。同時にもう一本の麻縄の先端が新三郎の右肩に叩きつけられた。

絶叫と共に、新三郎が肩を押えてのけぞり、ピストルはあらぬ方角へはじけとんだ。

眺めていた僧が新三郎に走り寄り、もう一人が源太郎へ六尺棒をかまえて突進しかけたが、奇声を上げて地面にころがった。

ひゅうひゅうと風を切って、源太郎の手から生き物のように二本の麻縄がくり出される。

その先端には鋭《とが》った鉄球が装置されていて、ねらった相手の体へ正確に打ち込まれる。

麻太郎がピストルを拾った時、仙五郎が集っていた人々と門を押し開いた。

そして麻太郎と源太郎は、あっけにとられて眺めた。

神林通之進を先頭に、馬上に白鉢巻、槍を抱えた老人達がいっせいに門内へ走り込んで来たからで、

「世の中をさわがす邪宗門一味、いざ、尋常に縛につけ」

元江戸町奉行与力の号令の下、雪崩を打って建物の中に押し込んで行く。続いて仙五郎や男達が手に手に鍬だの薪雑棒《まきざっぽう》を摑んで、

「親父様」

「お袋様」

と叫びながらとび込んだ。気がついたように、それらの中に加わった源太郎の後姿を見送って、麻太郎は苦笑した。

「おい、麻太郎、お前はこっちを手伝ってくれ」

背後から声をかけられて、麻太郎はふりむいた。

いつもの筒袖にくくり袴、麻生宗太郎が門の外から手を上げている。

「叔父上、いつ、築地から……」

そっちへかけ出しながら、麻太郎は忽ち医者の顔になっていた。

五

「いつの世にも宗教に名を借りたいかがわしい連中は後を絶たないもので、生き神だの生き仏などと祭り上げられた人間が御託宣を述べたり、御祈禱をしたり、それに無智蒙《むちもう》昧《まい》な輩どころか、けっこうまともな人間もころりと欺されて、せっせとお賽銭を貢ぐなどというのは珍らしくもない。江戸の頃なら十字架の切支丹のといえば大さわぎにもなったが、御禁制が解除された今はなんということもない。おまけに肝腎の警保寮は今年になって内務省に移されて、犯罪の探索は司法警察、犯罪を防ぐほうは行政警察と、なんだかはっきりしない分け方になったから、それでなくとも人手不足の東京警視庁としては、折角、捕えた連中をろくに裁判もせず、叱りおく程度で釈放してしまったのも無理ではないと思うがね……」

祇園御堂と称する擬似宗教団体が神林通之進達によって捕えられ、その内容が暴露され、その処罰が官憲にゆだねられて半月、狸穴の方月館に麻太郎と源太郎がやって来て、宗太郎が話をした。

宗太郎の所に持病の治療に来ている患者が司法省につとめているところから、この前の騒動の結果を教えてくれたものだが、あらかじめ、源太郎より一日早く狸穴へ来て、通之進から大方を聞かされていた麻太郎はともかく、源太郎は少からず腹が立ったらしい。

「では、佐々木新三郎も無罪放免になったのですか」

おとせが作って運んで来た甘酒の茶碗を二人の若者に取ってやりながら、宗太郎が少々、複雑な表情を浮べた。

「あいつは肩の骨を砕かれていてね。まず、どう治療しても右手は使えなくなるだろう。ただし、それであいつの心の中にあるかたくななもの、一つ間違えば凶悪と化すものが消えるかどうか」

いいさして、別に、

「例の麻縄は持って来たか」

と源太郎に訊いた。

源太郎が懐中から麻縄を取り出して、宗太郎に渡した。

強く撚《よ》った独特の麻縄の両端に鉄砲玉ほどの鉄球が付いている。鉄球には小さな穴が開いていて針金がそこを通って麻縄と鉄球をしっかり固定してあった。

「こんなものを、どうやって作った」

「球は知り合いの鍛冶屋が試行錯誤のあげく、この大きさにしてくれました」

破壊力を高めるにはもう少し大きいほうがよいのだが、

「そうすると飛距離が限定されますので……」

「それにしても、随分と工夫し、練習したのであろうな」

源太郎が父親に悪戯をみつけられた時のような顔をした。

「昔と違って無腰ですからね。相手は何を持っているかわかりませんし……」

実際、佐々木新三郎はピストルを持っていた。

「まあ、滅多に使おうとは思いません」

「いい工夫だよ。人間備えあれば憂いなしという。身の守りにしなさい」

「有難うございます」

麻太郎がいった。

「鉄球のおかげで助かりました。下手をすると撃ち殺されていたかも知れません」

「通之進どのがあきれてお出でであったよ。麻太郎は蝙蝠傘で相手を叩き倒す気でいたようだと……」

宗太郎の言葉に、麻太郎が首をすくめた。

「イギリスで見たことがあるのです。酔っぱらいが洋傘で叩き合いをしていたのを……けっこう破壊力があると感心したものですがね」

それにしても、佐々木新三郎と祇園御堂との結びつきがわからないといった。

「奴のような男が宗教を信じるとは思えませんが……」

「あいつにとっては方便だな」

甘酒をすすりながら、宗太郎がいささか憂鬱そうに答えた。

「榎本武揚に対する私怨と、その榎本を登用した新政府への憎しみ。この節、諸方で耳にするのは、旧幕時代の直参や諸大名の陪臣の間で新政府に不平不満を持つ者が急にふくれ上っていることだ」

武士は一応、士族と位置づけられて面目を保つかに見えたが、実情はなんの保証も与えられず、世の中から置き去りにされ、困窮した生活を送っている者が圧倒的に多いと宗太郎はいった。

「おまけに新政府の上層部は薩摩、長州、土佐、肥前と各々が対立し、権力争いに終始している。その虚に乗じて各地に反乱が起り続けているのは、二人も知っているだろう」

今年になって、司法制度の整備に力を入れていた元参議の江藤新平が佐賀で起った不平士族の不穏な動きを鎮撫するために出かけて逆に頭首となって担ぎ出された結果、二月から一ヵ月に及ぶ政府軍との戦いのあげく、反乱軍は鎮圧され、江藤新平は梟首《きょうしゅ》という結果に終っている。

「わたしが思うに、こういった不平士族の反乱はまだまだ続出するに違いないし、その中には同志が得られず、佐々木新三郎のように徒手空拳でこの世の中に暴動をひき起すことで鬱憤ばらしをしようとする困った輩も出て来る」

今のところ、そういった者が手近かに味方につけるのが宗教ではないかと宗太郎がいい、源太郎が合点した。

「たしかに困っている坊さんが増えています」

大名家や旗本の庇護を受けていた寺は新政府の時代になって、その一切を失った。寺領とされていた土地はなくなり、寄進を受けることもない。商人の世界にも栄枯盛衰が激しくて、かつての大檀那が没落して全く頼りにならない。

なにしろ明治政府は、王政復古を称え祭政一致を宣言した手前、これまでごく自然に行われていた神仏習合を拒否してしまった。

早い話が武家の信仰を集めていた八幡神は八幡大菩薩の名の通り、神であり仏である。鎌倉の鶴岡八幡宮は別当職である僧侶が中心で、仁王門や護摩堂、多宝塔、大塔など仏教色の濃い建築物が本殿を囲んで配置されていたものが、そのことごとくが破壊されてしまい、僧侶は還俗して、逃げ出すしかなかった。

有名寺院も仏像や仏具が置き去りにされ、僧侶が立ち去った後には勝手に売られたり、捨てられたりしている。

小さな村の小さな寺はまだしも、由緒のある大寺院ほど数多くの路頭に迷う坊さんが出て来て、その中には世の中の不条理に怒りをおぼえる者もいる。

「昔から信仰というのは、弾圧されると逆に強くなって為政者に反撥する。そういう人々と佐々木新三郎のような人間が結びついて、秘密結社を作り上げ、世の中を騒がす。とばっちりを食って泣かされたり、殺されたりするのは、いつも善男善女だ。祇園御堂にしても、あのまま組織が大きくなれば、なにをしでかしたかわかりはしない。そのあたりを今、司法にたずさわっている連中がよく理解していないらしいのが、通之進どのも危いとおっしゃっていたよ」

「それにしても驚きました」

といったのは麻太郎で、

「父上が、あんな老人仲間を作ってお出でなのは全く知りませんでした」

祇園御堂へ馬でかけつけて来た通之進率いる集団は、およそ年齢に似合わず、機敏で行動力に富んでいた。

「日頃は父上の許へ集って囲碁をなすったり、和歌や詩文をたのしんで居られるそうですが……」

老人集団はてきぱきと祇園御堂側の坊さんや得体の知れない無頼漢、浮浪人などを逮捕し、監禁されていた信者を助け出した。

「信者はみな、阿片中毒になっていたそうですね」

源太郎が麻太郎に聞いたといい、

「佐々木新三郎はその阿片を横浜で入手していたとか」

どうしてそういった危険な薬物を新政府は輸入禁制にしないのかと源太郎が立腹し、麻太郎がなだめた。

「だから、何度もいったろうが。阿片は確かに危険な薬物だが、大きな手術などの際、患者の苦痛をやわらげるためにも必要なのだ」

「何か他に、もっといい薬はないんですかね」

不服そうな源太郎へ、宗太郎が苦笑した。

「いずれ出来る。しかし、昔からよくいうように、よく効く薬は使い方を間違えれば怖しい毒にもなる。医学を学ぶ者はよく心得ねばならぬな」

とりあえず、重症の中毒患者は方月館で治療しているし、軽症であった者はみな、常人に戻ったといわれて、源太郎は黙った。

窓の外に雨の音がしはじめていた。

朝から曇り空であったのが、とうとう降り出したらしい。

このところ、日曜というと雨であった。

「新政府が余っ程、しっかりこの国の舵取《かじと》りをしてくれませんと、さきゆきが心配です」

麻太郎が呟いた時、障子の外から香苗の声が聞えた。

「宗太郎先生、こちらですか」

宗太郎が立ち上って障子を開けた。

「若いのと、ちょっと一服しています」

香苗が遠慮がちに部屋へ入った。

「青山から柴崎様がおみえになっていますの。もし、宗太郎先生がお手すきでしたら、少々、お目にかかってお話ししたいと……」

宗太郎が突っ立ったまま、軽く手を組んだ。

「花世の縁談の件でしょうね」

「花世さんにお話しになりましたの」

「いや、まだです」

香苗が義弟の表情を窺った。

「あちらには、今、お手の離せない患者さんがお見えとでも申し上げておきましょうか」

組んでいた手を放し、宗太郎が答えた。

「いや、そうもいっていられないでしょう。お目にかかって、話をうかがうことにします」

麻太郎と源太郎にいった。

「では、失礼するよ」

二人が同時に頭を下げ、宗太郎と香苗が部屋を出て行った。

雨の音が急に強くなった。

花世《はなよ》の縁談《えんだん》

一

俗に「卯の花腐《くた》し」と呼ばれるこの季節の長雨が漸く上って、大川の上に広がる青空は俄かに初夏の気配が濃くなった。

その五月晴れの午下《ひるさが》り、大川端の旅宿「かわせみ」の暖簾をくぐって、若い男が入って来た。

たまたま、帳場で老番頭の嘉助と女中頭のお吉と、少々、内輪の話をしていた女主人のるいが反射的に口から出た、

「お出でなさいまし」

という言葉を半分で飲み込んでしまったのは、その男が若い外国人であった故である。

赤い髪をきれいになでつけ、同じく赤くて縮れた頰髯《ほおひげ》が口の廻りを被《おお》っているせいで、実際の年齢よりは老けて見えるが、まだ三十は越えていないとるいに判断させたのは、その物腰が初々しく、世間ずれしていないように思えたからである。

「今日《こんにち》は。お邪魔致します」

黒い、大きな鞄を上りかまちにおいて、相手は外国人にしては流暢な日本語で挨拶をした。

「私、築地居留地のアメリカ長老教会の近くで開業しているアメリカ人の医者で、ローランドと申します。父の頃、日本へ来まして横浜では、とても流行《はや》っている医者でした」

愛敬よく話しかけながら、アメリカ人の若い医者は上りかまちに腰を下し、黒い鞄を開けた。中には薬種の入った小瓶がずらりと並び、脇にはいつぞや麻太郎が持って来て、水薬を作るのに用いると教えてくれた蒸溜水の大瓶がのぞいている。

鞄の中には立派な黒革張りの箱があって、それらのひき出しには銀の匙に乳鉢、小さな西洋秤は、これも麻太郎が留学時代に入手して持ち帰ったというものとほぼ同じようなものが入っている。薄い棚には四角く切った紙がぎっしりつまっているし、その上に並んだ銀色の袋にはどうやら別の薬種が入っているらしい。

「失礼でございますが、御用をおっしゃって頂けませんか」

るいが声をかけたのは、若い医者が瓶の粉末の薬を匙で取り出し、何種かを秤の上の紙にのせて調合し出したからで、日頃、度胸のよい筈の嘉助もお吉も、相手が外国人となると勝手が違うのか、まず、口が重くなって、茫然と相手を見つめている。

「お内儀《かみ》さん、若くて、とても美しい。肌の色、よろしいです。声も澄んでいてきれい。問題ありません。でも、こちらのお年寄、健康に気をつけねばなりませんね」

まめまめしく手を動かしながら、若い赤髯の医者がちらりと嘉助とお吉を眺めた。

「年をとって来ると、気をつけねばなりません。風邪とお腹《なか》。お腹は、胃腸といいます。胃腸が弱ると寿命縮まります。消化を助ける薬必要になります」

ずらりと並んだ十枚の四角い紙の上に、調合された粉薬が銀の匙で同量ずつ置かれ、ローランドは折り紙でも折るようにその一つ一つを器用に三角に包んだ。

「食べすぎたと思ったら、一服、水か湯ざましで飲んで下さい。お腹がすっきりして、長生き出来ます」

十服の薬を白い小さな紙袋に入れて上りかまちにおいた。

るいが苦笑して帯の間から紙入れを出した。

「御親切に有難うございます。お代をおっしゃって下さいませんか」

「こちらは初めてですから、思《おぼ》し召しでけっこうです」

「おぼしめし……」

「日本の人、よくいいますね。思し召しでよいです。あれは、とても上品な言い方です」

るいは手早く懐紙に一分銀を包んで差し出した。

「些少でございますが……」

「ありがとうございます」

別に内《なか》を改めてみようとはせず、ローランドは包みを上着のかくしにしまい、片付けた黒鞄を持って悠々と出て行った。

「驚いた。お医者の押売りなんて、初めてでございますよ」

漸く声が出て来たようなお吉が叫び、嘉助が肩の力を抜いた。

「いやはや、とんだ御時世になりましたな」

暖簾のむこうに足音がして、麻生宗太郎が若い頃と少しも変らない笑顔をのぞかせた。

「やあ、お三方《さんかた》、お揃いですね」

まだ、上りかまちに置きっぱなしになったままの紙袋を眺めていった。

「やっぱり、ローランド君はここから出て来たんだな」

「御存じですの。今のお方を……」

お出でなさいまし、と出迎えたるいが不思議そうに訊いた。

「横浜から築地居留地へひっ越して来た医者ですよ。時々、バーンズ先生の所へ顔出しをしているので、わたしもあちらで紹介されて、今も、そこで挨拶されました」

「西洋じゃ、お医者さんが薬の押売りをするんですか」

宗太郎がいつも提げている薬籠を受け取りながらお吉が頬をふくらませる。

「なんの薬を買わされたんです」

「年寄が食べすぎた時のでございますって」

失礼と断って、宗太郎が紙袋を取り上げ、小さな一服用の紙包みを開いて匂いを嗅ぎ、指先につけてなめてみる。

「大丈夫。ごく当り前の消化の薬です」

るいを見て笑った。

「これでいくら取られました」

「思し召しでけっこうですなんておっしゃるのですもの。見当がつきませんので一分包みました」

「そりゃあ高い奉納だな」

一分銀は四枚で一両であった。

幕府が瓦解してから新政府はとりあえず太政官札《だじようかんさつ》を発行し、続いて民部省札を出したが、その他に為替会社の紙幣だの大蔵省兌換《だかん》証券だのがあって人々は困惑した。明治四年になって漸く新貨条例なるものを公布し、円が正式の日本の貨幣単位とされ、翌年、新紙幣が発行されたものの、なかなか、一般人の信用を得ることが出来ず、流通もすみやかとはいえなかった。

金持は江戸時代からの大判、小判を貯え込み、東京の町の中でも旧幕時代の貨幣がごく自然に通用するばかりか、新貨幣より珍重されている。

「かわせみ」もそうであった。

居間へ落付いて、るいにいれてもらった新茶を旨そうに飲みながら、宗太郎が訊いた。

「花世はまだ帰っていませんか」

築地居留地にアメリカ人、カロザス夫妻が男子校と女子校を各々に開いてから、花世は父の宗太郎と暮していた麻布の方月館を出て、「かわせみ」へ下宿し、カロザス夫人のA六番館女学校へ通っている。

「花世さん、この春からカロザス先生のお名指しで、女学校のお手伝いをなさるようになったとか。今までより少々、お帰りが遅くなりましたの。夜になる時は滅多にありませんが、必ず、嘉助がお迎えに行くようにしていますから……」

「そりゃあ、御厄介をかけますね」

「嘉助は大喜びですの。花世さんから帰り道、学校の話を聞かせて頂くのを楽しみにしていますし、第一、足腰をきたえるのには一番ですもの」

お吉が宗太郎のために、小ぶりの有田焼のどんぶりにちらし鮨をよそったのを運んで来た。

「千春嬢様が源太郎さんの所へお持ちしたののお残りですけど……」

宗太郎が目を細くした。

「これは旨そうですね」

旧幕時代と変らず、患家をかけ廻っている宗太郎の多忙ぶりを承知している「かわせみ」での遅い昼飯はいつの頃からか慣例となっていて、宗太郎が何もいわなくとも、顔をみれば早速、台所方へお吉が知らせに行く。

「千春ちゃんは畝家ですか」

畝家の嫡男である源太郎は母と妹の住む日本橋の家を出て、亀島川のほとり、旧八丁堀組屋敷跡近い川口町に一人暮しをしている。

宗太郎が畝家といったのは、その川口町の家のことであった。

「冬物のお召物をおあずかりして手入れをしておこうと思ったものですから……ついでにこれからの時期のお召物なんぞと一緒にちらし鮨をお届けしがてら、お晴と正吉をつれて出かけて行きました」

男の一人暮しで行き届かない掃除や洗濯を片付けに「かわせみ」から千春が奉公人をつれて出かけて行くのは、宗太郎も承知していた。

「源太郎君は相変らず、お千絵さんとうまく行かないのですかね」

別に継《まま》しい仲というのではなかった。源太郎にとってお千絵は生母であり、お千代は血を分けたたった一人の妹である。

「男というものは、長ずるに及んで女親が煙ったく思えるといいますがね」

という宗太郎は幼少の時、生母を失っている。

「お千絵さんからお頼まれしているのです。源太郎さんの気のすむようにしてやりたいので、それとなく身の廻りのことをよろしくと……」

千春が出かけて行く分には、源太郎もあまり重荷に思わないのではないかといったるいに、宗太郎はうなずいた。

「あいつも世間並みにいえば、ぼつぼつ嫁さんをもらう年齢なんですがね」

それで、るいはきっかけをみつけた。

「花世さんの縁談、どうなりましたの」

「柴崎家からのですか」

悪い縁談ではないのだが、と宗太郎は食後の茶を飲みながら話した。

「柴崎誠之助君の生家は、以前、我が家が本所にあった時、比較的、屋敷が近かったのですよ。父親は佐伯新左衛門といって知行は二千石、納戸方を勤めていました」

ただ、長男が鳥羽伏見の戦で戦死したと宗太郎は声を低くした。

「誠之助君は次男なのですが、幼少の頃から母親の実家を継ぐことが決っていまして、柴崎家というのは、市ヶ谷のほうの名主です。武士ではありませんが苗字帯刀を許された家柄で、まあ今の御時世、そんなことはどうでもよいのですが、田地、畑地、家作なんぞを沢山持っていて、まことに裕福です。花世より二つ年上、けっこうしっかりした若者で、花世のようなはねかえりのおてんば娘をもらってくれるというなら、熨斗《のし》をつけてもといいたい所ですが、あいにく当方も一人娘で、手前は麻生家に養子に来た身ですから、如何なる時代になっても家名だけは守って行かないことには歿《なくな》った女房にすまないと思いますのでね」

「お断りになりましたの」

「それを建前にして断りました。実は花世にまるっきり、その気がないのですよ」

るいがうつむいた。

「それは、私も花世さんから聞いて居ります」

「花世が帰って来たら、いってやって下さい。柴崎家からの縁談はきっぱり断ったから、気が変ったなぞと申しても、もう駄目だと」

るいと目を見合せるようにして笑った。

「これから薬種問屋の千種屋へ寄って麻布へ帰りますので、何分よろしく」

「承知致しました」

立ち上りかけて、宗太郎が一人娘を案じる父親の表情になった。

「今すぐにというわけではありませんが、折があったら、おるいさんからそれとなく花世に訊いてもらえませんか。あんなじゃじゃ馬ですが、ひょっとして意中の相手があるのかも知れないなぞと考えましてね」

るいがうなずいた。

「お役に立つかどうかわかりませんが……」

二

翌日、深川長寿庵の長助が、上等の蕎麦粉が入ったのでと「かわせみ」へやって来た。

いつもなら、帳場へ廻って嘉助と世間話をするか、へぼ将棋を囲むところなのに、どこか思いつめた様子で、

「御新造様がお出でなら、折入って話を聞いておもらい申してえんですが」

といったので、お吉は驚いた。

長いつきあいだが、長助の口からそんな言葉を聞いたのは、今日が初めてである。

で、首をひねりながら、居間へ取り次ぐと、針仕事の手を止めて、るいが、

「どうぞ、こちらに」

あっさり返事をした。

長助はえらくかしこまって入って来たが、るいが勧めると、いつものように廊下には

すわらないで、部屋のすみに落付いた。

「御新造様はジョージさんてえお医者を御存じでございますか」

挨拶もそこそこに言い出した。るいが面喰っていると、

「居留地で開業してなさる若いお医者で……」

とつけ加えた。

「もしかすると、ローランドとおっしゃる方のことですか」

長助が大きく合点した。

「へえ、姓がジョージってんで、名前がローランドって奴です」

つい、るいは微笑した。

「それは長助親分、むこうの方は名前が先、苗字が後なのですよ。私達と反対。ですから、ローランドが姓で、名前がジョージさん」

長助が絶句し、ぼんのくぼに手をやった。

「ローランドさんが、どうかしたのですか」

「花世様と縁談があるてえのは本当でございますか」

今度はるいが絶句した。

「花世さんと御縁談のあったのは柴崎様とおっしゃるお方ではありませんの」

「そちらを断ったのは、ジョージさんのせいだってんですが……」

流石《さすが》にるいは表情をきびしくした。

「誰が、そのようなことを……」

長助がうつむいた。

「誰ってことはねえんですが、近頃の花世様は、いつもあいつと一緒に居なさるんで」

昨日も二人揃って源太郎の家に来たといった。

「若旦那の所へお出でなさるのは三度目で……」

「いったい、何の用でお訪ねしているの」

「最初の時は、西洋のよく効く薬をお持ちなさいましたので……昨日はジョージさんにどこかよい得意先を教えてくれってなことでして……」

るいが眉をひそめた。

「お医者様ですよ。得意先といっても……」

「へえ、ですが、お医者もいいお出入り先がないと具合が悪いんだそうでして……」

視線を伏せたまま、長助が口ごもりながら続けた。

「ジョージさんってのは、えらくまめな男で、入口の戸を開けて花世様を先に出してあげなすったり、靴の紐を結ぶのを手伝ったり、上りかまちから下りる時は手まで取りやがって……」

長助がまっ赤になって口をつぐみ、るいは慌てて弁護した。

「西洋の方は女性に親切なのですよ。それが、むこうの殿方の礼儀とやらで……」

「ですが、まだ御夫婦ってわけでもねえのに、馴れ馴れしくしやがって……」

帳場のほうから千春の声が聞えて来た。見習番頭の正吉が途中までついて来て、何か指示を受けているらしい。

俄かに長助が中腰になった。

「つまらねえことをお耳に入れて申しわけございません。ただ、あっしとしては若旦那のお気持が……」

慌てて口を押え、たて続けにお辞儀をしてそそくさと居間を出て行った。

その長助と入れちがいに千春と正吉が居間へ来た。

「藤の間の三枝様が東京へ来た土産話に西洋の服を作って帰りたいとおっしゃっているのですけど、正吉さんが入船町の陳さんの所へ案内してはというのです」

千春が陳さんといったのは居留地の外国人にもっとも人気のある西洋仕立屋で、横浜から移って来た清国人であった。

昨年の暮、築地居留地で起った事件を帰国したばかりの神林麻太郎が畝源太郎や麻生花世と共に解決した時、たまたま助けた楊貞生《ヤンゼンセン》との関係で、以来、「かわせみ」ともつき合いがある。

きちんとした紹介があれば、日本人の客のためにも服を作るというので、「かわせみ」

では、今度のような客の要望の場合、大方は陳鳳の店へ案内することにしていた。

「三枝様なら大丈夫でしょう。もう何十年ものお得意様ですもの」

るいがいい、正吉は頭を下げて帳場へ戻って行った。

「今、長助さんが来ていたでしょう」

母の前へ廻ってすわりながら千春が訊き、るいは娘の顔を眺めた。

「あなた、昨日、源太郎さんの家で、花世さんに会いましたか」

やっぱりそのことか、といわんばかりに千春が一膝乗り出した。

「ローランドさん、うちにも来たんですってね。あの後《あと》、花世さんに会って笑われたそうですよ。あそこはお医者に縁がありすぎる家なのにって。ローランドさん、うちが花世さんの寄宿舎だというのも知らなかったみたい」

「寄宿舎……」

「学校へ行っている人の宿屋のようなもの」

るいは体勢をたて直した。

「源太郎さんの所には、花世さんが御案内したのですか」

「可笑しいんですよ。その時に押売りした薬をね、源太郎さんは捨ててしまえといったのに、長助がもったいないと思って、しまっておいたのですって。そしたら、長助が源太郎さんの所に泊った夜に、熱を出して、真夜中だから麻太郎兄様を呼びに行くのも気の毒だと、ためしにその薬を飲ませたのですって。夜があけて、源太郎さんは大急ぎでバーンズ先生の家へかけつけて麻太郎兄様を呼んで来たら、長助は大鼾《おおいびき》をかいて眠っていて、熱は下っているし、頭の痛みも嘘のように消えていたのです」

「千春」

自分で急須に鉄瓶の湯を注いで茶をいれている娘を、るいは少し怖い目をしてたしなめた。

「それはそれでよいけれど。ローランドさんと花世さんはどういう関係なのですか」

「お友達でしょう」

あっさり千春が断定した。

「お友達といっても……」

「お二人は、レディ・カロザス先生の所で知り合ったのですって。花世さんは面倒見のいい人だから……でも、ローランドさんは花世さんのこと大好きみたい」

廊下にすさまじい音がしてお吉が敷居ぎわに手を突いた。

「大変でございます。花世様が……」

「花世さんがどうしました」

「六番館にお午のお弁当を届けに参りましたら、昨日の押売りの外人さんが来て、患者さんがあの人の薬を飲んで死にそうだと……」

千春が叫んだ。

「患者さんはどこの人ですか」

「日本橋の清水屋さんの御隠居さんとか」

「花世姉様はそっちへ行ったのですか」

「はい、押売りの外人さんと……」

飲みかけの茶碗をおいて、千春が颯爽と立ち上った。

「あたし、麻太郎兄様に知らせます。お母様、帳場のほうをよろしく」

着物の裾を蹴散らすようにして出て行く千春を、るいはあっけにとられて見送った。

三

日本橋の通一丁目に旧幕時代からの風格のある店がまえを持つ清水屋は、京菓子の老舗の中でも五本の指に数えられる名家であった。

畝源太郎は、すでに大戸を下している店の前に立って途方に暮れていた。

亡父と昵懇《じっこん》であった元八丁堀の住人で、旧幕時代、町奉行所の同心であった人が、新政府の世になって王子村に移り、娘と暮していたのが一年余り病臥したあげく歿ったと知らされて、その通夜に出かけ、夜更けて帰って来ると、留守番の長助から花世の伝言を聞かされた。

で、そのまま家に上りもせず、まっすぐ日本橋まで来たものの、時刻は真夜中を過ぎている筈であった。

第一、長助の説明によると、花世の知らせというのは、近頃、花世が親しくしているアメリカ人の若い医者が治療をしている清水屋の隠居の容態が悪くなったというもので、考えてみれば、医者でもない自分がかけつけて行ったところで、なんの役に立つわけでもない。

いったい、花世は何を考えて、そんな知らせを源太郎の留守宅へいいに来たのかと思う。

「ひょっとして、隠居さんが急に具合が悪くなったてえことになにか合点が行かねえとお思いになったんじゃあ……」

と長助はいったが、それにしても自分の出番ではないと源太郎は思う。

けれども、そういった判断とは別に、源太郎は、花世が何かいってくればそれがなんであれ、即座にとび出して行く自分の気持を承知していた。

あれは、いくつぐらいの時からであったのか。実に花世はさまざまの理由で源太郎を呼びに来た。

弟の小太郎の端午の節供に飾る鍾馗《しょうき》様の人形の剣をひき抜いてかくしたものの、どこへしまい込んだのかわからなくなって、弟が怒り出したので探すのを手伝ってくれ、だとか、隣の屋敷の猫が逃げ出して帰って来ないので、奉公人が困っているからみつけてやって欲しいとか。その都度、源太郎は唯々諾々として八丁堀から本所の麻生家へ出かけて行った。そして、それは、二人が二十代のなかばになった今も、まるで変ってはいない。

突然、清水屋の向って左側の路地の奥から人影が出て来て、源太郎は目をこらした。

「花世さんか」

花世は提灯を持った手をこっちへ突き出すようにした。

「源太郎さん」

「そうだ。王子村から今しがた帰って来て」

「ちょうど、よかった。今、迎えに行くところ……」

「わたしを……」

「麻太郎さんが、呼んで来てくれって……」

「あきれたな。こんな真夜中に女一人……」

「あの人、手当に夢中で時間のこと忘れてるみたい」

花世が路地を戻り出し、源太郎はその背後からついて行った。

清水屋は通りに面している所よりも、奥が深かった。

塀のはずれに近い所に木戸があって、そこを入ると庭で、むこうに別棟がみえる。

内玄関の前で花世は提灯の灯を消し、戸を開けた。入ってすぐの部屋に奉公人らしい女が二人、少々、眠そうな目をして花世と源太郎を眺めている。

花世が先に立ち、廊下を急いだ。

そこが、清水屋の女隠居の部屋で、開けはなした障子の外には平桶がいくつも並び、手拭などが散らばっている。

部屋の入口に近いあたりに、ローランドという若い医者がいた。

麻太郎は病人の寝ている布団の傍にいて、脈をみているようであったが、障子ぎわに顔を出した源太郎をみると、ローランドに、

「少し、代ってくれ」

といい、立ち上って近くへ来た。

「早かったね」

額ぎわの汗を手で拭きながら笑顔をみせた。

「遅くにすまない」

「なに、帰って来て長助の話を聞いてすぐに来たんだ」

「今、何時頃かな」

「九ツ（夜の十二時）は過ぎたろう」

「そんなに……」

障子のむこうの庭へ目をやった。

「病人は……」

「大丈夫だ。わたしがここへ来た時はひどい状態でね。手当が遅ければ危かったかも知れない」

源太郎が声をひそめた。

「命に別状はない」

「と思う」

「思う、だと……」

「年をとっているからね。しかし、まあ間違いないよ」

傍にいる花世にいった。

「奉公人にいって下さい。もう心配はないと思うので、休みなさいと……」

花世が廊下を行き、源太郎が訊いた。

「病気はなんだったのだ」

「うん」

「もしかして、毒を盛られたとか」

麻太郎が目を細くした。

「何故、そう考えた」

「わたしを呼びに花世さんを……」

「ああ、そうか」

「あの医者の薬を飲んでおかしくなったのか」

「そういうことになっているらしいが……」

山村英斎という医者を知っているかと麻太郎が訊いた。

「名前は聞いたことがある」

「夜があけてからでいい。調べてくれないか」

「なにを調べる」

「なんでもだ。経歴、近所の評判、日頃、出入りしている患家のこと……」

「わかった」

「花世さんをかわせみへ送ってくれないか。多分、嘉助も、るい叔母様も起きて待っているると思うので……」

「承知した。他には……」

「バーンズ先生はもうおやすみだろう。急患があって出かければ帰れないことを御存じだから……」

ローランドが麻太郎を呼び、麻太郎は病人の傍へ寄った。不安そうに眺めている源太郎へ、大丈夫だというように軽く手を上げて、病人の様子を見守っている。

自分に与えられた任務を思い、源太郎は慌しく花世のいるほうへ歩き出した。

その夜中、源太郎は三軒の家をかけ廻った。

まず、花世を送って大川端町の「かわせみ」へ。

「かわせみ」では、麻太郎が心配したように、るいも千春も、嘉助もお吉も起きていた。

源太郎が流石、と感心したのは、嘉助がくぐり戸を開け、入って来た花世に、るいが
いつもと同じ声で、

「お帰りなさい。御苦労様でしたね」

といったことで、花世はいささか申しわけなさそうに、

「遅くなりました。ごめんなさい」

と頭を下げた。

そんな様子を目に入れてから、源太郎は居留地へ向った。

このあたりで「鶏の館」と呼ばれているリチャード・バーンズ医師の家へ行ってみると玄関の灯は消えていたが、そのまま、柵に沿って行くと、バーンズ先生の書斎の窓にはランプのあかりが見えた。この頃の日本人にとっては、まだ馴染が薄かったが、居留地に住む外国人の間ではもっぱら愛用されている。

「バーンズ先生、畝源太郎です」

忍びやかに外から声をかけると、バーンズ先生がすぐ窓を開けた。

「遅くにすみません。麻太郎君は、今夜中、病人についているそうです」

「病人は助かりそうかね」

「麻太郎君は大丈夫だといっていました」

「そうかね。そりゃよかった」

バーンズ先生の顔に安堵の色が浮び、

「君、すまなかったね。わざわざ知らせに来てくれて……」

改めて、源太郎に礼をいった。

それから源太郎がめざしたのは、ローランドの家であった。

なんとなく忌々しいし、別に頼まれたわけでもないが、ローランド家が母一人息子一人と花世から聞いている。

玄関も家の中もまっ暗であったが、源太郎が玄関へ近づくと、脇の部屋の小窓が開いて中年の女性が顔をのぞかせた。

おそらく、この人がローランドの母親に違いないと思い、源太郎は日本語と英語でローランドが患者の治療のため、今夜は帰宅出来ない旨を伝えて、やれやれと我が家へ帰った。

四

神林麻太郎が、源太郎の独り住居《ずまい》へやって来たのは清水屋の隠居が死にかけた翌日の夕方であった。

源太郎は、ほんの一足先に戻って来ていて、台所では長助が打ったばかりの蕎麦に庖丁を入れている。

「どうやら、清水屋の隠居は命を取りとめたようですね」

歿った父親ゆずりで、誰に対しても丁寧な口のきき方をする源太郎が人のいい笑顔を浮べ、麻太郎が頭を下げた。

「昨日は疲れている所を走り廻らせ申しわけない。バーンズ先生やローランド君の所まで知らせてくれたそうだね。先生もローランド君のお母さんも感謝して、君によろしくいってくれと頼まれたよ」

源太郎が夏火鉢の上の鉄瓶を取って二人分の茶をいれた。

「晩飯、蕎麦でいいか」

「ああ、大好物だ」

清水屋の隠居は今日になってすっかり元気を取り戻したといった。

「年にしては心臓が丈夫なんだ。なかなかしっかりした人らしい」

「気が強いのは近所でも評判だよ。御亭主が歿ってからも商売に目を光らせ、悴夫婦は全く口出しが出来ないそうだ」

長助が釜に湯を沸かしながら口をはさんだ。

「相当に煙ったがられていたそうでございますよ。嫁さんにはきついし、奉公人には口やかましい。銭箱はしっかり握っているし、まあ、麻太郎様の前でなんですが、表面はともかく、御隠居が命拾いをしたのを心から喜んでいるのは、清水屋には居ねえんじゃねえかという奴がいたくらいで……」

麻太郎が苦笑した。

「そうか。長助も源太郎君と聞き込みに歩いてくれたんだな」

「こうみえても、若旦那の一の子分でございますから……」

長助がぼんのくぼに手をやりながら釜の傍へ戻り、源太郎が改めて麻太郎にいった。

「清水屋の隠居、おせいさんというそうだが、喘息の持病がある。で、かかりつけは山村英斎先生だ」

黙って湯呑を取り上げた麻太郎を眺めて続けた。

「英斎先生の評判は悪くなかった。親の代からの医者で、御当人は若い時分に長崎へ蘭方の修業に行っていたことがあるという。建前は漢方だが、この節、西洋の医術にも関心があって、よく勉強していると、こいつは山村家に医学の書物なんぞを持ち込んでいる同業の医者がいっていた」

「すると、山村先生にかかっていた患者の数は、かなり多いということか」

源太郎がちらと長助のほうを見た。

「わたしの耳に入った限りでは、そうでもないような話であった。なにしろ、世の中が変って、長年、江戸に住んでいた人々が必ずしも、今の東京の住人というわけじゃない。ひっ越して行った者も少くないしね」

長助もいった。

「この節、人情地に堕ちたなんてことを申しますが、昔のように、ずっとかかりつけのお医者にかかってというのは少くなったようでございまして、ちょっと思うように病気がよくならないと、別のお医者にみてもらうって人が増えているようでして……」

麻太郎が二人の顔を見廻すようにした。

「あんまり、流行っていなかったと……」

「昨年、失敗《しくじり》をしているんだ」

大変よく効く新しい薬だといって患者に処方したところ、その日の中《うち》に患者が死亡してしまった、と源太郎はいった。

「花世さんの父上が贔屓《ひいき》になさっている薬種問屋の千種屋が内緒で教えてくれたんだが、千種屋がいうには、その薬は千種屋が扱ったものではなく、英斎先生が横浜まで行って入手して来た奴でね。千種屋ではその薬の名前を知らない。あそこの手代は、その患者はひどく弱っていたそうなので、いい薬を与えても、もう手遅れで、どうしようもなかったのではといっていたが、世間の口に戸はたてられなくて、英斎先生の人気は落ちるというか、信用がなくなってしまったらしい」

　小さな吐息を麻太郎が洩らした。

「だから、清水屋はローランド君に診《み》てもらったんだな」

あの家にローランドを紹介したのは花世だとわかっていたが、源太郎と長助も、それは口に出さなかった。

「おせいさんはローランド君が気に入ったようなんだ」

　麻太郎が話し出した。

「つまり、ローランド君が処方した薬が、ひどい喘息の発作に効いたんだよ」

「やっぱり、西洋の薬のほうが効くのかね」

「必ずしも、そういうわけではないが……」

　いささか重い口調で説明した。

「ローランド君は砒素を使ったんだよ」

「なに……」

「この国でも古くから知られてはいる。多くは清国あたりから入って来たらしいが、本来の砒素は……つまり純粋な元素状のものは毒性が少いんだ。但し、保存状態によって空気中での酸化の進み方が異なるのでね」

　酸化物となった砒素は猛毒になるといった麻太郎に、源太郎が目を丸くした。

「つまり、毒を飲ませたのか」

「違う。そうじゃない」

漢方でもあることだが、或る種の薬物には使い方によっては毒となる場合があると麻太郎はいった。

「毒と思われているものでも、使い方によっては薬効があるんだ」

「危いじゃないか」

「医者は使い方を知っている。危険ということはない」

「使い方を間違えたのか、ローランドは……」

麻太郎がもう茶の残っていない湯呑を握りしめるようにした。

「わたしも、最初はそう思った。だが、彼はみかけによらず慎重な性格なんだ」

「しかし……」

「ローランド君の処方した薬は十回分、その中で砒素をほんの少々、つまり、適量ということだが、用いたのは最初の二回だけ、猛烈な発作はそれでおさまった。で、彼はその他の八回分には砒素を処方していない。実際、わたしは清水屋の隠居の枕許に残っていた薬を調べた。ローランド君のいった通りの処方だった」

源太郎が首をひねった。

「信用出来るのか」

「わたしが質問した限りでは、ローランド君は父親からきびしく薬物の扱い方を学んでいた。砒素に対する知識もしっかりしているし、使用に関しては慎重な上にも慎重だ。あれで、砒素中毒を起す筈はない」

「砒素中毒だと……」

「わたしが診た時、おせいさんの苦しみ方はすさまじかった。嘔吐していたし、体には慄《ふる》えが来ていた。手当が遅れれば、確実に死が訪れたかも知れない。今日、バーンズ先生にあの時の症状を報告したのだが、バーンズ先生も危かったとおっしゃったよ」

長助が蕎麦と一緒に鯖の味噌煮と青菜と油揚の煮びたしの鉢を運んで来た。

「一緒に食おう。三人寄れば文殊の智恵だ」

源太郎が長助にいい、縁側のほうの障子を閉めた。

「もう蛾が出るんだよ。蕎麦の上でばたばたやられちゃかなわないからね」

「源太郎君は蛾が苦が手だったな」

「蝶は許せるんだが……」

三人が車座になって威勢よく蕎麦をたぐった。

「麻太郎君が山村英斎を調べろといった意味がわかったよ」

源太郎が食べる口《くち》と話す口を器用に使い分けながらいった。

「ローランドが使った砒素の量に間違いがないのに、清水屋の隠居が砒素中毒になったというからには、ローランドの他に砒素を飲ませた奴がいるってことなのだろう」

行儀よく箸を休めて、麻太郎が答えた。

「この国の場合、砒素を容易に入手出来るのは、まず医者ぐらいかな。素人は砒素そのものを知らないし、まして、毒物とは思いもよらないのじゃないか」

「イギリスでは誰でも買えるのか」

「そうともいえないが、砒素化合物は虫やねずみを殺したりするのに使われるし、砒素が毒だという知識は日本よりある」

まん中においた大笊の蕎麦が残り少くなり、長助が追加の蕎麦を茹《う》でるために台所へ行くのを見送って、麻太郎がいった。

「山村英斎が以前、横浜で入手して来た薬を処方して、そのために患者が歿ったといったね」

「ああ」

「その処方した薬種を調べることは出来ないだろうか」

源太郎が不思議そうに相手を見た。

「砒素じゃないのか。今度も、奴は砒素を使った……」

「それは調べてみなければわからない。第一に訊いてもらいたいのは、ローランド君が清水屋のおせいさんの治療に行くようになってから、山村英斎がおせいさんの容態を診に来たことはないか。来たとすれば、それはいつか、まず、その一点を明らかにしてもらいたい」

源太郎が大きくうなずいた。

「他には……」

「もし、山村英斎が一回以上、それも、ローランド君の来診のない時に来ていたとしたら、砒素は彼が使った可能性が高い。とすれば、その前に彼がしくじった薬は砒素ではないよ」

「どうして、そんなことがいえる」

「前に砒素を使って人が死んでいれば、彼は砒素は使わない。山村英斎がおせいさんを殺さねばならない理由があればともかく、あの人はローランド君に奪われそうになっている大事な得意先を、なんとか自分のほうへ取り戻したい。腕のいい所をみせて信用を回復したいと考えるのが普通じゃないのか」

「ローランドの処方した薬でおせいさんが死んだことにして、ローランドをお払い箱にしようとしたというのは考えられないか」

源太郎の反論に、麻太郎はきびしい目をした。

「医者が人殺しをしないとはいわないが、もし、源太郎君のいう通りなら、やっぱり、山村英斎は大切な患者を一人失うことになる。なんにも得になることはないのに、今まで自分が治療に力を尽して来た患者を殺すか」

新しく茹で上った蕎麦を長助が持って来た。

いささか心配そうに二人の若者をみたのは、台所まで二人の論争が聞えていたせいである。

源太郎が軽く頭を下げた。

「麻太郎君の考えが正しいと思う。早速、調べるよ」

「千種屋で訊くといい。横浜の薬種問屋でも西洋の薬種を扱っている店は、まだ、多くはない」

「わかった」

「厄介をかけてすまないが……」

蕎麦を豪快にたぐり上げながら、源太郎が屈托なく笑った。

「他人行儀なことをいうのはよしてくれ。麻太郎君らしくないぞ」

長助がほっとした表情になって、二人の蕎麦猪口《ちよこ》に汁《つゆ》を足した。

五

三日が過ぎた。

麻太郎は一日だけローランドについて清水屋の隠居の様子を診に行ったが、回復著しいとわかって、後はローランドにまかせた。

なにしろ、麻太郎が働いているバーンズ先生の診療所は千客万来で、その上、往診を必要とする患者も少くないので、とても、バーンズ先生一人では間に合わない。

「麻太郎が来てくれてから日本人の患者さんも増えましたね。それと、居留地の患者さんの間でも、麻太郎の人気はたいしたものですよ。リチャードはそっけないけれど、麻太郎は話をよく聞いてくれて、とても親切だと」

バーンズ先生の姉で、薬剤師のマギー夫人が口癖にいうように、日本人の患者の中には麻太郎を名指して診てくれという者が多い。

一日中を、時には午飯《ひるめし》を取る暇もなく診療に追われながら、時折、麻太郎は診察室の隣にある薬剤室をのぞいた。

薬剤を並べた棚はぎっしりと瓶が並んでいて、その一つ一つに、マギー夫人が薬名を書いたラベルが貼ってある。その一番左側の棚は瓶のすべてに赤いしるしがついていて劇薬であることが一目で判るようになっていた。

たしかに、使い方を間違えたら猛毒になるものも、正しい量を正しく使えば見事な効果を上げる。

たまたま、患者の途切れた時があって、麻太郎がその話をマギー夫人にすると、我が意を得たりと話してくれた。

「その通りですよ。麻太郎はイギリスにいた時、聞いたかも知れませんが、ジギタリスという植物がありますね。茎が長く伸びてとても美しい花が咲きます。きつねのてぶくろなどと呼ぶ人もいます。イギリスの女性には庭作りの好きな人が多くて、よくこの花を庭に植えます。昔、この植物は心臓の病気に効くといわれていました。でも、今は使いません。葉に強い毒性があるからですよ」

それで、麻太郎も思い出した。

「イギリスにいた時、葉を間違えて、他の葉と一緒に料理してしまって、それを食べた人が死にかけたという話を耳にしました」

「そうですよ。よくある事故ですよ」

日本にもそういう植物はないかと訊かれて、麻太郎は考え込んだ。

「よく知られているのは、毒うつぎですかね。とてもきれいな実が成るのです。最初、赤くて熟すと紫色、わたしは食べたことがありませんが、甘いので子供がよく口にする。果肉は大丈夫ですが種子に毒があるので、注意するようにと聞いていますが……」

そんな話をした夜に、源太郎がやって来た。

食事は終っていたし、バーンズ先生もとっくに往診から帰って来ていて、急患でもなければ格別、用事もないので、麻太郎はバーンズ先生にことわってから源太郎を二階の自室へ通した。

「この部屋は明るいな」

麻太郎がランプに点燈するのを眩しげに眺めている源太郎は少々、くたびれている様子ではあったが、かなり意気込んでもいた。

「まず、横浜のほうから報告するよ」

千種屋では山村英斎の行きつけの薬種問屋を知っていたと嬉しそうに源太郎はいった。

「波止場のすぐ近くにある小さな店で、山村英斎は月に一度くらいやって来る、店にとってはいい客の一人らしい」

麻太郎の顔をみて、本題に入った。

「英斎はつい五日前に来て砒素を買っています。砒素を買ったのはそれが初めてで……」

「すると、前のは……」

「例の失敗の薬もわかりましたよ。花の根っこに毒がある草で、名前は……」

源太郎が紙入れの中から紙片を取り出した時、ドアが開いてマギー夫人が紅茶を運んで来た。源太郎の広げた紙をみて、

「クリスマスローズ」

と読んだ。

「御存じですか」

麻太郎の言葉に、

「日本でみたことはありませんが、イギリスではよく見られますよ。クリスマスの頃に花が咲くので、クリスマスローズという名前がついたそうですが、根茎に毒がありますよ。昔はジギタリスと同じように心臓病に使ったそうですが、今は使いません」

源太郎が出した小さな薬瓶を眺めた。

「おそらく、クリスマスローズから採ったもの、ヘレブリンやヘレブレインなどが含まれていて、下手に使うと大変に危険ですね」

大きな息を源太郎がつき、麻太郎が薬瓶を手に取った。

「もしも、心臓を患っていた人が、これを飲んだら、命にかかわりますか」

「勿論ですよ」

その薬瓶の扱いには充分、気をつけるようにと念を押してマギー夫人が部屋を出て行き、二人は顔を見合せた。

「売ったほうは、なんといって英斎に渡したんだろう」

「心臓病に特効があると、わたしにもいったよ」

「参ったなあ」

麻太郎が唇を嚙み、源太郎は二つ目の報告に入った。

「英斎は清水屋へ行っていたよ。ローランドが最初に清水屋の隠居を診た翌日だ」

もともと清水屋へローランドが出かけて行ったのは花世の紹介ではなかったと、源太郎はその点を強調した。

「清水屋と通りをはさんだ向い側に大黒屋という海産物問屋があってね。そこの女隠居がやはり持病の喘息で、いくら医者にかかっても、思うように治らない。嫁に行った娘が婚家でローランドの話を聞いて、西洋の医者にみせたらというので、おそるおそるローランドを頼んで容態を調べてもらい、処方された薬を飲むようになったら、まことに調子がよい。それが清水屋の隠居の耳に入って、是非、自分もというのがはじまりだそうだ」

一回目から清水屋の隠居はローランドが気に入ったらしいと源太郎はいった。

「ローランドの処方する薬を自分もためしてみたいというので、ローランドは二日後にまた来ると約束して帰った」

その次の日に、これまでのかかりつけであった山村英斎が来た。

「隠居は自分で英斎にローランドの話をして、暫く、そっちの治療を受けるから、英斎は来なくてよいと断ってしまった。英斎はたいして不快そうでもなく帰ったと清水屋の奉公人はいうんだが、内心は面白くなかった筈だ」

「ローランド君が清水屋へ行ったのは、その次の日だね」

源太郎が目を光らせた。

「隠居が発作を起したんだ。で、仕方がないから山村英斎の所へ使を走らせたところへローランドが来て、すぐ手当にかかった。あそこの奉公人がいうんだが、ローランドの薬を飲んだら、ものすごい発作が嘘のようにおさまったそうだよ」

「ローランド君がいる中に英斎が来たんじゃないのか。それとも、帰ったあとで……」

「いや、ローランドが治療をしている中に来て、病間のすみに暫くいたそうだ。帰って行ったのはローランドより先だ」

「それが最後か」

「いいや」

源太郎が少しばかり困った顔をした。

「清水屋の奉公人がね、西洋の医者は不人情だというんだよ」

「不人情……」

「隠居が発作を起した翌日、ローランドは様子をみに来たが、それっきり来てくれないと……」

麻太郎が不思議なことを聞くという表情になった。

「むこうの国では、それが普通だが……」

患者の容態が落付けば、投薬をし、一日に何回飲むかなどの用法を説明する。

「勿論、患者に変化があって知らせが来ればかけつけるが……」

「長助がいうんだ。この国では、自分の診ている患者の家は、別になにもなくても、得意廻りをするように、終始、顔を出して変りはないかと聞くのが当り前だと……」

患家のほうもそれを喜ぶし、親切な医者だと信頼が増すと源太郎がいうのを聞いて、麻太郎が苦笑した。

「そんな暇があるなら、もっとしなければならないことがあると思うよ」

狸穴《まみあな》の方月館の麻生宗太郎などは、患者の治療をしていない時は大方、書物を調べていると麻太郎はいい出した。

「よくバーンズ先生を訪ねてみえて、特定の病気の治療について意見を聞いたりしてお出でだ。バーンズ先生のほうも叔父上に相談されたり、質問したり、そりゃあもう近寄れないような凄い雰囲気だ」

「英斎って医者は、まめだが、孤独なのかも知れない」

ぽつんと呟いて、源太郎は話をひき戻した。

「ローランドが来なくなってから、英斎はもう一度、清水屋へ来ていた」

麻太郎が緊張した。

「それは、いつ」

「隠居が死にそこなった前日だ。つまり、麻太郎君がローランドを助けて治療をした日の前日、夕方に近かったというよ」

「英斎は薬をおいて行かなかったか」

「隠居がこぼしたそうだよ。西洋の医者は不人情で全く来てくれないと。英斎が薬を出して、これは西洋の処方でローランドのと同じ効果があるとおいて行った」

「飲んだのか、そいつを……」

「そこまでは奉公人はみていなかった。隠居は元気で外にこそ出ないが、起きて絵草紙なんぞを眺めている。食欲もまあまあだというくらいだから、別に人手を借りなくても薬は飲めた」

思い出したように源太郎が紅茶を飲んだ。

ちょっと顔をしかめたのは、何度飲んでもこの味に馴染めなかったからで、

「やっぱり、砒素は英斎のおいて行った薬に入っていたのか」

と訊いた。

「おそらく、処方して来た薬の大方が砒素であったと思う」

沈痛に麻太郎が応じた。

「推量だが、英斎はローランド君の処方した薬の効力が砒素によるものと知った。書物で調べたのだろうね。あの人は西洋の薬種に関心があり、独学で書物を読んだりしていたというから……」

「量を間違えたのか」

「適量がわからなかったのに違いないよ」

ローランドが用いたのと同じく、喘息の発作に効くと思われる砒素の入った薬を処方して、自信満々でおいて行った。

英斎のように、始終、御機嫌うかがいにやって来ないローランドを不人情と思い、頼りなく思いはじめていた隠居は、夜、眠る前にその薬を飲んだ。

「下手をすると、朝方、気分が悪くなって、それが薬のせいとは思わず、もう一回分飲んでしまったのかも知れない」

その結果、すさまじい砒素中毒の症状を起した。

「よく助かったな」

源太郎が呟き、麻太郎が西洋で医学を学んで来た者らしくない言葉を口にした。

「天佑神助だよ」

六

清水屋の一件の真相に関して、麻太郎と源太郎はおおよその事実を把握したが、それはあくまでも推量の域であった。

清水屋の隠居は病後、少々、記憶がぼけていて、英斎の薬を飲んだかと聞いてもはっきりしない。麻太郎にしても患者が回復した今、英斎を糾弾するにはためらいがある。事件は無知から来た事故で悪意があったわけではない。

その日の中に、麻太郎は狸穴の方月館へ行って麻生宗太郎にすべてを話して意見を求めた。

宗太郎は熱心に、麻太郎の話を聞いていたが、清水屋の隠居がローランドを不人情といった話になると、笑い出した。

「麻太郎は知らないだろうがね。その昔、いい身分の家や金持の商家を患家として持っていた医者は大なり小なり、山村英斎と似たような習慣があったものだ。まるで商人の御用聞きのようだが、患家に何事もないかと御機嫌うかがいをするのも暮しの方便でね。患家のほうは自分がその医者に大事に扱われていると安心をする。面白いことに、医者の顔をみただけで頭痛が治ったの、腹下しがおさまったのという不思議な病人もいたものだよ」

「そういうのは、余程の名医ですか」

「まあ、迷医だろうな」

山村英斎という医者のことは少々、聞いているといった。

「知っての通り、わたしの生家は医者の一族で、亡父の弟子筋の者を含めるとおびただしい数の医者がいる。山村というのは直接かかわり合いはないが、本来、漢方を学んだ医者なのに、この節、漢方を馬鹿にして西洋から来たと称する新しい薬種にばかり興味を示すというので医者仲間からとかく噂になっているようだ。西洋から学ぶべきものは多い。が、漢方にもよい所は少くない。わたしはそう考えているが、いつの時代もお先走りを好む者はいる。が、正しい知識を持たず、ただ新しいものにとびつくのは危険きわまりない。わたしから訪ねて行ってよく話をして来よう」

麻太郎が安心して帰りかけると玄関までついて来て訊いた。

「そのローランド君という医者だが、花世の友達なのか」

絶句して、麻太郎が返事を考えたのは、ここへ来て花世がローランドのために患家を紹介して廻っていることは、全く口にしていなかったからで、何故、ローランドが花世の友達かと聞かれたのか見当がつかなかったからである。で、やむなく、

「いや友達というより、単なる知り合いといったような……」

といいかけると、もう宗太郎は患者の待っている治療室のほうへずんずん歩いて行ってしまった。

月が変って、東京は大雨が続いた。

久しぶりに体の空いた日曜日に、麻太郎が「かわせみ」を訪ねると、帳場のところに源太郎と長助が来ていて、お吉や嘉助と話し込んでいた。

洋傘をつぼめて入って来た麻太郎に、

「山村英斎が死んだのを聞いていますか」

と源太郎がいう。

「薬物の誤飲でもしたのか」

咄嗟に心に浮んだのを口にしたのだが、源太郎の返事は意外なものであった。

英斎が治療に当っていた浅草の商家の娘が九死に一生を得て、親が英斎を料理屋へ招いて歓待したのだという。

「そいつが、この頃、大流行りの洋食屋でござんして、英斎先生は大喜びで飲んだり食ったりして御機嫌で帰ったてえんですが……」

本所に用事があるというので、猪牙《ちょき》で大川を渡る途中、気分が悪くなって、舟から嘔吐しようとして川に転落した。

「雨は上っていたんですが、ここんとこの雨続きで大川は流れが急で、船頭も助けようがなかったてんで……」

長助が苦い顔で話した。

「死体は上ったのか」

麻太郎の問いにかぶりを振った。

「ですが、もう三日も経っていますんで……」

生存の望みは薄いといった。

「なんでも、麻生宗太郎先生のお諭《さと》しで、ちゃんとしたお医者の勉強をはじめて、浅草の娘さんを助けることが出来たのはそのおかげだってそりゃ喜んでいたって話なんですが」

長助の声が曇り、麻太郎は言葉を失った。

暖簾を分けてローランドが入って来たのはその時で、

「花世さん、お迎えに来ました」

と丁寧に挨拶する。

嘉助がちらりとお吉をみたが、お吉が立ち上らないのを見て、よっこいしょと掛け声をあげて奥へ行った。

「ローランドさんのお母さんの生まれた日なんですと」

小さく、お吉がいった。

ローランドが麻太郎にいった。

「わたしの母の誕生日祝をするのです。花世さんを招待しました。麻太郎君も来ませんか」

麻太郎が狼狽した。

「わたしは用事があるので……」

浅黄に花舟を描いた単衣に博多帯を結んだ花世が出て来た。

「ローランド、お迎え、ありがとう」

といってから、麻太郎達を見た。

「あたし、ちょっと出かけて来ます」

麻太郎が答える前に、源太郎がいった。

「行ってらっしゃい」

ローランドが嬉しそうに花世が下駄を履くのを手伝い、そのまま、寄り添って「かわせみ」を出て行った。

長助が空咳《からせ》きをし、お吉が立ち上った。

「ぼつぼつ、御新造様と千春嬢様がお帰りになりますよ。熱いお茶をいれて来ますから……」

麻太郎はさりげなく源太郎を見た。

いつも愛想のよい源太郎が、お吉に返事もせず、両手を膝において窓の外を眺めている。

雨の音が、ひとしきり強くなった。

江利香《えりか》という女《おんな》

一

梅雨の晴れ間に、神林麻太郎が大川端の旅宿「かわせみ」の暖簾をくぐると、上りかまちの所で、近頃、見習番頭から一人前の番頭に昇格された正吉が若い女と話をしていた。

敷居をまたぎかけた足を、麻太郎が慌ててひっこめたのは、二人の感じがひどく濃厚で、とりわけ、女は正吉の衿許に手をあてている。

正吉がすばやく麻太郎を認め、女の手をふり払って、

「若先生、お出でなさいまし」

と声をかけたので、麻太郎は一度ひっこめた足を敷居の向う側に下した。

正吉がいそいそと上りかまちから土間へ出て、丁寧に腰をかがめる。

「いいお天気になりまして……」

「ああ、三日ぶりだね」

下駄を脱ぎながら、麻太郎は正面に突立っている女を眺めた。

丸髷に赤い絞りの手絡《てがら》をかけているところをみると人妻らしい。女としては大柄なほうだが、すらりとした立ち姿であった。

麻太郎はすぐ視線を逸らせたが、女のほうはまじまじと麻太郎をみつめている。

「若先生がお出でなさいましたよ」

台所へ続く戸口へ声をかけてから、正吉は麻太郎にいった。

「只今、畝様の御新造様がおみえになっていらっしゃいます」

「源太郎君の母上が……」

と麻太郎が応じた時、千春が出て来た。

「お久しぶりですね」

にこりと笑いかけて、そこに若い女の姿を認めると麻太郎の手をひっぱるようにして奥へ行く。

「あの女《ひと》、誰だ」

歩きながら、そっと訊く。

「お客様。絵かきさんの御新造様です」

廊下を折れたところで、小さくつけ加えた。

「正吉が困っているんです。まとわりつかれて……」

それだけいって、麻太郎を開け放してある障子のむこうへ押し出すようにする。

居間ではるいと源太郎の母のお千絵が麻太郎を迎え、麻太郎は敷居ぎわにすわって挨拶をしてから、るいが用意した麻の座布団のほうへ行った。

部屋の中には何本かの掛け軸が広げてあって、どうやら、今まで女三人がそれを見ていたらしい。

「拝見してもいいですか」

一応、断りをいって麻太郎は広げてある掛け軸の前へ座った。

不思議な絵であった。

どれにも共通しているのは、背景に描かれているのが異国の風景で、筆遣いも色彩も、これまで狩野派を中心としていた日本の絵師の作風とは異なっていた。

中心に描かれているのは、孔雀に乗った遊女、獅子の上に座して幼児を抱いている女官、或いは牛の上で男童《おわらべ》と女童《めわらべ》が独楽《こま》を廻している図など、およそ麻太郎がこれまでに見たことがないようなものばかりである。

「変った絵でしょう」

お千絵がいい、麻太郎はうなずいた。

「人物についてはわかりませんが、後方に描かれている植物や家などには少々、見憶えがあります」

イギリスへの往復、船は数多くの港へ入ったと麻太郎は女達に説明した。

「そこで見た景色に似ています。印度とか、暹羅《シャム》とか、越南、それから清国の華南の地方などに、こんな風景があったように思います」

「おるい様」

とお千絵が若々しい声で訊ねた。

「そのような所へ、春さんは行ったことがあるのでしょうか」

「さあ」

るいが途惑い、麻太郎がいった。

「春さんというのは、これを描いた絵師ですか」

「本名は中川春雄とおっしゃるのですよ。お父様は秋田藩のお抱え絵師でしたとか」

お千絵が補足した。

「その方の御新造が御亭主のことを、春さんと呼ぶものだから、つい、私達もね」

「お買いになったのですか。この軸を……」

麻太郎の早合点に、笑いながら訂正した。

「いえ、私が頼まれて、うちの店で売っているのです」

「小母様の店でですか」

源太郎の母が日本橋の近くで「和洋堂」という古美術の店を持っているのは、麻太郎も知っていた。

もともとは、旧旗本などの家から、なんとか処分して金に替えたいと依頼されてのことで、お千絵の実家の札差業の店の者達がそっくり「和洋堂」の奉公人となって開業した。

札差というのは、旧幕時代、武士の給料である米をあずかって金に替えるのが本業で、それから転じて、何年も先の扶持米を抵当にして金を用立てたりもしていた。自然、旗本や大名家ともつき合いが多く、その武士が士族と名を変え、暮しに行きづまって先祖代々の家宝を売らねばならなくなって、「和洋堂」に持ちこまれる。

目下の所、買い手は西洋人であったり、新政府に仕えて羽ぶりのよい官員、或いは政府の要人とつき合いを持つ商人達で、人間よくしたもので、身分がよくなり、金が出来ると身の廻りに美術品をおきたくなる。

「うちのお袋は、みかけによらず商才があってね。奉公人にも恵まれているから、しっかり利得を上げているらしいよ」

などと、源太郎がやや憮然としていうのを、麻太郎は聞かされている。

「どういうのか、西洋人の間でえらく評判になりましてね。春さんが描くのが間に合わないくらい、右から左へ売れてしまうのですよ。それで、今日も売れたお金を届けがてら、出来上ったのを頂いて行こうというわけ」

すっかり商家の女主人といった雰囲気が身についたお千絵が器用に軸を巻き、用意して来たらしい桐の箱に納めている。

「ついでに麻太郎さん、教えて下さいな。どの絵がシャムで、清国のがどれか」

小さな紙片に、麻太郎のいった国名を記して桐箱に軸と共に入れると、それらを風呂敷包にして、

「それじゃ、おるい様、また、春さんの仕事が出来上ったら、お使を下さいまし」

手を叩いて別の部屋に待たせておいた手代を呼ぶと、挨拶もそこそこに帰って行った。るいが店先まで送って行き、それを待っていたように、台所からお吉が笹の葉でちまきのように巻いて作った鮨を運んで来た。

「まあまあ、あちら様がお出でになると、なにやかや、お長くて。商売御繁昌はけっこうでございますが、私どもは、なにやら源太郎坊ちゃんがお気の毒で……」

夏火鉢の上から鉄瓶を下して、持って来た水差の水を足している。

お吉のような昔気質の奉公人には、八丁堀の定廻りの旦那の御新造が世が世とはいえ、商人になってしまったのが面白くないのであろうと思いながら、麻太郎は訊いてみた。

「中川とかいう絵師の人は、どこに居るのですか」

お吉が大きく手を振った。

「いやですよ、若先生。ここへ泊っているんです」

「かわせみに……」

「ええ、左様で……」

「いつから……」

「先月のなかばくらいからですか。横浜の高山先生の御紹介で来なすったもんですから」

「なんだ。高山仙蔵先生の知り合いか」

「尾羽打ち枯らして諸国をさまよって横浜へたどりついたのを助けてもらったそうですよ。高山先生があの人の絵をみて、ああしろ、こうしろと智恵をつけたのだとか」

「成程、そういうことですか」

ちまきの鮨を食べながら、麻太郎はなつかしそうな顔になった。

高山仙蔵という人物に出会ったのは、麻太郎や源太郎が、まだ少年の頃であった。

日本の金銀を食い荒す小判商人を相手に、高山仙蔵が戦った時、協力したのは今は亡き源太郎の父の畝源三郎であり、この「かわせみ」の当主ともいうべき神林東吾であった。

麻太郎や源太郎にしても、西洋に対する新知識はすべてこの人から教えられたといってよい。

今は横浜に居を移して悠々自適の老後を過している。麻太郎もイギリスから帰国後、父の通之進と共に挨拶に行ったが、築地居留地のバーンズ先生の許で医師として働くようになって、なかなか横浜まで出かけて行くゆとりがない。

母親と一緒にお千絵を見送りに行った千春が戻って来た。一人である。

「小母様が源太郎さんのお家へ様子を見に行くのに、一人では具合が悪いので、お母様に一緒に行ってもらいたいとおっしゃって……」

るいがついて行ったという。

「あちらもお気の毒に、血を分けた母子《おやこ》さんでも、一つ間違うとぎくしゃくして、訪ねて行きなさるのにも気を遣われるんですねえ」

早速、お吉がいったが、麻太郎も千春も相手にならないのを見ると、いささか間が悪そうに居間を出て行った。

「小母様は源太郎さんに日本橋のお店のほうへ来て一緒に暮してもらいたいとおっしゃっているのですけれど……」

口ごもりながら千春が訴え、麻太郎はうなずいた。

「それは源太郎君も知っているよ」

「無理なのですか」

「男は一度、決めたことを変えるのは厄介なんだ」

その中《うち》、折をみて自分からも話してみようといい、麻太郎は話題を変えた。

「嘉助がみえなかったけど、どうかしたのか」

帳場にいたのは正吉一人であった。

「大番頭さんなら、町内の寄合いに行ってるんです。秋に皆さんで日光へ参詣に行く相談があるとかで……」

「元気だな」

「ええ、麻太郎兄様、嘉助が病気かと思ったのでしょう」

「まあね」

その時、庭のほうで女の声がした。

「すみません。手拭があんな所にひっかかってしまって……」

麻太郎が縁側へ出ると、ここへ来た時、帳場でみかけた女が庭石の上に立ってこっちを見ている。麻太郎をみると走り寄って来た。

「二階の手すりに手拭を干しておいたら、風でとんでしまって……」

白い指がよく伸びた楓の梢を指《さ》している。

麻太郎は庭下駄を履いて外へ出た。

楓の枝の先に白い手拭がかかっている。女がいくらのび上って手を伸ばしても届かないが、麻太郎は軽く跳躍して手拭を摑み取って女に渡した。

「まあ、ありがとうございます。随分と、お背が高くていらっしゃいますのね。それに、お身の軽いこと……」

二階の手すりのところに丸顔の男が出て来た。

「おい、なんぞしたんか」

女は麻太郎から目を放さなかった。

「こちら様に手拭を取って頂きました」

「そりゃすまんことを……」

麻太郎は二階へ顔を向けて会釈をし、ずんずん歩いて縁側へ戻って来た。

それを見送っている女に、二階から声がかかった。

「江利香、早う上って来い」

江利香と呼ばれた女はそれを無視して庭を大川へ向けて歩いて行く。

「かわせみ」の庭は、そのまま大川へ向っていて、川岸に下りて行く石段がある。

「いやあ、風が気持よいこと……」

聞えよがしに江利香がいって、細いが丸い腰を軽くゆするようにして川岸へ下りて行った。

二

二度目に麻太郎が江利香に声をかけられたのは、明石橋、俗に寒さ橋と呼ばれている橋の上であった。

昨日から降り続いていた雨は、麻太郎が南小田原町にあるイギリス領事館でバーンズ先生から頼まれた用事をすませた頃には上っていた。

もっとも、空は雲が厚く、空気は湿り気を帯びていて、今にも泣き出しそうな気配ではある。

「まあ、たまげた。様子が変っていたんで見違えちまった」

いきなり寄り添うほどの近さに来て江利香がいい、麻太郎は少々、たじろいで一足下った。

今日の麻太郎はバーンズ先生の居館にいる時の恰好で、白いシャツに紺のズボン、アンクルブーツを履いて洋傘を持っている。

江利香のほうは白地に藍染めで波と千鳥の柄のある浴衣に博多帯をひっかけに結び、片手に番傘を提げていた。雨のせいか、浴衣の裾を高くはしょって赤い蹴出しが大きくのぞいているのが、麻太郎には色っぽいというより下品に見えた。

「あんたさん、若いのにお医者さんだってね。西洋で勉強して来たって聞いたけど。どこ行くの」

止むなく麻太郎は、終りの問いの部分にだけ答えた。

「先生の用事で出かけた帰りです」

相手は「かわせみ」の滞在客であった。あまり、ないがしろにも出来ない。

「西洋のお医者の家にいるんだってね」

「そうです」

「その家、どっち」

「橋を渡って左へずっと行った所です」

「じゃ、一緒に行く」

すんなりと肩を並べた。

「あんたさんが築地居留地って所に住んでるって聞いたんで、方角を教えてもらって出て来たんだけど、迷っちゃってね」

こんな所で会えるなんて、やっぱり縁があるんだね、と呟くのを耳にして麻太郎は驚いた。

「わたしに、何か用ですか」

体の具合でも悪いのかと思ったが、

「用じゃないよ。ただ、会いたかっただけ」

江利香はけろりといってのけて、正面の建物を指した。

「あの大きな家は何……」

大屋根の裾が長く伸びて白壁と漆喰の建物は曇天の中でもよく目立つ。

「税関です」

「うん……」

「海から舟で運ばれて来るのを、荷揚げして、内容を調べる場所です」

「勝手に荷揚げしちゃいけないってこと」

「そうです」

「右っかわの変な柱の立ってるとこは……」

「あれは伝信機役所です。横浜裁判所との間に電信が伝っている。あの柱は電信柱です」

「でんしんって……」

「つまり、電波を利用して行う通信ですが……」

電波が相手にわかるかと麻太郎はその説明を考えていたが、江利香はそれ以上、訊かなかった。

すでに橋は渡り終って税関の前を通りすぎ、左に居留地の中の堀割を眺めながら進むことになる。

音もなく小雨が降り出して来て、麻太郎は洋傘を開いた。ごく自然に江利香が傘の中に入った。

「大きな傘だね。こういうの、横浜でも見たよ。異人の傘でしょう」

「日本人も使いますよ」

麻太郎の足が早くなり、江利香が小走りになった。

堀割の右手、二十二番から始まった区割はすみやかに十六番へたどりつく。

鶏の鏝細工《こてざいく》の絵のある洋館の前で麻太郎が足を止めた。

「わたしはここでお別れします。かわせみへ帰るにはこの道をまっすぐに行って……」

江利香が笑った。

「ここは前に通ったから……それじゃまた」

女にしては乱暴な感じで番傘を開き、紫の鼻緒をすげた下駄を蹴とばすようにして走り去った。

なんとなく、それを見送って、やれやれとバーンズ先生の居館の入口をむいて、麻太郎はぎょっとした。扉のところから花世がとび出して来て、麻太郎を突きとばすようにしてアメリカ長老教会の方角へ歩いて行ったからである。

二、三日、麻太郎は落付かなかった。

江利香という女に魅かれたとは思わないが、気にはなった。それ以上に当惑したのは、あの雨の日以来の花世の態度であった。

花世はもともとA六番館女学校で学んでいて、英語力を認められてジュリア・カロザス先生の秘書のような仕事をしている。

その一方で、薬物についてバーンズ先生の姉、マギー夫人の所にも時折、教えを乞いにやって来ていた。

従ってバーンズ先生の許で働いている麻太郎とは、しばしば顔を合せることになるのだが、麻太郎が挨拶をしても返事をするどころか、顔をそむけて行く。それが、あまり露骨なので、マギー夫人から、

「麻太郎、花世さんと喧嘩でもしましたか」

と笑われる始末であった。

で、夕刻、いつもより早めに診療が終った時、のんびりとパイプをくゆらせているバーンズ先生に、

「今から源太郎君の所へ行って参りたいのですが、よろしいでしょうか」

と許しを得、バーンズ先生の妻のたまき夫人には、

「晩飯は源太郎君の所ですませます。あまり遅くならない中に戻りますので……」

と断りをいってバーンズ家を出た。

源太郎の独り住居《ずまい》はその昔、町方役人達が役宅をかまえていた八丁堀と亀島川をはさんだ橋の近くで、急いで出て来たので洋服に高下駄という恰好のまま、形ばかりの門の内へ走り込もうとして、あっと足が止ったのは、家の中から源太郎の大声が聞えたからである。

「とにかく帰りなさい。用があるなら用をいって下さい。用もなしにずるずるやって来られてはこちらが迷惑します」

父親似で温厚な源太郎が珍らしく激昂している。と見ると玄関の戸が音をたてて開き、長襦袢の上に半天をひっかけたというあられもない恰好の江利香が下駄を突っかけて出て来ると、麻太郎をみて、

「どうやら相手を間違えちまったみたい……」

くすっと笑って、ばたばたと路地を出て行った。

開けっぱなしの玄関には源太郎が出ていた。

単衣にきちんと袴をつけ、新政府がとっくに脱刀令を出しているにもかかわらず、脇差まで帯びている。

「なんだか、野暮をしたみたいだね」

麻太郎が笑い、源太郎は汗がふき出している額ぎわを手でこすった。

「冗談ではないよ。あいつのおかげで長助も花世さんも寄りつかなくなっちまったん

だ」

視線が合って、源太郎の口許がゆるんだ。

「麻太郎君もか」

「源太郎君もか」

「会ったのは二度だがね。最初はかわせみ、二度目は明石橋の上……」

一度目のほうは省いて、明石橋からの顚末を話すと、源太郎が笑い出した。

「まあ上れ、飯はまだだろう」

「来る途中、鰻屋で出前を頼んで来た」

「そいつは助かる」

門も玄関も麻太郎が閉めて、居間では源太郎が二人分の茶碗と徳利を出している。

畳に置かれた茶碗の前に座って麻太郎が聞き、源太郎は顔をしかめた。

「源太郎君はいつから、あの女とつき合っている」

「誰が、あんなのとつき合うか。取っつかまったのさ」

昨日の夕方、亀島川沿いの仕出し屋の前を通ると、あの女が揉め事を起していたという。

「仕出し屋の飼猫を持って行こうとして、若い衆がそいつは家の猫だといっても承知しない。相手が女だから若い衆ももて余してね」

結局、源太郎が女にいい含めて猫を返させたところ、文句をいいながら家までついて来た。

「俺としては嚙んで含めるように道理をいいきかせていたんだが、むこうの態度がだんだん奇妙になって来てね。幸い、長助が来たので、先方さんはお帰りになった。だがね、長助はちょっと勘ぐったみたいなんだ」

おまけに仕出し屋から女とここへ来た時、たまたま花世が家の前に立っていて、

「いきなり、俺の横っ面をひっぱたいて行っちまったんだ」

笑っては悪いと思いながら、つい、麻太郎が笑い出したのは、その光景が目に浮んだからで、子供の頃から源太郎が花世に頭が上らない本当の理由にも察しがついている。

「俺としては、誤解されたくないから、今日の午前中にA六番館まで行って、花世さんを呼び出して弁解しようとしたら、怖い顔で睨みつけてなかへ入っちまった」

それにしても、あの女、いったい、なんだろう、と源太郎が首をひねり、麻太郎が教えた。

「亭主は絵師だ。中川春雄といって、かわせみに泊っている」

「すると、この前、お袋様が持っていた軸の作者か」

「そういえば、小母上の店で売ってやっていると聞いたよ」

「そんな男の女房がなんだって俺だの麻太郎君につきまとうんだ」

今だとて、いきなりあんな恰好でとび込んで来て、と源太郎がいいかけた時、鰻屋が来たらしい。玄関の戸の開く音がして、かすれた声で、毎度、といったきりなので、二人は揃って居間を出た。

鰻屋の若い衆は、それでも注文された鰻重をのせた盆だけは、しっかりと上りかまちにおいた恰好で、ぜいぜいと荒い息を吐いている。

「どうした」

麻太郎の声で、とぎれとぎれにいった。

「人が……ここんところに……」

片手を盆から離して胸を指し、また、言葉が続かなくなった。

無言で源太郎が下駄を履き、その後に麻太郎が続いた。

門を出て、すぐ亀島川のほとり。そこに人が倒れていた。月光がその全容を照らし、かがみ込んだ源太郎がうつ伏せになっていた人間を仰向けにした。

胸に匕首《あいくち》を突き立てられて絶命していたのは、江利香であった。

三

鰻屋の若い衆を番屋に走らせ、巡査がかけつけて来るまでの間に、麻太郎と源太郎は家から提灯を持ち出してきて、江利香の遺体の大方を調べた。

巡査は、明治四年に新政府が市中取締のために募集した旧藩士などの士分の者、三千人の中に登用された一人で佐々木孫六といい、実は旧幕時代、町奉行所で代々、同心の役についていた家の倅であった。

従って、源太郎とは以前から面識がある。

佐々木孫六は源太郎からおおよそのことを聞くと、すぐに遺体を番屋へ運ばせたので、とりあえず、そちらは佐々木孫六にまかせて源太郎と麻太郎は家へ帰って、すっかり冷えてしまった鰻飯を茶漬にした。

「行きずりの人殺しではないな」

ぽつんと源太郎が呟いた。

長襦袢に半天をひっかけただけの、昔ならさしずめ夜鷹と間違えられそうな江利香の恰好に、通りすがりの酔っぱらいがちょっかいを出し、女が抵抗したはずみに、つい匕首で刺してしまったのではないかと、佐々木孫六が洩らして行った言葉に対してであった。

「この節、兇状持ちだって匕首なんぞ懐にして歩かないよ」

「人殺しに馴れているというのもおかしいが、手際はよすぎるくらいだな」

一突きで急所を突き刺し、ひとえぐりしてそのまま刃物を抜かずに去っている。

「返り血を浴びないためだろうが、匕首を残して行ったのは、やくざやごろつきではないのかも知れない」

といったのは麻太郎で、出刃庖丁ならともかく匕首ともなると、それなりに値が張るものであり、特にこの節は、誰でもが簡単に入手出来ない。

「質屋の蔵には刀剣類がごろごろしているというがね」

大急ぎで飯を終えると、二人は「かわせみ」へ向った。

殺された女が「かわせみ」に泊っている絵師の女房と教えられた佐々木孫六が当然、配下の者を「かわせみ」へ知らせにやるであろうし、亭主は番屋へかけつけるに違いない。自分達が「かわせみ」へ顔を出すのは、その後にしたほうがよいと判断してのことである。

「かわせみ」では他の泊り客の耳を慮《おもんぱか》って大さわぎはしていなかったが、帳場の所にいた嘉助は入って来た二人を見ると、

「たった今、御亭主が番屋のほうへ……」

と低く告げた。

「場所が亀島川の岸辺とか聞きましたが」

それだけで嘉助は嘉助なりの推理を働かせていたらしい。

「俺の家へ来たので追い返したんだ」

「いったい、なんの御用で……」

「わからない。ただ、今、気がついたんだが、ひょっとすると剣呑な奴をみて、俺の家へ逃げ込んで来たのかも知れない」

「追われている様子だったので……」

戸口に花世の声がした。

「大変、絵描きの先生が逃げました。番太郎が追っかけてますけど、すぐ来て下さい」

事情がわからぬままに、麻太郎と源太郎は「かわせみ」をとび出した。

なにしろ、花世はもう先を走っている。

「いったい、どういうことなのですか」

花世に追いつきながら、源太郎が叫んだ。

「花にもわかりません」

「なに……」

「花がみたのは、そこの二ノ橋のところで、絵描きの先生が番太郎を突きとばして、橋のむこうへかけ出して行ったのと、あの先生が仕込み杖を持ち出していたことです」

荒い息をついて花世がやや走る速度を落し、麻太郎がいった。

「花世さんは、絵描きさんの御新造が殺されたのを知っていますか」

「江利香さんが……」

声が悲鳴に近かった。

「今しがたです。遺体は番屋へ運ばれて、だから番太郎は御亭主に知らせに行ったんです」

番屋は霊岸島町にある。従って「かわせみ」からは亀島川の途中から四日市町に沿って大川へ抜ける堀割沿いをまっすぐに行く筈で、橋を渡る必要はない。

三人が再び走り出した。

袴に靴という恰好の花世は女にしては足の早いほうだが、それでも、必死になって二人について来る。

「あの絵描きさん、仕込み杖なんぞを持っていたのか」

源太郎が呟き、

「あの人はきっと士族です」

息を切らせて花世がいう。

「江利香という人もそうです」

「まさか」

源太郎が少々、間の抜けた声で応じ、

「男の人にはわかりません」

ぴしゃっと花世が断言した。

やみくもに走り続けて高橋《たかばし》に出た。そこに番太郎がへたり込んでいる。

源太郎が大声でどなりつけた。

「どっちへ逃げた」

番太郎が片手を上げて橋むこうを指す。

その道は大川に沿って本湊町、更に新しく出来た小さな堀を渡れば築地居留地へ入る。

先頭を麻太郎が走った。続こうとした源太郎の袂《たもと》を花世が摑む。止むなく、源太郎は袂ごと花世の手をひっぱって行く。

居留地の中の道は、全くといってよいほど人通りがなかった。

ただ、中央の通りには石油による街路灯が等間隔で並んで居り、かなり先まで見通せる。

バーンズ先生の居館の前を通りすぎようとして麻太郎は入口に立っているマギー夫人に気がついた。

「麻太郎、どこへ行くのです」

「すみません。この道を男が走って行きませんでしたか」

「杖を持った人ですね」

「はい」

「この先に波止場があるかと訊かれました」

「波止場……」

「税関のむこうの荷揚げ場のことでしょう」

「ああ、わかりました」

麻太郎が走り出し、マギー夫人はその後から来た源太郎を呼び止めた。

「何事ですか」

源太郎の代りに花世が答えた。

「友達の犬が逃げたので追いかけています」

「おやまあ。わたし、教会へバザールのお手伝いに行きます」

源太郎が頭を下げた。

「御苦労様です」

「あなた方、早くお行きなさい。犬がみつかるとよいけれど……」

源太郎がもう一度頭を下げて、走り出した。

花世が神妙にその後について来る。

麻太郎は税関の前から明石橋を渡っていた。ここは、先だって江利香と会った所であった。

橋を渡り切って左手へ行くと、そこは海辺、小さな桟橋のところには、夕方、着いたのか、横浜から物資を運んで来る小型の貨物船が停っている。

絶叫が起った。

明らかに人が斬られたもので、麻太郎は目の前の砂地にひき上げられているボートの上の櫂《かい》を取って栈橋へ近づいた。

月は先刻よりも更に明るさを増していた。

中川春雄は背後に二人の少年少女をかばっていた。手には抜きはなった仕込み杖の刀身がある。

その前に、屈強の男が五人、各々に脇差や匕首をかまえていた。五人共、着流しで、なかには尻っぱしょりしているのも見える。

櫂を摑んで、麻太郎は高下駄を脱いだ。

「待て、こんな所で何をしている」

誰何《すいか》したとたんに、一番近い所にいた男が、いきなり脇差を突き出した。しかし、麻太郎の敏捷さは親ゆずりであった。

櫂の一撃が脇差を叩き落し、つかみかかって来た男は、身を沈めて脱いだばかりの高下駄を摑んだ麻太郎に顔面を強打されてひっくり返った。

麻太郎の脇に源太郎が立った。

やや離れた場所に懐手をして立っていた男が二人へどすのきいた声でいった。

「手前《てめえ》ら、何者だ」

源太郎が応じた。

「貴様らこそ、名乗れ」

男が唇をまげて笑った。

「俺は横浜から裏切り者を成敗に来た」

「江利香を殺したのはお前か」

といったのは麻太郎で、その声の終らぬ中に男の手から匕首が手裏剣のように宙を飛んだが、それは源太郎の得意業、麻縄の先につけた鉄球が迎え討つように、地上へ打ち落した。

「そいつらにかまうな。餓鬼と娘をひっさらえ」

相撲取りのような体格の男がどなって、男達は改めて桟橋の前の三人に襲いかかった。

「御助勢仕る」

源太郎が叫んで脇差を抜き、麻太郎も櫂をふるって乱闘の中に分け入った。

その瞬間に花世が動いた。

いつの間に桟橋の近くまで行っていたのか、中川春雄の背後にいた二人の子の手を摑むと、矢庭に桟橋の上へかけ登る。それを追おうとした男は麻太郎の櫂にぶちのめされて砂地へころがった。

はじめて中川春雄が、低いが力強い声でいった。

「お若い方々、もはや御助勢は御無用、毒虫退治は某《それがし》一人で充分でござる」

裂帛《れっぱく》の声と共に、中川春雄の正面の男が斬り倒された。

月光の中を白刃がきらめき、みるみる二人目、三人目が地上にころがった。

残った男が両手に二本の匕首を握った。

麻太郎にむけて匕首を飛ばした男で、一本は逆手に、一本は今にも投げようという恰好で高くふり上げられる。

源太郎が麻縄を摑んで走った。

だが、中川春雄は無造作ともいえる姿勢で右足をふみ出した。相手の匕首が手を放れるのと中川春雄の剣がまっすぐ相手の胸へ突込むのが、そこにいた誰もの目には同時に見えた。

倒れたのは、匕首の男であった。手を放れた一本の匕首は男の足許に落ち、もう一本は握りしめたままである。

「小父様」

桟橋の上から少女がころがるようにかけ下りて、中川春雄にすがりつき、その後から少年がとびついた。

中川春雄は両手に少年少女を抱くようにして、麻太郎と源太郎に頭を下げた。

「いやいや危うい所をお助け頂き、まことにかたじけない。おかげで命拾いを致しましたよ」

四

番太郎の知らせでとび出したものの、あっちこっち探しまくって、漸く桟橋の現場にたどりついた佐々木孫六が大骨を折って取調べを行い、事件は中川春雄の申し立てと、横浜からわざわざ出て来て釈明してくれた高山仙蔵のおかげで、なんとか落着した。

中川春雄も江利香も、花世が推量した通り士族であった。

勿論、二人は夫婦ではない。

中川春雄と江利香の父、村瀬兵大夫は共に秋田藩の江戸上屋敷に奉公していた武士であった。

けれども、明治四年の廃藩置県によって藩主でとりあえず藩知事と呼ばれていたのが罷免され、藩そのものが消滅すると、秋田藩のように朝敵側につかなかった藩でも、藩士をすべて抱える資力はなく、新政府の僅かばかりの援助も後が続かない。

結局は旧主の許を離れて、各々に自活の道を歩み出さねばならなかった。

そのどさくさの最中に、村瀬兵大夫は病死した。残されたのは体の弱い妻と三人の子供であった。

「江利香は長女で、その下の妹が三知代、末の弟が兵吉といいます」

梅雨晴れの午後、「かわせみ」の部屋で、訪ねて来た神林麻太郎と畝源太郎を前にして、改めて中川春雄が自分達の身の上話をした。

「村瀬どのの遺族とわたしが再会したのは、二年前、わたしが絵師として諸国を流浪したあげく、横浜へ立ち寄った時でござった」

村瀬家はそれより以前に東京から横浜へ移り、兵大夫の妻女が針仕事などで辛うじて暮していたものの、僅かな貯えも尽き、その上、妻女が患いついてしまった、という。

「なにせ、江利香は十六、三知代が十三、兵吉は九歳で、たまたま、やはり横浜へ移り住んでいた旧藩士から村瀬家のことを知って訪ねて行ってみると、江利香は家族を養うために、船乗り達が集る牛鍋屋で働き、それでも足りずに、夜は居酒屋と申しても少々、いかがわしい店にも出入りをして居った」

村瀬家の困窮を助けてやりたいと思っても、日本の風景や遊女などの絵を描いては、波止場に近い所で売ったり、西洋人の出入りする店へおいてもらったりがせいぜいの中川春雄には自分の口を養うのがせい一杯。それでもたまに余分の銭が入れば、村瀬家の暮しの足しにと届けている中に、いよいよ妻女の病気が重くなってしまった。

「江利香は店に来る客に口をきいてもらったとかで、金貸しから借金をして医者や薬の代にしていたらしいが、迂《う》闊《かつ》にもわたしは気がついていなかった」

後でわかったことだが、江利香に金を貸したのは女衒《ぜげん》の赤井紋太、誰も本名では呼ばず、赤鬼で通る男で、家にはごろつきを三、四人抱え、貧乏人に高利の金を貸し、返せないとなると、女房、娘、子供までを抵当に取って各々に売ってしまうという乱暴者であった。

結局、江利香は紋太にもてあそばれたあげく、借金が返せなければ、妹の三知代を遊郭へ売ると脅された。

「わたしが江利香から相談を受けたのは、そこからで、ちょうど母親が歿《なくな》ったことも、江利香が決心するきっかけになったのでもあろうが、十八の小娘が一かばちか、とんでもない賭けに出てしまった」

まず、江利香から頼まれたのは、妹と弟をどこか、女衒の紋太の目の届かない所へかくまってもらえないか、ということで、

「わたしは途方に暮れ、高山仙蔵先生に助けを求めたのです」

旧幕時代、春雄の亡妻の兄が金座の役人をしていて、高山仙蔵とは昵懇《じっこん》であり、その縁で何度かお目にかかったことがあったと、春雄はいった。

「高山先生はもともと水野忠徳様の御家来であったそうだが、わたしが江戸のお住居へ伺った頃は致仕《ちし》されて、もっぱらお好きな学問に熱中してお出でときいたが、とにかく大知識人で、殊に外国の通貨に関しては、あのお方の右に出る者はいない。勘定所の役

人も金座の役人も、なにかといえば高山先生の許へかけつけて教えを乞うていたそうな」

高山仙蔵はその時分、写生に凝っていて、それを知った春雄の義兄が、狩野派の画を学んだ春雄を伴って行ったもので、何度か手ほどきの真似事をしたという。

「ま、そんなことで高山先生が横浜にお住いなのは承知していたので、わたしも横浜へ落付いてからは、折にふれ、お邪魔をしていたのでね。わたしの頼みに、先生は本牧《ほんもく》に住むアメリカ人の宣教師さんを紹介して下さった」

手筈がついて、春雄が三知代と兵吉を本牧の宣教師の許へ連れて行き、その足で待ち合せていた江利香と横浜のステーションから鉄道で新橋へ出た。

紋太の追及を避けるためだが、二人共、横浜から逃げろと忠告したのは高山仙蔵であった。

「成程、それで二人してここへ来られたのですね」

漸く麻太郎が春雄の長話に口をはさみ、春雄は気がついたように茶碗を取り上げた。

「江利香さんを殺害した赤井紋太は、お二人が東京へ逃げたと、どうして気がついたのですかね」

春雄が眩しそうな目を宙へ向けた。

「江利香が弟妹に連絡を取ったのです。横浜から逃れて半月余り、江利香は逃げ切れたと思ったのかも知れません。一つには弟妹のことが心配であったのでしょう。もう一つは、わたしがここへ着いた時、宿帳に夫婦と記したことではないかと考えています」

別に自分としては、なんの意味もなかったと春雄はいった。

「娘といってもよいほど年下の女です。まして、わたしは旧主の御命令で狩野派の門を叩き、画を学びましたが、藩士には違いありません。江利香の亡父とは同藩の武士です。江利香に武士としてあるまじき振舞をするつもりはない。もとより、宿帳に女房として記したのは方便です。しかし、江利香は不安になった。少しでも早くわたしと別れて、弟妹達と新しい暮しをしようと考えていたのだと思います」

江利香は本牧の宣教師の家にかくまわれている弟妹へ手紙を出した。

「苦労していても、江利香は世間知らずです」

横浜の港に入る外国からの船は積荷をすべて横浜で荷揚げする場合が多い。

「荷の中に、築地居留地に住む商人宛のものがあれば、横浜から小型の船で税関の隣の波止場へ運ばれます。江利香は弟妹に、その船へ乗せてもらって来るように指示したのです。江利香がそれをわたしに話したのは、一人で税関のそばの波止場へ行ってみて、いくら待っても船が来なくて戻って来てのことでした」

麻太郎がうなずいた。

「わたしが明石橋の上で江利香さんに会ったのは、その日のことですね」

「江利香は考え違いをしていたのです。横浜から築地へ来る船は毎日ではありません。運ぶ積荷がある時だけです」

源太郎が訊いた。

「何故、陸《おか》蒸気で来いと書かなかったのですか」

口に出してしまってから、自分で気がついた。

「そうか、馴れない者が陸蒸気に乗るのは、厄介だな」

どこで切符を買うのか、どうやって乗り込むものなのか。相手は十五と十一の少年少女である。

「駅は人の出入りが多い。ひょっとして赤井紋太の子分なんぞにみられるかも知れないと考えたのかも知れない」

源太郎の考えに、春雄がいった。

「おそらく、銭のことでしょう。横浜から逃げ出す時、江利香が二人に残して来た銭は決して多くはありますまい。二人が食べることに関しては宣教師さんが面倒をみて下さるとおっしゃったそうですし……」

貨物船に便乗させてもらえば、陸蒸気ほどの銭は取らない。

源太郎が黙り込み、春雄が続けた。

「三知代と兵吉は宣教師さんの家を脱け出して港へ行ったのでしょう。ですが、その日、築地へ向う船はない。で、出る日を教えてもらって本牧へ帰った。多分、その時、紋太の家の者にでも顔を見られたに違いありません」

子分の知らせを聞いて紋太が港へ行って調べれば、二人の子供が築地へ行く貨物船に乗ろうとしているのはすぐわかる。

「あいつは気の廻る男です。江利香が東京の築地に近い所にいると察知して、すぐ自分で探しに来た。江利香のほうは今日か明日かと弟妹の乗る船を待って、波止場通いをしている。発見されて当り前です」

凶行のあった日も、江利香は「かわせみ」を出て波止場へ行こうとして紋太の姿を見た。逃げて源太郎の家へかけ込んだが、駄目だと思って再び逃げ出し、結局、紋太に殺害された。

「追われているといってくれたらよかったんだ。そうすりゃあ帰れなんていわなかった」

源太郎が拳《こぶし》を握りしめ、春雄が首を振った。

「江利香は人を信じないのです。助けてくれといって、自分を助けてくれる者なぞいないと考えていた」

番太郎が「かわせみ」にいた春雄の許に、江利香の死を伝えに来て、そっちへ向いながら春雄が突然、築地へ向ったのは、ひょっとして今日あたり、横浜からの船が来るのではと気がついたからで、万一、船が着けば、その船には三知代と兵吉が乗っている可能性が強い。

「かわせみ」を出る時、日頃、持ち歩いたこともない仕込み杖を持ったのは、江利香が殺されたとすれば、間違いなく紋太の仕業であるから、もし、そのあたりで彼をみかけたら、直ちに討ち果すつもりであったからだと春雄はいった。

「結局、江利香の仇は討ちましたが……」

江利香の命は帰って来ない。

佐々木孫六が源太郎の頼みを受けて、横浜まで出かけて行って赤井紋太について調べた結果、あまりにも非道な行いがあったことが明らかになったのと、麻太郎の話を聞いた神林通之進と麻生宗太郎が各々、知己を訪ねて陳情したのが効を奏して、中川春雄は数日間、勾留され、取調べを受けたものの、無罪となって「かわせみ」へ帰って来たが、三知代と兵吉が、しっかりした奉公先をみつけてもらって各々に落付いたと知ると、翌日、

「まことに御迷惑をおかけ申しました。御厚情は生涯、忘れは致しません」

何度も礼をくり返し、宿賃の他に一幅の軸を、

「未熟ではござるが、せめてもの気持でございます」

辞退するるいに押しつけて旅立って行った。

で、るいが軸を開いてみると、それは象に乗った女人を描いたもので、その風俗は安

土桃山時代風とでもいうのか、下げ髪に小袖の裾をひいた、上品な武家の妻女の姿であった。

るいと一緒にその画を眺めたお吉が、

「この女の人の顔、ちょっと江利香さんに似ていませんか」

と呟いた。

たしかに、江利香が御維新という世の中がひっくり返るような時代の波に翻弄されることがなく、秋田藩士の娘として家族と共に穏やかなその日その日を迎えていたなら、この画のような、幸せそうな女人像であったかも知れないと、るいは、その軸を仏間へ持って行き、香をたいて合掌した。

その江利香の遺骨は、中川春雄が「かわせみ」で描いた画を売ってくれた源太郎の母のお千絵に、売上金のすべてをさし出して、

「お手数をかけて申しわけございませんが、これで江利香の墓を建ててやって下さいませんか。今となっては、わたしに出来るのはそれ一つなので……」

と頼まれて、お千絵が長助に相談し、長助の知り合いの、深川の正源寺の住職がひき受けてくれて、その墓地に、村瀬家の墓が出来た。

梅雨が上った或る日、花世がいい出して源太郎が麻太郎を誘い、三人で正源寺へ墓参に行った。

香華をたむけ、揃って合掌してから故人を偲ぶようなつもりで、源太郎はこういった。

「あれからずっと考えてみたのですがね。江利香さんが我々にべたべたしたのは、結局、心細かったから、誰かに力になってもらいたかったからだと思うのですよ。いってみれば、人を信じられない人が、なんとか、信じられる人をみつけたかった。それならそれで、あんな思わせぶりな仕草をしていないで、はっきり、自分の願いをいってくれたら、友達になれたかも知れなかったのに……」

突然、花世が立ち上った。

「江利香さんのお墓の前で、江利香さんを泣かせるようなことはいわないで下さい。自分の気持をすんなり口に出せるようなら、江利香さんは、あんな死に方をしなくてすんだんです。そんなこともわからないで、べたべたしただの、思わせぶりだの。女の気持が全くわからないんだから……」

あっけにとられて棒立ちになった源太郎と麻太郎の前を通って、ずんずんと墓地を出て行った。

正源寺の墓地から眺められる海は、空の青を映して遠く横浜まで広がっている。

沖を蒸気船が前後して二隻、東京湾を出て行くところであった。

天《てん》が泣《な》く

一

大川端に江戸から続く旅宿「かわせみ」の庭に立つと、川上へ向けて永代橋が長く横たわっている風景が間近かに見える。

すっかり花の終ってしまった朝顔の鉢を片付けようと庭へ下りて、るいは、その永代橋を花世が、自分より少々年上と思える女をひきずるようにしてこちら側へ戻ってくるのに気がついた。

つい小半刻（三十分）ほど前、深川長寿庵の若い衆が息せき切って「かわせみ」へやって来て、ちょうど築地の女学校から帰ったばかりの花世になにやらささやくと、鉄砲玉のように花世が走り出し、まだ汗を拭く暇もないままに、若い衆がその後を追って行ったのは承知していた。

「本当にまあ、花世嬢さまと来たら、いくつにおなりなすっても男のお子のようで、あれじゃ、いくら縁談が来ても、まとまりやしませんですよ」

と女中頭のお吉がもう何度もくり返している愚痴を呟いてるいを苦笑させたばかりである。

どこへ出かけたのかと思えば、川むこう、佐賀町の長寿庵へでも行ったのかと、るいが手早く鉢を片寄せ、縁側を上って帳場のほうへ廊下を折れると、ちょうど暖簾《のれん》をくぐって花世が入って来るところであった。

「伯母様、こちら、昔、本所にいらした小林喜久江さん。あたしの部屋で少しお喋りをしますので……」

若い女が、花世に摑まれていないほうの手を振った。

「困ります。あたし、遠くへ帰らねばなりませんから……」

「遠くって佐貫ですか」

「いいえ、あの……」

「今のお住居《すまい》はどちら……」

「ええ」

「教えて下さってもよろしいでしょう。それとも、なにかまずいことでも……」

「いえ」

「では、おっしゃって……」

「あの、赤坂のほうで」

「近いじゃありませんか。さあ、どうぞ、お上りになって……」

強引に花世が相手をひっぱり上げ、自分が下宿している「かわせみ」の客間の一つへ連れて行くのを、るいも、番頭の正吉も、あっけにとられて見送った。

「まあまあ、相変らず無茶苦茶で、お友達の方はびっくりしていなさるというのに。それじゃ、お茶とお菓子でもお持ち致しましょう」

台所へ続く暖簾口から顔を出していたお吉が心得顔にいい、るいは正吉に軽くうなずいてみせてから居間へ戻った。

どうやら花世が昔の知り合いか友達かと出会って、ひっぱって来たのだと見当はつく。ただ、如何にも迷惑そうであった相手の女の様子が気になった。
二十六、七ででもあろうか、髪の結い方は銀杏《いちょう》返し、遠目には無地にみえかねない紺色の格子縞の木綿の単衣で、黒っぽい帯を締めていた。
江戸の頃なら、商家の年増女の風俗に見えるが、この節は武家と町人の区別がなくなっているので、案外、士族の家の女かも知れない。

女の名前は、小林喜久江。

口の中で呟いて、るいはその名前にかすかな記憶があるような気がした。

長年の宿屋稼業である。泊り客の名前をすべて憶えているわけはない。なにかの事件にかかわり合ったか、或いは……。

思案を破られたのは、お吉の大声である。

「もし、貴方、もうお帰りでございますか。今、お茶をお持ち致しますのに……ああ、ちょっと……もし」

るいは居間を出た。

上りかまちの所に正吉がいて、お吉がその手前に立ちすくんでいる。

先程、花世の連れて来た若い女が暖簾をくぐって外へ出て行くところであった。下駄を突っかけて正吉がその後を追う。

奥から花世が出て来た。

別に慌てている様子ではない。

「どうしたのです、花世さん」

るいの問いに、花世は軽く首を振った。

「いいんです。もう大方のことは聞きましたから……」

源太郎さんの家まで行って来ます、と断って出て行く花世とすれ違うようにして、正吉と湯手拭を下げた嘉助が戻って来た。

「いってえ、何がございましたんで……」

花世の後姿を眺めて嘉助がるいにいった。

「うちから出て行ったお客さんを、長助親分が尾《つ》けて行ったんですが……」

「嘉助は、今の女の人を見ましたか」

るいにいわれて、嘉助はうなずいた。

「そこんところで、すれ違いましたんで……」

「顔を知っている人でしたか」

若い時から一度会った人の顔は、まず滅多に忘れないというのが嘉助の自慢であった。

「いえ、一向に……」

「わたしも顔に憶えはないのです。ただ、お名前が……」

「何と、おっしゃるんで……」

「小林喜久江さんとか……」

「小林喜久江……」

嘉助が首をかしげ、お吉が呟いた。

「あんまり珍らしい名前でもございませんね」

暖簾のむこうで、若々しい声がした。

た。

「何かあったんですか」

珍らしく白絣の単衣に小倉の袴をはいて、麻太郎は風呂敷包をるいのほうにさし出した。

「マギー夫人がビスケットを焼いたんです。ここへお届けするようにいわれて持って来ました」

礼をいい、受け取って、るいは微笑した。

「今日、土曜でしたっけ」

「そうです」

神林麻太郎が働いている築地居留地のバーンズ医師の診療所は日曜は休み、土曜は午後三時まで、但し、急患の場合はこれに限らず、という決りになっている。

「昔者で困りますね。いくら教えて頂いても七曜表というのが、ぴんと来なくて……」

七曜とは日、月と木星、火星、土星、金星、水星の総称で、空海が中国より日本に伝えたとされているが、それはもっぱら吉凶を占うのに用いられていて、この節のように、暦に使って、一週七日に割当てて呼ぶ習慣はなかった。

従って、今日は火曜だなぞというと、火事が多い日か、と大騒ぎをしたり、甚しいのは金曜はお金が天から落ちて来ると屋根へ上って眺めていたという愚か者の話が喧伝されるばかりで、なかなか日常になじまなかった。

「大安だの、仏滅だのというのと同じですよ。大安だからといって格別めでたいことがあるわけではなし、仏滅といってもお釈迦様が滅びた日でもないでしょう。要するに便宜上の呼び名と思えばいいのです」

と麻太郎が説明しても「かわせみ」の連中は一向に馴染まず、

「十干十二支《えと》でいってくれたら、まだわかるんですけどね、今日は甲子《きのえね》だとか。年齢《とし》だって午年《うまどし》だ、未年《ひつじどし》だっていやあ、すぐ見当がつきますよ。月だの星だのっていわれても……ええっ、星曜ってのはないんですか」

などと、毎度、お吉が悩ませる。

とはいえ、この頃では麻太郎の苦労が実りかけて、彼が「かわせみ」へやって来るのは診療所の休みの日に限るので、午前中から顔が見えるのは日曜日、夕方からだと土曜日だと、その程度の判断は出来るようになった。

ビスケット缶を包んだ風呂敷を持って、るいが居間へ行きかけると、麻太郎がいった。

「花世さんはいますか」

「今しがた、源太郎さんのお家へ……」

それで、るいは思いついて小林喜久江という女の話をした。

「花世さんの知り合いのようでしたけど、麻太郎さん、そのような人に心当りはありませんか」

「小林喜久江ですか」

「二十六、七の、細面《ほそおもて》で、なんとなく寂しそうな感じの……」

「気が強くて強情そうでしたよ。声をかけたのに知らん顔で出て行ったんですから……」

るいの言葉を途中からお吉が訂正した。

「あの人かな」

ぽつんと麻太郎が呟いた。

「御存じでしたか」

「はい、十何年も昔ですが、本所の花世さんの家で見かけて、その後、小林家の事件に、源太郎君と首を突っ込んだ記憶があります」

「十何年も昔……」

すると花世が十三、四の頃ではないかと思い、るいは遠い記憶を探り当てた。

「もしかすると、本所の旗本のお家で、未年の女が災厄をもたらすとか……」

「迷信ですが、小林家ではそう伝えられていたのです」

「喜久江さんが未年……」

「そうです。喜久江さんの歿《なくな》った母上も未年であったとか……」

「お父様が甲府勤番になって、むこうへ行く途中、行方知れずになった」

「その通りです。結局、殺害されていたのですが……」

ああ、と、るいは吐息を洩らした。

「思い出しました。喜久江さんにはお目にかかったことはありませんでしたが、小林家の御不幸な顚末は聞いていました」

麻太郎が会釈をした。

「わたしは、これから源太郎君の所へ行きます」

「行っていらっしゃい。よろしかったら、晩御飯は源太郎さんや花世さんも一緒にこちらでね」

「はい、有難うございます」

麻太郎が出て行って、るいは風呂敷包を持ち直した。

「流石《さすが》、お血筋ですかね。麻太郎坊っちゃま、十何年も昔のことをよく憶えてお出でで……」

お吉が無駄になった茶菓子の載ったお盆を眺めて独り言のようにいい、よっこらしょっとと台所へ去って行ってから、嘉助がるいに訊いた。

「つかぬことをうかがいますが、その小林様の事件と申すのは、どのような……」

「わたしも、旦那様からお聞きしただけでそんなにくわしいことは知りませんが……」

当主は小林参市郎といって二百石取の旗本であったとるいは手短かに話した。

「あまり気持のよい話ではないのですよ」

喜久江の母が歿った後、それ以前から参市郎が手をつけていた召使が後妻に入って二人の男の子が誕生したが、

「その後妻さんが若党と間違いを犯し、それが御主人にばれそうになって、結局……」

「主殺しでございますか」

「若党というのが怖しい人で、上の男のお子も殺してしまったのです」

事件が明らかになって、小林家は断絶、若党は死罪になったと聞いている。

「その、後妻に入ったお方は……」

「さあ、御親類に身を寄せられたのではなかったかしら」

いってみれば自らの不倫が、当主を死なせ、小林家を潰したことになる。

「くどいことを申してすみませんが、その一件に花世様や源太郎さん、麻太郎坊っちゃんがかかわり合いなすったんでは……」

嘉助の表情の中に、僅かながら不安の気配があって、るいは故意に明るく答えた。

「喜久江さんという人は、花世さんのお友達でしたから。でも、あの三人がまだ子供の時で、むしろ、麻生家の皆様がいろいろ御心配なすっていたようですよ」

花世の祖父に当る麻生源右衛門は、かつて目付の職にあった。目付は旗本御家人の監察もその役目の中《うち》である。

嘉助が頭を下げ、濡れ手拭を下げて自分の部屋へ行くのを見送って、るいは居間へ戻った。

仏壇にビスケット缶を供え、合掌してから、ふと考えた。

十何年前、小林家の事件が終って、喜久江という娘は実母の里方へひき取られたように聞いていた。そして、あの当時、花世達は喜久江の立場に同情して、なにかと力になっていた筈である。

もしも、喜久江が十何年ぶりかで花世と再会したのなら、花世がなつかしがって「かわせみ」へ伴って来るのは当然であろうが、喜久江がそれを迷惑がるというのは合点が行かなかった。他に行かねばならない用事があったにしても、「かわせみ」に連れて来られた時と、出て行った時の喜久江の様子はひどく狼狽し、不快そうでもあった。

少くとも、以前に恩を受けた友人に対する態度ではなかったと思う。

まだ夕暮には間のある「かわせみ」の庭越しの大川をみつめて、るいはしんと考え込んだ。

二

神林麻太郎が玄関へ入ると、すぐ左手の部屋のなかが丸見えであった。

いつも障子が閉っているところが、この季節、簾戸《すど》に変っている。風が吹き通って具合がいいが、目かくしには不都合であった。

部屋の中で畝源太郎と花世が向い合っている。

麻太郎が声をかけると、源太郎がふりむいて手を上げた。

で、かまわず高下駄を脱いで上って行くと花世が立ち上って台所へ出て行った。内井戸の中に吊り下げてある綱をひっぱると大きな薬缶《やかん》が上って来た。麦湯が入っているようで、花世は戸棚から茶碗を三つ出し、各々に冷えた麦湯を注いでいる。

「喜久江さんをみつけたって……」

源太郎の脇へすわりながら低く訊く。

このあたりは家が建て込んでいるわけではないが、壁に耳ありの用心であった。

「正源寺の坊さんが長寿庵へ知らせてくれて、あたし、ちょうど帰って来たところでね」

お盆にのせて来た三つの茶碗を適当において、今日の花世は神妙な様子であった。

もっとも、何故、神妙なのかは麻太郎も源太郎もわかっている。

長年、その行方を探し続けた小林喜久江をとうとうみつけ出したのだ。

「やっぱり、花世さんの勘が当ったね」

麦湯の茶碗を手に取って、源太郎が感慨深くいった。

「十何年ぶりにあの人が墓まいりに来るなんて、わたしは全くあてにしていなかった」

「花も源太郎さんと同じでした。でも、他にあの人の行方を知る手がかりはない。正源寺には小林家代々のお墓があって、そこには喜久江さんのお父様もお母様も眠っていらっしゃる。いつかはお墓まいりに来るかも知れないと思って、坊さんに、もし小林家の人が来たら長寿庵に知らせて下さいと頼んでおいただけ。でも、あてにはしていませんでした」

「るい叔母様の所へ連れて行ったのは、ちょっと、まずかったね。下手をすると宗太郎先生にかんづかれる」

慎重に麻太郎がいい、花世は素直にうなずいた。

「でも、他に連れて行く所がみつからなくて……喜久江さんは逃げようとするし……」

「逃げる……」

といったのは源太郎で、

「喜久江さんが逃げようとしたのですか」

念を押すように問うた。

「そうですよ。花の姿をみたとたんに逃げ出して。でも、花のほうが足も早いし、力もあるから、無理矢理、永代橋を渡って……」

「何故、逃げるんです。なつかしがって泣きでもしそうなところじゃないですか」

「だから、いったでしょう。あの人、やましい所があるんです。あたしの目を見ようとしない。ただもう、おろおろして逃げまくって。でも、おおよそのことは聞いたし、長助親分が尾けて行ったし……」

「今まで、どこでどうしていたか訊きましたか」

源太郎が陣容をたて直した。

「わたしの父が佐貫まで行って、くまなく探し廻ったが、全く行方がわからなかったんだ」

あれは慶応四年の五月の末であったと源太郎がいい、花世が目を伏せた。

慶応四年は九月で明治と元号が変った。

その年、五月十五日には上野へたてこもった彰義隊が鎮圧され、避難していた江戸の人々はやれやれと家に戻った。

そして五月二十五日、本所の麻生家は何者とも知れぬ賊に襲われ、他出していた花世と宗太郎を除く全員がむごたらしく殺害され、金品が盗まれた。

六月三日、殺された小太郎に代って俄かに麻太郎がイギリス留学をすることになって横浜を発った。

更にいえば、その十二日後、麻生家の事件を調べていた畝源三郎が上野の近くで、馬上から襲撃され、命を落している。

「喜久江さんのいうには、佐貫へ行って間なしにお祖父《じい》様が歿って上総の一の宮へ奉公に出された。でも、そこも一年足らずでやめて、あとは上総、下総を転々としたと。だからお墓まいりにも来ることが出来なかった」

花世が、日頃の花世らしくもなく、歯切れの悪い話し方をし、源太郎が、少しばかり苛立たしそうに訊ねた。

「継母のことは話しましたか」

「勿論。でも、あれ以来、一度も会っていないと……嘘はつかないといったけど、信じられない気もするし……」

すっかり弱気になっている花世をみかねて、麻太郎が口を出した。

「それは本当かも知れない。あの当時から喜久江さんと継母のおたねさんとは折り合いが悪かったたし、おたねさんのほうは嶋次郎という子をつれて、小林家の親類へあずけられたのだろう」

「それがね」

源太郎が遮った。

「これも、父が調べたことなんだが、おたねと嶋次郎が小林家の親類の所にいたのは一カ月足らず、早々にそこを出ているのだ」

「お裁きでは、おあずけってことではなかったのか」

いってみれば罪人を責任をもってあずかり、監督することであった。

「なにしろ、あの時代だろう。将軍は京と江戸を行ったり来たり、長州も薩摩も勝手に外国船と戦争をはじめるし、そのあげくに薩長連合、倒幕運動だ。あっという間に戊辰戦争に突入して世の中がひっくり返った。誰も、小禄の旗本のお家騒動なんて見届けはしないよ」

源太郎の父、畝源三郎が慶応四年に調べたところでは、おたね母子をあずかった小林家の親類というのも貧乏旗本で、当主は長患いの上、病死、後継ぎは彰義隊へ加入して敗走、戊辰戦争に加わって仙台で戦死、勿論、家は廃されていた。

「そんなだと、あの時、死罪を宣告された若党だって果して処刑されているかどうか」

麻太郎がいい、源太郎がはっきり首を振った。

「定之助という、おたねの相手だろう。あっちは間違いなく斬首になって、遺骨は身内が内々にひき取って供養をしたそうだ」

それも、亡父が調べたことなので信用してよいと源太郎はいった。

なんにしても、おたね母子の行方はわからない。

「尾けて行った長助が、喜久江の住居をみつければ、また手がかりが出来るかも知れない」

長年かかって俄かにたどりついた糸をたぐってみる他はないという源太郎に、麻太郎も花世も言葉がなかった。

「かわせみ」で三人一緒に晩飯をといった麻太郎に、源太郎は長助が来るのを待つといい、やむなく、麻太郎は花世と「かわせみ」へ向った。

「源太郎さんのお父様は、どうして小林家の生き残りに疑いを持ったのでしょう」

夕風の中を歩きながら、花世が不満を口にした。

源太郎の話によると、畝源三郎はどうも麻生家を襲ったのは小林家にかかわり合いのある者と考えていたらしい。

「そいつは、わたしも源太郎君から聞いたのだがね、賊があまりにも麻生家について知りすぎている。つまり、家の間取りとか、大事なものがどこにしまってあるとか、裕福であるとか、それにしては老人と女子供ばかりで屈強の男がいないこととか……」

なにかいいかけた花世を制してつけ加えた。

「源太郎君の父上は、八丁堀随一の捕物名人といわれた方だ。どれほど多くの凶悪な事件に立ちむかってこられたかわからない。それほどの人が、小林家に目をつけるからには、我々が考える以上のことを調べ上げられていたに違いないよ」

「そのために、命を失われたってことですね」

ぽつんといって、花世は顔を上げた。

「でも、花はいくら考えても、喜久江さんや小林家の人から、麻生家の者が怨まれる理由が思いつかないのです」

　自分は喜久江に対して親切にしていたし、

「お祖父様だって小林家のためにいろいろと骨を折っていらっしゃいました。お母様も、小太郎がたいして着もしないで小さくなってしまった着物をほどいて洗い張りをして縫い直しまでさせて、甲太郎さんや嶋次郎さんにと持って行ってあげたりしていたのですよ。お父さまもしょっちゅうお薬をさし上げて……」

　麻太郎が、彼独特というか、彼の実父にそっくりな、人の心を包み込むような温かさで花世にいった。

「その通りです。こちらに非があるとは断じてわたしも思いません。しかし、残念ながら世の中には逆怨みということがあります。そして、我々の思いもよらない何かがあるのかも知れません。今は源太郎君を信じて助けて行かなければ……」

　花世が漸くいつもの顔色に戻った。

「麻太郎さんのいう通りです。それに、花は今日、喜久江さんと会って、なにかおかしいと思いました。あの人はわたしを怖れています。花を避けています。もしかすると嫌っているのかも……。あたしのほうには思い当ることは何もないのに……」

　麻太郎が花世の肩に軽く手を触れた。

「それこそ、一つの手がかりかも知れない。正源寺の坊さんに頼んでおいた花世さんのねばり勝ちになるような気がするな」

「かわせみ」ではるいが待ちかねていた。

居間に並べた膳の上には若者達の好物が揃っている。

その一方で、

「ひょっとすると源太郎さんが来られないかも知れないと思って……」

大きな三段重ねの重箱にぎっしりと料理を詰め、その他に握り飯も用意してあった。

「長助親分も、きっとお腹をすかして戻って来ると思いますよ」

るいは「かわせみ」の誰かに届けさせるといったが、麻太郎は、

「なに、わたしが行ったほうが源太郎君が気を遣いませんし、誰が行くより、わたしの足のほうが早いと思います」

先に食べていて下さいと、るいと花世にいい、その足で源太郎の家へひき返した。

ちょうど、長助は足を洗って上へあがったばかりであった。

薬缶の麦湯を旨そうに飲んでいる。どうやら尾行は成功したらしい。

源太郎が、はずんだ声でいった。

「敵の住所はわかりましたよ。なんと、天長様の仮住いの近くでした」

三

翌日、まだ気温の上らない中に、神林麻太郎は畝源太郎と共に赤坂へ向った。

長助があの辺りに行くのなら、この恰好が一番目立ちませんからと用意した、木綿の筒袖の着物に股引に草鞋《わらじ》、どちらも歩きよいように思い切り尻っぱしょりをして、腰には手拭。背中の菅笠《すげがさ》は陽除けと同時に、顔をかくす役目もある。

「まあ、ちょいとした田んぼの中の案山子《かかし》ですね」

源太郎が首をすくめ、二人はお堀沿いの道へ出て、虎之御門のほうへ歩いて行った。

「どうも、思った以上に荒廃していますね」

堀の宮城側は江戸の頃、幕府の要人達の上屋敷が並んでいた一帯で、今は陸軍操練所となったり、外務省など中央官庁に模様替えされたりしているが、こちら側は僅かな町屋を残して殆んどの武家屋敷が空き家、空き地になっている。

行く手には茶畑が広がっていて、そのむこうの、溜池のふちに古色蒼然とした屋敷がある。

「鍋島藩邸です。改元になった翌年の暮に江藤新平が、昔の主君、鍋島閑叟《かんそう》翁を訪ねて行った帰り道、このあたりで何者かに襲われて重傷を負ったので、その当時は大さわぎになったものですが……」

その時、命をとりとめた江藤新平が今年の二月から三月にかけて佐賀で起った不平士族の反乱軍の頭首にかつがれて、政府軍に鎮圧され、極刑に処されたのは、麻太郎も知っている。

「そういえば、我々が向っている赤坂の喰違見付《くいちがいみつけ》で岩倉公が暗殺されそこなったね」

「あれは一月でしたよ」

右大臣岩倉具視が高知県の士族武市熊吉など九名に襲われ負傷したが、堀に落ちたために犯人は標的を見失い、それ故、奇跡的に助かった。

「やっぱり、世の中が不穏なのは政府が征韓論を退けたからなのだろう」

「それも大きいですが、今や、世の中、不平不満の士族があふれていますからね。なにしろ先祖代々、奉公していた藩そのものがなくなって、殿様は東京へ行ったきり、雀の涙ほどにされた扶持米も、この先、どうなるかわからないとなると、武士たる者、士族と名前をもらったからといって、どうしようもありません」

溜池を右手に眺めて、源太郎が苦笑した。

「面白いことに、士族の不平不満が爆発しているのは、維新の時の勝組の藩なのですよ」

西から起った倒幕運動に呼応して、いわゆる官軍方に廻った藩で、今、士族の反乱が続発しているのだと源太郎はいう。

「折角、味方をしてやって幕府を倒し、新政府の世になったというのに、自分達は全く報いられていない。政府要人は薩長中心で固められ、異議を唱えると粛清される。話が違うではないかということです」

「わたしは井の中の蛙で、なんにも知らないが、要するに、そういった苦情や不平の捌《は》け口《ぐち》として征韓論が出て来たのじゃないかな。つまり、積り積った士族の鬱憤《うっぷん》をどこか別の方角へ向けることで躱《かわ》そうという……」

「昔から為政者がよくやる手ですよ」

「よくないよ」

低いが、強さのこもった声で麻太郎がいった。

「この国は、今、戦いなんぞしている場合じゃない。もっと大事なことが山のようにあるというのに……」

いつの間にか陽ざしが強くなっていた。

道のすみに、屋台が店開きをはじめている。

近づいて行った源太郎が、

「麦湯とぶっかき氷の入った白玉がありますが、どっちにしますか」

と訊いている。

「わたしは麦湯がいいな」

そっちへ足を向けて麻太郎がいい、源太郎は売り手から麦湯の入った大ぶりの茶碗を受け取って麻太郎に渡した。続いて自分がもらったのは、ぶっかき氷を浮べた水に白玉が入っているもので、

「なつかしいですね。昔は氷なんぞ入っていませんでしたが、それでも渇いた咽喉《のど》には甘露でしたよ」

鉢を両手に持って飲んでいる。

「ひゃっこい、ひゃっこい」

という売り声で屋台をひいて来る水売りを麻太郎も思い出していた。

「このあたりでは、まだ、レモン水は売っていないようですね」

一息ついて、源太郎がいったのは、近頃、日本橋や銀座でみかける飲み物の一つで、もともとは横浜で西洋人が売っていたのが、この節、国産で出来るようになった。要するにレモンの果液を精製して甘味を加えたものを、水と氷で割って飲む。今の季節、けっこうもてはやされているのだが、屋台ではまだ無理ということであろう。

源太郎は道を折れた。

ごちゃごちゃと古い町並が続く。

低い町屋のむこうに土手を廻《めぐ》らした広大な地所が眺められた。

「あの辺は、たしか紀州様の上屋敷じゃなかったか」

麻太郎がいい、源太郎が笑った。

「そうです。かつては御三家の一つ、紀州五十五万石の上屋敷でした」

「今は……」

「青山御所です」

「御所だって……」

「昨年の五月に皇居が火事になったのです」

女官の火の不始末が原因といわれているが、とにかく、天皇様のお住居であるところの旧千代田城が炎上した。

「天長様、つまり、天皇様と皇后様は青山御所にお移りになり、今もあちらが仮御所というわけですよ」

麻太郎がぼんのくぼに手をやった。

「全く、わたしは世間知らずだな」

「仕方がありませんよ。昨年の暮に帰国して、まだ半年、おまけにずっと居留地暮しですから……」

居留地は、日本の中の外国であるし、皇居炎上にせよ、暗殺事件にせよ、大方は麻太郎が日本を留守にしている間の出来事だといいながら、源太郎は懐中から紙片を取り出した。

「長助が教えてくれたのは、この先あたりのようなのです。ぼつぼつ、用心のために笠をかむりましょうか」

道は青山へ出ていた。

かつて青山百人町と呼ばれていた幕府の御家人達の住宅地は住む人もなく野ざらしになっていて、大山道と呼ばれていた旧街道沿いは桑畑、茶畑が続いている。

寺があった。

足を止めた源太郎がいった。

「この裏側は、昔、青山大膳亮殿、美濃郡上藩主の下屋敷で、そこの梅窓院という寺は青山家の菩提寺なんですがね」

大名家の中屋敷、下屋敷などというのは、どこも何万坪もある広大なものだが、青山家ではその一部を千坪単位で売りに出したことがあると、源太郎はどこで仕入れた知識なのか、麻太郎に披露した。

「千坪で十五円とのことでしたが、未だに買い手が現われないそうです」

世間話をしているような顔でさりげなく笠のふちに手をかけ、附近を見廻した。

梅窓院から折れて来た細い道がやがてゆるやかな下り坂になる。

坂の下に柵を廻らした空地が見えた。

「源太郎君、あれは牧場か」

牛がいた。

三頭、五頭、六頭、のんびり突っ立っているのもいたが、大方が地にすわり込んでいた。

「こんな所にも牧場があったのか」

麻太郎が呟いたのは、帰国して驚いたことの一つに、かつての江戸の町に牧場が出来ていたことで、それも並大抵の数ではなかった。

江戸前と呼ばれていた江戸城の東、最も繁華といわれた日本橋界隈に三カ所も牧場が出来ていて、その両隣、神田附近に四カ所、京橋あたりは八カ所も牧場があると知って開いた口がふさがらなくなった。

麻太郎の働いている居留地のバーンズ医師のところにも木挽町の牧場から毎朝、配達人が搾り立ての牛乳を届けに来て、バーンズ先生の妻のたまき夫人を除くみんなが欠かさず一合ずつを飲んでいる。

それどころか、「かわせみ」でも花世が旨そうに飲んでみせ、老人の健康には欠くべからざる飲み物だと大演説をしたとかで、るいが嘉助とお吉のために牛乳を買うようになって、嘉助はともかく、お吉はいやいやながら薬でも飲むように鼻をつまんで咽喉へ流し込んでいた。

勿論、麻太郎はイギリスで牛乳を飲み馴れていたが、日本人がかくもすみやかに牛乳を愛好するようになるとは思いもよらなかった。

青山の牧場は、けっこう広かった。

柵に囲まれた牧場の奥に牛舎があり、その脇にもう一つ小さな建物がみえた。

源太郎は柵について廻って行く。

「源太郎君、牛乳を買うのか」

牛乳は配達の外に、牧場でも売っている。

源太郎が小さく首を振った。

「ここで、あの人が働いているらしい」

「なんだと……」

「昨日、長助が尾けて来て、念のため、近所でも確認して来たそうだ」

「喜久江さんが……」

といいかけて、麻太郎は黙った。

源太郎はすたすたと牛舎の近くへ行き、柵越しに牧場を眺めている。

そこには近所の子供であろう、三、四人が柵によりかかって牛を見物していた。

牧場には人の姿はなかった。

牛舎のほうもがらんとした感じである。

子供達の背後を通って、麻太郎は牛舎の裏へ出た。そこに建物から突き出したような恰好で大きな窓があった。窓の外には棚があって客が持参の鉢や瓶をおけるようになっている。

おそらく注文があると窓を開け、客に一合なり二合なりの牛乳を量り売りするところかと麻太郎は思った。

窓のむこうにも人影はない。

木札が窓の脇に打ちつけてあった。

生乳　壹合代価、二銭八厘
同　五勺に付、壹銭五厘
同　四合以上、二銭四厘
と記されている。

麻太郎がそれを眺めていると、外から帰って来た女が足を止めた。

「牛乳なら、今日の分は売り切れだよ」

声をかけられて、麻太郎は頭を下げた。

相手は五十がらみ、かむっている手拭のすみから白髪まじりの髷《まげ》がのぞいている。

「そうですか、もう売り切れですか」

麻太郎が人なつこい微笑を浮かべ、女は気の毒そうにいった。

「この季節は生物《なまもの》の傷みが早いからね。夜明け前から搾って、今時分までには売り切ってしまうのさ」

「成程、それは残念……」

背をむけようとして、ついでのように訊いた。

「この前、ここを通った時、若い女の人が売っていたが、あの人はここの牧場で働いているのですか」

「お喜久さんのことかね。あの人は通いだよ。大山道のむこうから来るみたいだが、家は知らないね」

麻太郎の背後に、源太郎が立った。

「おいおい、牛乳屋の姐さんに岡惚れしたって駄目だといったろう。この節、この辺で働いてなさる人には士族様の御新造や娘さんが多いってから、俺達とは身分違いさ」

そのまま、麻太郎を押すようにしてずんずん歩き出す。

道を折れ、暫く行ってから源太郎が足を止めた。

「まずいことをいったかな」

麻太郎が源太郎の顔を窺い、源太郎が笑った。

「いいや。しかし、麻太郎君は男前だから、あの婆さんの印象に残るといけないと思ってね」

麻太郎の表情をみて、つけ加えた。

「実は子供達から耳よりな話を聞いたんだ」

肩を並べるようにして、また歩き出す。

「牛乳屋で牛乳を売っている姐ちゃんには弟がいて、そいつは今、台湾へ戦争に行ってるんだとさ」

「台湾出兵か」

「姐ちゃんがいうには、もうすぐ弟の乗った軍艦が帰って来る、そうしたら手柄話をたんと聞かせてあげると約束したそうだ」

三年前の明治四年十月に琉球の宮古島から船出して台湾南端に漂着した乗組員六十六名の中、五十四名が現地人に殺害されるという事件があった。

今年二月、新政府は大久保利通、大隈重信の提案により、この事件の報復を企て、台湾出兵が決まった。

西郷隆盛の弟で、陸軍大輔に任ぜられていた西郷従道《つぐみち》が遠征隊三千六百五十八名を率いて、木製外輪船「東京丸」をはじめとする三菱商会の船に分乗して台湾へ向い、五月、台湾の南部、社寮港《シャリョカン》へ上陸、北上して現地民部族と戦い、これを制圧したことは、早くから築地居留地にも知らされていたし、一般の日本人も新聞などによっておおまかながら承知してはいた。

「喜久江の弟というと、嶋次郎だろうか」

麻太郎がいい、

「他に考えられないが……」

と語尾を濁した。

小林喜久江には腹違いの弟が二人いた。

上の甲太郎はこの前の事件の際に殺害されて、残っているとすれば下の嶋次郎。

「あの頃、たしか八つぐらいと記憶しているから、今は二十歳前後だな」

どういう経路で陸軍に所属したのかわからないが、兵になれない年ではなかった。

「兵として行ったのか、それとも、船員として従軍したのか」

麻太郎が低声でいった時、道端の小ぎれいな店から若い女が三、四人、ぞろぞろといった感じで出て来た。

髪形は桃割れや銀杏返し、着ているのは派手な浴衣や単衣物で、ちょっと見には素人だが、化粧は濃い。

「よくいうよ。やっちゃんが士族様の娘だと。どこをどう押したら、そんなでたらめが出て来るんだろう」

おたがいの肩を小突いたりしながら、下駄の先で小石を蹴とばし合って歩いて行く。

立ち止って、麻太郎は女達の出て来た店を眺めた。

全体の建物はしもたや風だが、入口だけが洋式の扉になっていて、赤い塗装がしてある。

扉の脇には、これも西洋風の鉄製の燭台が打ちつけてあり、その下に木製の小さな看板が掛けてある。

看板の文字が「そっぷ屋」であった。

四

麻生宗太郎が、大川端の「かわせみ」へやって来た時、上りかまちのところでは深川長寿庵の主人、長助が真新しい草鞋で足ごしらえをしていた。

しかも、その長助に風呂敷包と笠を渡そうとひかえていた大番頭の嘉助が、宗太郎に気づいて何かいいかけるのと、居間へ続く廊下を他出着姿《よそゆき》のるいが足早やに出て来たのが同時であった。

で、宗太郎が、

「お出かけですか」

挨拶より先に訊ねたのは、るいの表情が常に似合わず、ひどく緊張してみえた故である。

るいが僅かに微笑んだ。

「今から方月館へうかがうつもりで……」

狸穴《まみあな》の方月館は麻生宗太郎の診療所になっている。また、その庭続きの家には町奉行所を致仕して以来、神林通之進夫妻が暮してもいた。

「昨夜中、考えて、やはり宗太郎さんのお耳に入れておいたほうがよいと思ったものですから……」

「成程」

宗太郎が草履を脱いだ。

「では、早速、うかがいましょう」

るいが突っ立っている長助を呼んだ。

「一緒に話を聞いて頂きましょう」

慌てて長助が草鞋をはずすのを見て、るいは宗太郎を居間に導いた。

この節、宗太郎用と決めている座布団をいつもの位置におき、長火鉢のむこうへ廻って茶の仕度をはじめる。

「今日、千春さんは……」

くくり袴の膝を揃えてすわりながら宗太郎が訊き、

「花世さんと御一緒に、居留地の教会のバザールに行きましたの。お吉が供をして……」

「花世は赤坂へ行かなかったのですか」

急須を持ったまま、るいが目を上げ、宗太郎はつけ加えた。

「弟の宗三郎が昨夜遅く、青山の患家から使が来て出かけたのですよ」

宗太郎兄弟の父親の代から昵懇《じっこん》の家で、二歳の幼児が夏風邪をこじらせて容態がおかしくなった。

「今朝、といっても午《ひる》近くに、帰って来ての話では肺炎の一歩手前というところであったというのですが、幸い、手当の甲斐あって熱が下り、まあ、大事には至らなかった。その帰り道、宗三郎が麻太郎君と源太郎君をみかけたというのです」

居間のすみにすわった長助が思わず腰を浮かし、宗太郎が彼を目で制した。

「やはり、宗三郎の見間違いではなかったようですね。宗三郎は菅笠に顔をかくした二人を、何か内密の探索にでも出かけて来たようだといっていましたが……」

長助が米搗《こめつ》きばったのように頭を下げた。

「あいすみません。あっしがよけいなことをお耳に入れたばっかりに……」

「いえ、長助さんのせいではありません」

るいが気を取り直して、宗太郎に茶を勧め、長助にも茶碗をさし出した。長助がにじり寄って、それを受ける。

「宗太郎さんがここへお出でになったのは、そのためでしたか」

るいが呟き、宗太郎が応じた。

「おるいさんが方月館へお出でになろうとしたのも、同じ理由のようですね」

「昨日、ここへ、花世さんが小林喜久江とおっしゃる方をお伴いになりました」

宗太郎が、はっとした様子をみせた。

「寺から知らせが来たのですか」

長助が膝を進めた。

「昨日の午すぎでございます。正源寺の納所《なっしょ》さんがあっしの所へ走って来て、小林様のお墓に参詣の方がみえて永代供養を頼みたいといっていると……。あっしは花世様からお頼みを受けていましたんで、若《わ》え者《け》をこちらへ走らせ、あっしは正源寺で見張りをして……ちょうどいい具合に花世様がかけつけて来られて、いそいで打合せを致しやした」

花世は小林喜久江を「かわせみ」へ連れて行くといい、喜久江が「かわせみ」を出たら、長助はその後を尾《つ》けて、喜久江の住居をつきとめることに決った。

「わかりました」

じっと聞いていた宗太郎が合点した。

「花世が小林家の人々の手がかりを得るために、菩提寺の坊さんを味方につけていたのは知っていました。わたしは十中八九、無駄と思っていたのですが、六年目に来ましたか」

改めて長助に訊いた。

「喜久江の住んでいた場所は青山でしたか」

「へえ、あっしも驚きました。よもや、牛乳屋……」

といいかけて、本筋へ戻した。

「あっしは尾けて行きましたんで、赤坂今井町のほうから参りましたが、ちょうど青山様の下屋敷のあった所の南っ側でして、帰《けえ》りは、梅窓院観音の脇へ出て、そのまんま紀州様のお屋敷の、今は天長様の御所になってる横を戻りましたんで……」

「小林喜久江は牛乳屋で働いているのですか。それとも……」

慌しく思案しながら宗太郎が問い、長助がその昔、十手捕縄を頂いていた頃の表情を取り戻した。

「入って行ったのは、かなり大きな牧場で、東側に牛の小屋、その手前に家が二軒、どちらもこぢんまりしたもので、道に近いほうが牛乳屋って体裁でございます。窓んところに灯がともっていて、喜久江が入ると男の声が致しました。あっしは暗がりにしゃがんで耳をそばだてていましたんですが、低い声でよく聞き取れねえ。その中《うち》に、ひょっとして尾けられているといけねえから、今夜はこっちへ泊れっていうのが聞えまして……」

男が西洋風の提灯を提げて女と一緒に奥のほうの家へ去った。

「あっしは暫く動かずに居りまして、それから牧場の柵に沿って行くと梅窓院の脇に出ました」

どこかで牧場主のことを訊ねたいと思っても、

「あの界隈の武家地は野っ原のようになっちまっていて……」

ちょっと立ち寄って話を訊く店もない。

「いい具合に梅窓院から人が出て来て、知り合いを訪ねて来たが、家がなくなっちまっていたってえ嘘を申しまして、牧場のことを訊いたんですが、牧場主ってのは西洋人相手の商売で大儲けをしたとかで、牧場は道楽みてえなもんだということで、そっちの名前は知らねえが、牧場のほうをまかされてる奴は吉助というそうで……」

「麻太郎君と源太郎君が出かけたのは、牧場主と喜久江の関係を探るためですね」

単に喜久江がその牧場で働いているのか、牧場主が小林家にかかわりのある人物なのか。

るいがそっと訊いた。

「やはり、下手人は小林家の人なのでしょうか」

六年前の慶応四年五月、上野の彰義隊が鎮圧されてちょうど十日目の二十五日、本所の麻生家は何者かに襲われて、隠居の源右衛門と娘の七重、孫の小太郎、奉公人のすべてが惨殺され、手文庫の金と源右衛門秘蔵の銘刀五振が奪われた。

たまたま、宗太郎と花世の父娘は外出していて難を逃れたが、六月十五日、麻生家の事件を探索していた元南町奉行所同心、畝源三郎が上野の近くで、馬上から短銃でねらい撃ちにされて命を失った。

その下手人は未だに挙がっていない。

「おるいさんには、なるべく耳に入れないようにして来たのですが……」

口ごもった宗太郎に、るいが強くいった。

「いいえ、今日こそ、どうぞお話し下さいませ。麻生家の方々も畝様も、私にとっては肉親以上の、かけがえのない大事なお一人お一人でございました。もし、ここに夫が居りましたなら、命を賭けても真実を明らかにしたいと願ったに違いございません。私とて同じでございます」

ふっと宗太郎が重い吐息を洩らした。

「そうですね、東吾さんがいたら……」

語尾を消して、改めてるいに向き直った。

「小林家を疑う理由はいくつかあるのですよ」

これは亡き畝源三郎と自分とが調べたこと、話し合ったことですがと、前置きして、宗太郎はつとめて静かに話し出した。

「一つは、麻生家が襲われる前に、たて続けに小林家の者が我が屋敷を訪ねているのです。五月二十三日に、小林家の当主の妻であったおたねが十二歳の我が子、嶋次郎を伴って来訪しました」

小林家はその四年前、当主の参市郎が甲府勤番となって江戸を出立し、その途中で惨殺された。手を下したのは、参市郎の妻、おたねと不義を働いていた若党の定之助で、殺害の動機は主人に自分とおたねの仲を気づかれた故であり、彼は更に、おたねの生んだ嫡男の甲太郎の命をも奪っていた。

当時、小林参市郎の先妻の忘れ形見であった喜久江が、麻生家の花世の友達であり、麻生家では小林家の人々に対してなにかと親切にしていたこともあり、小林家の事件はその頃、まだ少年であった神林麻太郎と畝源太郎が花世に協力し、三人の子供の訴えを聞いた麻生源右衛門、神林東吾、それに畝源三郎が中心になって真相を明らかにした。

その結果、定之助は断罪となり、おたねは嶋次郎を伴《つ》れて、小林家の親類におあずけ、喜久江は亡母の故郷、上総の佐貫へ引き取られて、小林家は断絶した。

「あれ以来、小林家の者は一度も麻生家へ顔を出していません。それが、四年も経って突然おたねがやって来た。理由は、新政府になって、身を寄せていた小林家の人々が伝《つ》手《て》を頼って山形のほうへ行くので、自分もついて行くしかない、山形へ行けば、まず、こっちへ帰る日もあるまいから別れを言いに来たと申したそうです」

宗太郎自身は患家へ出かけていて留守であったが、妻の七重の報告では、源右衛門が少々だが手文庫から金を出して餞別にし、麻生家でも本所の屋敷を出て、狸穴の方月館へ立ちのく仕度をしている最中であるなどと話したという。

「その翌日に喜久江が来たのです。こちらは花世が相手をしたのですが、佐貫のほうでも新政府になって武士の家は大さわぎで、江戸のほうはどうなっているのか気になったので小林家の墓のある菩提寺を訪ねて来て、なつかしさの余り、花世の所へ来たと申したとかで、午より前に来て夕暮まで、この屋敷も見おさめだとかいって、家の中を歩き廻ったり、狸穴へ立ちのくために片付けにかかっていた蔵なぞものぞいたそうです」

無論、花世は喜久江になんの疑いも持たず、弟の小太郎が近くイギリスへ留学することや、方月館で父親が診療所を開くことなどを問われるままに話したらしい。

麻生家が襲われたのは、その翌日であった。

「無論、それだけのことで、小林家の人々を疑ったわけではありません」

第一、小林家の生き残りは、未亡人のおたねとまだ少年の嶋次郎、それに先妻の子の喜久江だけで、女二人と少年が麻生家へ強盗に入って源右衛門と七重、小太郎、奉公人など六人を殺すのは無理だと宗太郎はいった。

「これは、帰宅した手前とかけつけてくれた畝源三郎どのとで調べたことですが、義父《ちち》上《うえ》の傷は、座っているところを背後から斜めに切りつけられている。つまり、不意に襲われたと思われます。それでも気丈な義父上は手近かなものなどを投げて応戦されている。用人はその義父上に大刀を渡そうとした恰好のまま、これも背中から刺し殺されていました」

つとめて冷静に話していた宗太郎が声をつまらせ、唇を嚙みしめたのは、六年前のその有様が瞼《まぶた》に浮んでいる故で、るいは息を呑み、長助は歯を食いしばっている。

「七重と小太郎の亡骸は、小太郎の部屋でした。小太郎の留学の仕度をしていたと思われます。小太郎は手に血に染ったメスを握っていました。咄嗟にそれしか武器がなかったのだと思います」

留学するにあたって、医者が外科の手術に用いる道具一式を、宗太郎が用意したものだといった。

「むこうへ行ってから買ってもと思ったのですが、不馴れな土地へ行って、世馴れないものが買い物をするのは、けっこう大変ではないかと親馬鹿が新品を入手して持たせようとした。小太郎はそのメスで母を守ろうとしてめった斬りにされていました。七重は平打ちのかんざしを手にして殺害されていました」

気がついたように、宗太郎が懐中深くから細長い袱紗《ふくさ》包みを取り出した。袱紗を開くと丁寧に紙に巻かれた平打ちのかんざしが現われた。

かんざしの脚の部分が片方だけ折れていた。

折れた部分が黒ずんで見えるのは血の痕であろうか。

「七重のかんざしはおそらく敵の体のどこかを刺したのではないかと思います。そして折れた。わたしは部屋中を探し廻ったのですが、折れた部分はみつかりませんでした」

小太郎の握ったメスにも相手のどこかを切り裂いた痕があった。

「二人は必死で戦い、死んだのです」

えている。

るいの双眸からこらえ切れなくなった涙が流れ、宗太郎の膝へおいた手もかすかに慄《ふる》

「下手人の中には少くとも二人の屈強な男がいたと思われます。それに女……」

「女……」

るいがかすれた声で呟き、宗太郎は話を続けた。

「源三郎どのと手前は、このように考えていました。あの日、麻生家を訪ねて来たのが、知り合いの女ならば、用人が取り次ぎ、義父上は居間へ通すようにおっしゃるでしょう。例えば、小林喜久江が花世を訪ねて来たとすれば、取り次いだ用人に義父上は上《あが》って待ってもらうようにと指示されて、そのまま、片付けものをなさっていたと思います。その時、庭からいきなり男がとび込んで来て背後から刃をふり下す」

見知らぬ男が突然、侵入して来れば用人は阻止しようとして声を上げる。

「義父上は用心深いお方でした。用人が叫べば、直ちに床の間の愛刀を手になさったに違いありません。七重や小太郎を守ろうと居間を出て、小太郎の部屋のほうへかけつけられる。麻生家は武士の家柄です。七重や小太郎にしても、おかしいと感じれば、それなりの備えの姿勢を取るでしょう。その余裕がなかったのは、訪問者が知り合いの、それも女と思って安心していたのだと思うのですよ」

長助が咽喉にからんだ声でいった。

「間違えねえんでございます。あの日、麻生様が襲われなすった時刻、高橋の袂に女が一人立っていて、麻生様のお屋敷のほうを、じっと眺めていたってのを、橋むこうの糊屋の婆さんがみていたんで……婆さんがいった人相風体がおたねにそっくりで……」

更に、ほぼ同じ時刻、大川沿いの道を麻生家の前あたりから両国橋へ向けて泣きながら若い女が歩いて行くのを、通りすがりの何人かが目撃していると長助がいい、宗太郎が言葉を添えた。

「おるいさんも御承知の通り、麻生家の事件は上野の戦争が終って十日ばかりの頃。町屋の者はとばっちりを食うまいと江戸を逃げ出し、本所深川の武家地では、新政府の命令ですみやかに土地屋敷を明け渡して立ちのけというので続々と人が出て行く。あたりは空屋敷、無人の町になっていました。そんな中で長助がよく目撃者を探し出してくれたものだと、感謝しています」

宗太郎の言葉に、長助は小さくなってお辞儀をした。

るいが空《から》になっている宗太郎の茶碗に新しい茶を注ぎながら訊ねた。

「宗太郎さんは、実際に押し込んだのは少くとも男二人とおっしゃいましたけれど、そちらの手がかりはないのですか」

宗太郎の表情が僅かながら柔らいだ。

「実はあるのです。源三郎どのが調べに調べて下さったことなのですが……」

まず、少くとも二人といった理由は、

「高橋の近く、小名木川の中から血に染まった縞の着物が二枚、まるめて投げ込んだような恰好のまま、みつかったのです」

男物で上等とはいえない木綿の洗いざらしである。

「麻生家が襲われたのは午下り、白昼です。六人もの人間を手にかけた下手人は血まみれでしょう。その恰好で外へ出れば、如何に人通りが少いといっても、当然、誰かがあやしみます。麻生家からは家族の衣服がかなり盗み出されていました。下手人はその中の男物の衣服に着替え、不用のものは麻生家の庭から小名木川へ投げ捨てたのでしょう」

発見された着物が二枚であるところから、下手人は少くとも二人であると源三郎は判断した。

「もう一つ、庭のすみに手拭が捨てられていました。血まみれで、刃物を拭いた痕跡がある」

その手拭を畝源三郎が調べて、前の年、根津権現の祭に、氏子がくばったものと知れた。

るいが小さく声を上げた。

畝源三郎が馬上から撃たれたのは千駄木坂下町へ向う途中の路上、根津権現は目と鼻の先である。

長助が声をふりしぼった。

「旦那は、あのあたりの大名家を根気よく調べてお出ででございました。小林家に奉公していた定之助の兄弟が、その辺の大名家の馬丁をしている筈だと……」

五

その頃、神林麻太郎と畝源太郎は渋谷川のほとりにある仙寿院という寺の境内で休んでいた。

旧幕時代、青山百人町と呼ばれ、多くの御家人の住宅地であった青山一帯は空屋敷となり、建物も取りこわされて無惨な有様であった。

その中にぽつんぽつんと残っている商家で訊ねても、大山街道のむこう側、梅窓院の南にある牧場で働いている女が住んでいる家なぞ、誰も知らない。第一、そんな所に牧場が出来て、牛乳を売っているのも聞いたことがないという者が多い。

二人が昼飯に立ち寄った久保町の蕎麦屋の老婆によると、昔から大山道のこっち側とむこう側では、あまり人の行き来がないなどと聞かされて、二人は途方に暮れた。

それでもと気を取り直して荒れ果てて野っ原のようになっている青山中を歩き廻り、遂に足が棒になって、たどりついたのが仙寿院であった。ここはもう千駄ヶ谷の中である。

「やはり、あの牧場の中の建物に住んでいるんじゃありませんかね」

境内の井戸で顔を洗い、水を飲んで源太郎がいい出した。

「長助の報告だと、昨日、喜久江さんが入って行ったのは、あの牧場の中の建物です」

「しかし、我々が今日、あそこで教えられたのは、大山道のむこうから通って来ているということだった」

それに、今日眺めた限りでは、牧場の建物は深閑として人の気配もない。

「とにかく、一休みしたら、もう一度、牧場へ戻ってみましょうか」

「そうだね。そうするより仕方がない」

菅笠を取り、汗を拭きながら麻太郎は決して嫌な顔はしない。

「すまない。麻太郎君にまで迷惑をかけて」

源太郎が頭を下げ、麻太郎が友人の肩を摑んだ。

「何をいうんだ。わたし達が探している敵はわたしにとっても祖父と叔母と従弟の仇なんだぞ。一緒に探索するのは当り前じゃないか」

源太郎が体の力を抜き、二人は並んで石に腰を下した。

そこから見渡せる庭は広く、庭造りになぞ無縁の二人にもなかなかの名園と思われた。

遠くに老若二人の植木屋が庭木の手入れをしている。

「ここは昔、桜の季節に見物人が大勢、集ったそうだ」

「本堂の近くに新日暮里《しんひぐらしのさと》と彫った石碑があったな」

「谷中の日暮里と肩を並べるほど景色がよかったんだと……」

が、今は花の季節でもなく、参詣人も見物客も姿がない。

「花世さんは、小林家の喜久江さんと友達だったから、どうしても小林家の人々が下手人と思いにくいらしいが、源太郎君の父上のお調べを見ると、まず間違いないな」

麻太郎がいい、源太郎が懐中から古びた帖面を取り出した。それは、かつて南町奉行所の同心であった畝源三郎がいつも身につけていた覚え書帖であった。

「父が、これを残してくれて助かった。わたしでは、とても、ここまでは調べ切れなかったと思う」

父が麻生家の事件を調べ出した時、最初に考えたのは、下手人の動機であったと源太郎はいった。

「三人もの家族と、奉公人まで殺すというのは、麻生家に怨みがなくてはならない。しかし、麻生家はまず人に怨まれるような人々ではない」

「そうだ。小林家に対しても、親切でこそあれ、ひどいことは何もしていないよ」

「それでも怨む者はある。まして、怨む動機のある奴ならば」

「そんな奴がいたのだな」

麻太郎が遠い目をした。

「源太郎君が、父上の残された記録をみせてくれるまでは、わたしには見当もつかなかった」

小林家で六年前に処刑されたのは只一人であった。主殺し、主人の子殺し、その上、主人の妻と姦淫の罪を犯している。

若党の定之助は本来ならば、小林家によって処罰される筈であった。けれども、その小林家は断絶してしまい、親類にもきちんと断罪を行う者がいない。そのため、旗本を監察する目付のほうから、武士の家に奉公しているといっても身分の低い者であり、士分の扱いをする必要がないとして、町奉行所へ始末を委託した。前例のあることで、町奉行所としても断る必要はなく、定之助は決りに従って小塚原《こつかっぱら》の刑場で打ち首となった。

罪人は公けには死体をひき取ることも、法要も、墓に入れることも許されない。

けれども、それではあまりに不愍《ふびん》というのと、死んだ者にはもう罪はないと考える者もいて、処刑者の身内が願い出ると、内々で遺体を渡してやる例もないわけではない。殊に幕末、世の中が騒然としていた時期、係の役人に少々の金を使って遺体をひき取るのは、そう厄介ではなかった。

「源太郎君の父上は、定之助の遺体をひき取ったのが、定之助の兄だということを、後になって係の役人から知らされたのだね」

「全く馬鹿な役人もいたものだ。そいつは定之助の兄というのが、勝三という名前で、根津の近くの大名の下屋敷で馬の世話をしているということしか聞いていない。その上、定之助を捕縛した役人の名を問われて、父上の名を告げていた」

たしかに、小林家の事件の探索には、麻生源右衛門の意を受けて、内々に畝源三郎も助力はした。

「冗談ではない。あの時は喜久江さんに同情してわたし達が真相をあばき出したんだ」

大人達は子供達を事件に巻き込まないよう後始末をつけたに過ぎない。

「逆怨みもいいところだ」

「父は別に驚いていなかったのです。罪人を捕え、法に従って処罰する役目の者が逆怨みを怖れていては仕事にならないと、いつも口癖のようにいっていましたからね」

麻太郎が源太郎の手から亡き畝源三郎の覚え書を取った。

「源太郎君の父上は凄い人だ。根津に下屋敷のある大名家に奉公している勝三という名前だけで、そいつを突きとめられたのだから……」

まず、麻生家に残された血染めの手拭が根津権現の祭の時のものというのと、それより四年前の小林家の事件と、畝源三郎が結びつけたのは、定之助の兄、勝三が、根津にある大名の下屋敷に奉公しているということからであった。

覚え書を開くと、その最後のところに、墨黒々と、
不忍池の畔、秋元但馬守様下屋敷
と書かれている。

「長助の話だと、あの日、父上は長助をお供にして秋元家下屋敷を訪ねて、勝三という奉公人がいるのを確かめられたそうだ」

たまたま、勝三は外出していて、屋敷にいた者の話ではいつ帰って来るのか、帰って来ないのかわからないという有様であった。

すでに幕府は崩壊していて江戸城には官軍が入っていたが、天皇は未だ京の御所から動座されていない。

大名家は大方が進退に窮して藩主も重臣も思案に暮れている。下屋敷にいる若党など、庭の小石同然であった。

「父が殺害されたのは、秋元家の下屋敷から呉服橋の上屋敷へ向う途中、父の気性としては一応、秋元家へ筋を通してから勝三を捕縛し、奉行所へ連行するつもりであったと思う」

この年、五月二十一日に町奉行所は官軍によって奉行を罷免となり、明け渡して市政裁判所と改名されたが、実際は与力、同心がそのまま現職に留まり、江戸市中の治安のために働いていた。

畝源三郎としては、とりあえず、勝三を奉行所において吟味するのが筋道と考えていたものだ。

「あの時、父が撃たれたと知らせを聞いて、わたしはすぐに根津へかけつけた」

麻太郎の父、神林通之進や麻生宗太郎もすぐさま、根津へ向った。

「神林様が秋元家下屋敷へ行かれて、勝三のひき渡しを談判して下さったんだが、秋元家では勝三は帰って来ていないという。おまけに秋元家は弘化二年に上野館林へ移封になって、その後山形藩には水野家が入っていた。もっとも、殿様が転封になっても、江戸の下屋敷の所有は変らないが、まずあの時代の下屋敷にはろくな家来もおいていなかったに違いないんだ」

結局、勝三は行方知れずのまま、今日に及んでいる。

「時代が時代だといえば、それまでだが、わたしはどうしても勝三の行方を探したい。もし、生きているなら、仇を討ちたいんだ」

麻太郎が立ち上がった。

「わたしも同じだ。とにかく、牧場へ行ってみよう」

勝三の行方を探す、たった一つの細い糸が小林家であった。その手がかりのために、喜久江に会わねばならない。

歩きかけた二人の前に、仕事を終えたらしい植木屋が来た。みるからに頑固そうな老人のほうが大声で、

「あそこは嫌だ」

とどなったので、麻太郎と源太郎は驚いた。

「いくら金持か知らねえが、ああいう奴の家の仕事はお断りだよ」

老人がいい、それに対して若いほうが何かいいかけたが、突っ立っている二人に気がつくと、そのまま、老人の後を追って行く。

「もし……」

と麻太郎が声をかけたのは、後で考えると天の助けとしかいいようがない。

若い植木職人が足を止めた。よく日焼けした顔は素朴だが、太い眉と意志の強そうな目をしている。

「梅窓院のむこうの牧場で働いている人の家がこのあたりにあると聞いて来たんですが、何分にも土地不案内なもので……」

麻太郎の言葉に、ちょっと考える様子をみせた。

「大山街道のむこう側にある牧場の旦那が、この先の土地で牛を飼いはじめたってのは知ってるがね」

「こっちにも牛乳屋が出来るんで……」

と口を入れたのは源太郎で、

「近頃、牛乳屋ってのは儲かるんだねえ」

ちらりと麻太郎を見る。

「いいや、牛乳屋ではねえ。牛同士をけしかけて、見物人を集めて見せる商売だと……」

植木職人が顔をしかめて答えたので、二人はあっけにとられた。

「牛と牛を闘わせるのか」

麻太郎が菅笠に尻っぱしょりという恰好を忘れた言葉遣いになった。が、植木職人は気にもしなかった。むしろ、自分の話のほうに夢中になっている。

「越後のほうで、むかしからやっていることだそうだがね。ここらの連中は怖がっている。暴れ牛が柵でも乗り越えて来て、女子供が突っ殺されやしねえかとねえ」

「どこなんだ。その牧場は……」

「久保町のむこうだ」

若い植木職人が、かなり距離のあいてしまった老職人を気にした。源太郎が訊いた。

「その牧場主の名前はなんという……」

「知らねえが、親父さんの話だと、昔、お大名に奉公していたってんで、えらくふんぞり返っているそうだよ」

「その大名の名は……」

「さあて……わからん」

植木職人が走って行き、麻太郎がいった。

「行ってみよう」

久保町は近かった。二人が向ったのは昼飯に寄った蕎麦屋であった。

新しく出来る牧場は久保町の北、

「水野様の下屋敷のあった所で、昔の御主人の土地をゆずってもらったという噂だがね」

と蕎麦屋の主人に聞いて、二人は店をとび出した。

旧幕時代、水野という大名は数家あって、必ずしも、勝三が奉公していた秋元家の後に山形藩主となった水野家とは限らない。

「山形藩主になった水野和泉守忠精《ただきよ》というのは天保の改革で名の知れた水野忠邦の子なんだよ」

小走りに歩きながら源太郎が話した。

「水野忠邦が失脚して、その後継ぎは山形で五万石となった。わたしの父が勝三にねらいをつけた時分の殿様は忠精の子の忠弘でね。おそらく名乗りは父親と同じく和泉守だと思う」

もしも、久保町の北にある水野家の下屋敷が、かつて勝三が奉公していたという秋元家の不忍池畔にあった下屋敷と縁のある水野和泉守忠弘の所有であったとしたら、旧主の土地を買って牧場を開くといった牧場主が勝三である可能性が出て来る。

その牧場は熊野権現社の裏側にあった。

周辺は柵を廻らし、東側が牛舎になっている。

牛乳をしぼるための牛を飼う牧場と異なるのは、宏大な牧場地の中央に、まるで相撲《すもう》場《ば》をそのまま五、六倍にも広げたような円形の広場が出来ていて、そこにもぐるりと囲むように柵があり、東西に一カ所ずつ入口が設けられている点であった。

「あそこが、牛を闘わせる場所だよ」

麻太郎がいった。

「そういえば、昔、聞いたことがある。牛というのはおとなしそうだが、けっこう狂暴な所もあるらしい。もっとも、見物人を集めて牛を闘わせて金を取るのだと、牛をそのように仕込むのだろうね」

たしかに牛舎にいる牛は、遠目にみても猛々しい感じがする。

突然、二人が眺めている牛舎の脇から男が出て来た。

背の高い、恰幅のいい男が自分より小柄な若い男の衿髪を摑んでずるずるとひきずって来るといきなり地面に叩きつけた。起き上ろうとするのを足蹴にし、手にしていた杖で容赦なく打ちすえる。悲鳴を上げて若い男がころげ廻るのが、かなり遠くにいる麻太郎と源太郎からもはっきり見えた。

奥から女が走り出して来て打たれている男をかばったが、忽ち肩を蹴られてひっくり返った。杖を持つ男が倒れている男女をたて続けに殴る。

麻太郎も源太郎も、その場から動けなかった。

万一、ここの牛舎の持ち主が勝三にかかわり合いがあった場合、下手に自分達の姿を見せるのは、上策とはいえない。

二人にとって息詰るような時が過ぎた。

打ちすえられている男女は全く動かなくなり、打っていた男は、杖を突いて牛舎のほうへ戻るのかと思うと柵のほうへ歩いて来る。

慌てて、麻太郎と源太郎は熊野権現の境内へ逃げ込んだ。

自分達が見とがめられたと思ったのだが、木立のかげから覗いてみると、その男は柵のはずれから道を横切り、反対側に見える門を入って行く。

あたりはすでに夕暮から夜になりかけていた。

熊野権現の境内を抜け、男の消えたほうへ行ってみると拝殿の裏の玉垣のむこうに家がみえた。

一軒家だが、敷地はかなりあるらしく、薄暗がりでみる限り、なかなかの豪邸のような感じである。

「あいつの家だろうか」

源太郎がささやき、麻太郎は道のむこうの牧場へ目をやった。

死んだようにぶっ倒れていた男女が助け合うようにして起き上るのが見える。

よろよろと柵のほうへ近づいたのは、どうやら、そこに井戸があったせいらしい。

木立のかげに身を伏せて、麻太郎と源太郎は、その二人の様子を窺った。

宵闇の中で二人の顔は殆んどわからない。

男のほうが水を汲み、女は手拭をしぼって顔にあてている。

どちらも口をきかない。

やがて女が柵の開いているところへ出て来た。

驚いたことに、道を渡って、今しがた杖を突いた男が入って行った門を通って植込みのふちを一軒家へ向って行く。

源太郎が何かいいかけ、口を閉じたのは、まるで女が去るのを待っていたように牛舎のかげからかなりの年配らしい男がとび出して来たからである。

「伊之さん、大丈夫か」

井戸端にすわり込んでいる男へ声をかけ、その肩に手をかけた。

「だから、いわねえこっちゃねえ。必ずこういうことになるといったろうが……」

伊之と呼ばれた男が、さし出された手を払いのけた。

「ほっといてくれ」

だが、一人で立ち上ろうとして立てなかった。

「冗談じゃねえぜ。こんなに痛めつけられちまってよ」

年配のほうが改めて腕を摑むと、若い男は悲鳴を上げた。

「いけねえや、こりゃあ腕が折れているんじゃねえか」

ぐったりしている男の耳に口を寄せるようにしていった。

「いくらいっても馬の耳に念仏だろうが、おたねさんってのは、骨の髄からの悪女だぜ。お前がこんなにされたってのに介抱もしねえで、旦那の所へ行っちまった。旦那も旦那だ。さんざんぶっ叩いて、その上、折檻しながら可愛がってやるのが極楽だっていいなさる。とても人じゃねえ、ありゃ鬼の化身だぜ」

うずくまっている男が傷の痛みにたえかねたのか、低くうなり出した。

年配の男がなんとか男の体を抱き起し、肩にかけてひきずるようにして牛舎のほうへ行くのを見届けて、麻太郎と源太郎はその場を離れた。

拝殿の前へ出て参道を通り、久保町のほうへ出る。

「おたねといいましたね」

源太郎が押し殺したような声でささやいた。

「あの女が、小林家のおたねだろうか」

憮然とした調子で、麻太郎が応じる。

おたね、とは、かつての旗本、小林参市郎の妻の名であった。

小林家の若党であった定之助と不義密通のあげく、それに気づいた夫、参市郎を定之助に殺させた。

「やっぱり、あのおたねですかね」

源太郎が吐き出すように繰り返した。

「暗いし、距離があったから顔なぞはよく見えなかったが、なんとなく、そんな感じがしたよ」

「喜久江も、一緒に暮しているということですか」

「おそらくはね」

「折檻した大男は、勝三とは思いませんか」

「おたねが、定之助の兄と夫婦になっているということになるが……」

「ありそうな話でしょう」

子供を抱えて、行き所のなくなった女が、密通したあげく処刑された相手の兄と結びつく。

「父は、麻生家の強盗殺人は、金品を盗むことと報復の二つの意味があったのではと考えていたようです」

「もしそうなら、源太郎君の父上を殺害したのは勝三に間違いないな」

大名家に馬丁として奉公していた男なら、馬に乗ることも、主家の馬を勝手に曳き出すことも出来る。

「長助は下手人の顔を見ているのです。長助に首実検をさせましょう」

畝源三郎が凶弾に斃《たお》れた時、傍にいたのは長助只一人であった。

久保町の商家がみえて来て二人は菅笠をはずした。日が暮れているのに、笠をつけているのは不自然である。

笠を手にして久保町を通り抜けて行く二人を、逆の方角から提灯を持ってやって来た男がさりげなく眺めた。

二人も、その男をなんとなく見たものの、まるで知らない顔であった。

ずんずん歩いて行く麻太郎と源太郎を、提灯をさげた男は、いつまでも見送っていた。

その男の左の眉の上に、もううっすらとしか残っていない細い傷痕があった。

六

神林麻太郎と畝源太郎が一日がかりで赤坂から、皇居の火災で天皇家が仮住いをされている青山御所の周辺まで歩き廻って来た翌日、東野新聞に少々、人目を魅く広告記事が出た。

近頃、東都に牧場多くして牛を観ること、甚だ珍らしからぬといえども、この程、北青山にて開催予定の牛相撲こそ、見物の心胆を寒からしめるものは、よも、あるまじ。

そも、越後国にては昔より評判の催にて、国の内外より巨牛を集めてそれを東西に分け、力に応じて横綱、大関と位を定め、両者を取り組ませて勝負を競う。まさに猛《たけ》きこと龍虎の如く、激しきこと百雷の轟くに似たり。願わくば諸君の必見を乞う

興行主　士族　川本吉助

この時代、新聞といえば「東京日日新聞」「郵便報知新聞」や「朝野新聞」などだが、まだ誰もが読むとはいえず、一部の知識人にしか普及していなかった。その中で「東野新聞」というのは規模は小さいが、旧幕時代の瓦版に近い体裁で庶民の気をひきそうな世の中の出来事、それもけっこうきわどい記事が中心で、その分よく売れている。

築地居留地の中にあるバーンズ医師の診療所へ、神林麻太郎を訪ねて来た畝源太郎は東野新聞を入手していた。

無論、麻太郎に読ませたのは牛相撲の記事である。

「これは、あそこのことだね」

麻太郎の反応も早かった。昨日、北青山で相撲の土俵を大きくしたようなものの周辺に見物席を設けたのを目にして来たばかりである。

「興行主が川本吉助か」

源太郎へいった。

「勝三の偽名だろうか」

昨日の調査で、二人は、梅窓院側の牧場と北青山の牧場の経営者は、どうも旧幕時代、旗本小林参市郎の妻、おたねと不義密通のあげく、主殺しで死罪となった若党、定之助の兄、勝三ではないかという感触を得ている。

「勝三のような兇状持ちが今も本名を名乗っているとは思えませんからね」

弟が死罪となったのを逆怨みして麻生家へ強盗に入り殺人を犯し、それを探索した畝源三郎をも殺害した人間が御一新後も昔の名前で暮している筈がないと源太郎が同意した。

「それにしても士族と称するのはどういうことだろうな」

士族といえば新政府が旧武士階級に与えた族称で、そういった形で武士階級を存続させたのは御一新後のとりあえずの兵力のためであった。従って明治六年に徴兵制が実施されると士族の軍事力は不要となり、それまで、旧家禄に応じて支給されていた政府の援助もなくなって、多くの困窮士族が出ている。

とはいえ、まだ世の中には士族というだけで元武士の矜持を持つ者も少くないし、それを認める風潮も全く失われたわけではなかった。

「勝三は武士ではない」

源太郎が忌々しげにいった。

「苗字帯刀が許される武士でもないのに、士族だの、川本吉助だのと名乗るのは不届き至極だ」

「それとも、なにか理由があるのかな」

いい出したのは麻太郎で、

「例えば、勝三の仲間にそういった身分の者がいるとか……」

麻生家が襲われた時、少くとも凶刃をふるったのは勝三の他、もう一人いたと思われるという亡き畝源三郎の調査を脳裡に浮べて麻太郎はいったのだが、今はとりあえず、そのことにこだわっている場合ではないと思い直した。

「川本吉助について調べるのが先だな」

「長助に川本吉助を見てもらおうと思うのですがね」

畝源三郎が狙撃された時、傍にいた長助は馬上の敵の顔をしっかり見ている。

「長助を北青山あたりに近づけるのは危険だと思うが……」

長助が馬上の狙撃者を見ているというからには、むこうも長助の顔を憶えている可能性がある。

「たしかに、その点はわたしも考えています。それと、今、思い出したのです。一昨日、花世さんが小林喜久江をみつけて、その時、喜久江の後を尾《つ》けて長助が梅窓院の近くまで行った報告の中で、喜久江が帰って行ったのは、以前、美濃郡上藩主であった青山様の下屋敷の南側にあった牧場だということで……」

聞いていた麻太郎がうなずいた。

「翌日、二人で行った所だろう。牧場と牛乳屋があって、だが、喜久江は大山道のむこうからそこへ通って来ていると……」

「そうです。我々が行って、結局、どちらも持ち主は同じ人物、つまり、勝三ではないかと……で、思い出したのです」

「いったい何を……」

「長助が梅窓院で訊いた話です。あそこの牧場の本当の持ち主は西洋人相手に商売をして大金持になった奴で、牧場をまかされているのは吉助という名の人物だと……」

麻太郎が小さく声を上げた。

「吉助……川本吉助か」

「そうです。北青山の牛相撲の興行主の川本吉助ですよ」

ふっと麻太郎が黙った。僅かの間、考えて、源太郎にいった。

「二つの考え方があるね。一つは川本吉助が勝三の変名。こちらは今まで我々二人が考えた線だ。もう一つは、川本吉助と勝三は別人であるという……」

「麻太郎君」

「わたしの勝手な想像だが、北青山の牧場の小屋で我々はおたねと思える女を見た。あの折、偶然、立ち聞いた話だと、おたねは牧場主の旦那の女房らしい」

「とすれば、でっぷり肥った大男は勝三でしょう。おたねは小林参市郎の女房でありながら、若党の定之助と密通し、二人の男が死んだ後は定之助の兄の勝三の女房となり、性懲《しょうこ》りもなく牧場で働く若い男といい仲になっている。如何にもあの女らしいと思えます」

頭に血が上ったような源太郎に対して、麻太郎は冷静な声でいった。

「つまり、おたねの亭主で二つの牧場の持ち主が勝三。梅窓院で長助が訊いた、西洋人相手の商売で大儲けをし、その金でいろいろな商売に手を出している。この節、牛乳が流行りといえば牧場経営をやる。そっちを仲間の川本吉助にまかせておいて、自分はもう一つの牧場で牛の角突き合いの興行をして、新しい金儲けを企む。なんとなく、我々が追いかけて来た勝三という男はそんな奴ではないかという気がするんだが……」

結局は、長助に川本吉助を見てもらい、畝源三郎の狙撃犯と同一人物か判断してもらうしか道はないのだが、源太郎と麻太郎がそれを口に出せないでいる中《うち》に、長助が東野新聞を摑んでかけつけて来た。

なんとしても、川本吉助の首実検を自分にさせてくれという長助に、とうとう源太郎が決心した。

「暫く、長助と二人で北青山に張り込んでみます」

川本吉助の住居が果して北青山の牧舎の前のあの家かどうかもわからないが、

「興行主である以上、牛相撲の当日が近づけば、牧場へやって来ない筈はないでしょう」

充分に注意をするから、心配しないで吉報を待って下さい、といわれて麻太郎は止むなく同意した。

「わたしも土曜か日曜には、行ってみるから……」

くれぐれも自重してと念を押し、麻太郎は二人が北青山へ出かけて行くのを見送った。

その週、麻太郎は落付かなかった。

日課になったのは、毎日、診療所の仕事の合い間に外出して東野新聞を買って来ることで、北青山の牛相撲の広告記事の内容から、おそらく興行主は東野新聞を通じて牛相撲の宣伝をするのではないかと考えた通り、連日のように牛相撲興行の紹介が出ている。

それによると、初日は次の日曜日で、折しも青山熊野神社の祭礼に当てて、勧進牛相撲と銘打っている。

見物人はせいぜい、北青山、赤坂界隈に居住する者ぐらいであろうと麻太郎は思っていたが、新聞の威力はたいしたもので、バーンズ先生の所に治療に来ている居留地の患者がその興行の話を知っていて、

「日本にも闘牛があるのか」

と感心していたとバーンズ先生が教えてくれた。

「彼の話は牛と人間を闘わせるというものだが、牛相撲というのは、牛と牛をぶつけ合

うようだね」

アメリカにもそういった競技があるらしいが自分は見たことがないというバーンズ先生は、出来ることなら日曜日に北青山まで出かけてみたいようで、バーンズ先生の妻のたまき夫人なぞは眉をひそめている。

「麻太郎君は、北青山の闘牛場を知っているかね」

診療室で二人きりになった時、バーンズ先生から訊かれて、

「先だって、友人と一緒にその近くまで行きまして偶然、見かけました」

と返事をしたところ、

「そうか、場所を知っているとは好都合だ。君も一緒に闘牛見物に行かないか」

とバーンズ先生はすっかりその気になってしまって麻太郎は内心困惑した。

北青山へ張り込みに出かけた源太郎と長助からは、未だに、なんの知らせもない。

七

土曜日の午少し前に、神林千春が正吉と共に新橋ステーションへ出かけたのは、「かわせみ」の常連客である支倉屋治兵衛を駅まで見送るためであった。

支倉屋治兵衛は横浜で、主に生糸を扱う貿易商であった。月の中《うち》、必ず三度は東京へ

商用でやって来て、必ず「かわせみ」へ宿泊する。「かわせみ」のおっとりとしているようで気くばりの行き届いたもてなしぶりが気に入って、よく商売仲間を紹介してくれ、その人々が、必ず「かわせみ」の常連になった。

で、「かわせみ」のほうも心得て、知らせが来れば必ず新橋駅まで迎えを出し、帰る時は送りに行く。

その役目は今日は千春と正吉で、二台の人力車に文倉屋治兵衛と千春が各々乗り、正吉は徒歩で賑やかに人の行き交う駅前へ着いた。

江戸から横浜までおよそ八里、明治五年に鉄道が開業されるまでは歩いて二日の旅であった。

「それが、今は乗ってしまえば一時間足らずで横浜ですわ。世の中、変る筈ですなあ」

発車時刻まで間があるので、早速、新聞売り場へ出かけて行った治兵衛が東野新聞を手にして戻って来た。

「こりゃまあ、なにを仕出かすかと思えば牛相撲とは、また人さわがせな……」

呟きながら千春に見せたのは、明日、北青山で催される牛相撲の記事で、

「暫く横浜で噂を聞かんと思うていたら、東京へ出て来て居ったのか」

という。で、なんとなく覗き込んだ千春に、

「この牛相撲の興行主の川本吉助いうのじゃが、横浜では名うての悪徳商人でな。よく

もまあ、あんな悪人をお上はのさばらせて居るとわたしら仲間でよるとさわると噂していたものですわ。川本吉助に小林大三。どちらかといえば小林大三が兄貴分で川本吉助は使いっ走りだが、小林大三のほうは決して表むきには名を出さん。よっぽど、むかし悪事を働いたかして後暗いことがあるのじゃろうと思うがのう」

発車時刻が近づいて治兵衛が去ってから、千春は正吉をうながして帰りかけながら、今、聞いたばかりの牛相撲の興行主のことが気になった。

今月はじめに麻生花世が昔の友達だという小林喜久江という女を「かわせみ」へ連れて来てから、畝源太郎と神林麻太郎がその女の周辺を探るために赤坂のほうへ出かけているのは知っている。千春に対しては誰もくわしい事情は話してくれないのだが、どうやら、それは御一新の年、麻生家が何者かに襲われて、花世の祖父と母と弟が奉公人ともども殺害された事件と、畝源太郎の父がその探索中に暗殺されたこととも関係があるような気がする。

「お嬢さん」

ふっと正吉に袖をひかれて、千春は顔を上げた。

「あそこを花世様が」

正吉が目で知らせた人ごみを花世が歩いていた。隣に女がついている。

「あの女は、いつか、花世様が連れて来なすった喜久江とかいう人です」

慌てて千春はのび上った。

「あの方が小林喜久江……」

「へえ、間違いありません」

きっぱりいい切った正吉が、急に目をこらした。

「あいつは、なんだ」

「どうしたの、正吉」

「尾けているんです。花世様を……」

「どんな人が……」

「男です。素人風だが、ありゃあ素人じゃありません」

正吉がどんどん遠くなる人影を機敏に目で追っているのをみて、千春は決心した。

「正吉、花世さんの後を追って下さい。なにかおかしい気がします」

「よろしゅうございます。お嬢さん、一人でお帰りになれますか」

「あたしは大丈夫。花世さんの行った先がわかったら、すぐ知らせに戻って……」

「承知しました」

素早く正吉は混雑する駅前を走り抜けて行く。僅かばかり見送って千春はすぐ踵《きびす》を返した。「かわせみ」から千春を乗せて来た人力車は、まだ車溜《くるまだま》りに待っている。

ひたすら人力車を走らせて千春が行った先は畝源太郎の住居であった。

千春の知らせを聞くと、源太郎はすぐにも家をとび出そうとしたが、

「慌てないで。正吉が尾けて行きました。正吉の知らせを待ちましょう」

と千春にいわれて浮かした腰を下した。

「新橋ステーションの前から、どっちのほうへ……」

「虎之御門のほうだと思います」

「やっぱり、青山の牧場かな」

途方に暮れたような源太郎に千春が訊いた。

「川本吉助と小林大三って、なにか心当りがありますか」

「なんだって……」

「うちへお泊りになる横浜のお客様が東野新聞をみておっしゃいました。北青山の牛相撲の興行主の川本吉助は横浜で有名な悪徳商人の一人ですって……」

「小林大三といったね、そいつは……」

「川本の兄貴分、自分は表に立たず、かげで川本を操っているとか」

「千春さん、俺、麻太郎君の所へ行って来る」

築地居留地のバーンズ先生の診療所に麻太郎はいた。

「今、バーンズ先生が往診にお出かけなんだ」

土曜日の午後である。緊急の患者以外はやって来ない。

源太郎の話を注意深く訊いて、麻太郎はいった。

「わたしの感じだと、小林大三というのが勝三ではないかな」

もし、勝三がおたねと夫婦になっているとしたら、おたねはもともと旗本、小林参市郎の妻である。

御一新のどさくさにまぎれて、小林の姓を名乗り、士族と称するのも乱暴だが、やってやれないことでもない。

「とにかく、川本吉助は勝三の変名ではなさそうだ」

「何者だろう、川本吉助とは……」

横浜にいた頃から勝三と組んで悪事を働いていた。

「ひょっとすると、二人が組んだのは、もっと前かも知れない」

麻生家を襲ったのは二人組だと亡き畝源三郎が調べていた。

「すると、御一新の頃からの相棒か」

源太郎の言葉に、麻太郎が同意を示した。

「実は狸穴の父上が調べて下さっている」

この前、源太郎から東野新聞の記事をみせられてすぐに狸穴へ行って来たと麻太郎はいった。

「わたしはもし川本吉助が御一新の頃からの勝三の仲間ならば、ひょっとして勝三が奉公していた秋元家にかかわり合いのある人間ではないかと父上に申し上げてみた。父上は同感だとおっしゃった」

勝三のように武家奉公をしていても、中間《ちゅうげん》、小者といった身分では苗字を持てない。勝三がもし、小林姓を名乗っているのならば、その気持の中に自分の弟分が実は旧幕時代、姓名の名乗れる身分であって、当然、御一新後もその苗字を用いているのに張り合うものがあった故ではないかと麻太郎はいった。

「東野新聞に出ていた興行主の所にわざわざ士族、川本吉助、と名乗っているのを見て、なんとなく思ったのだ。川本の勝三に対する見栄のようなもの。俺はお前のように本来、持ってもいない姓を他人から盗んで名乗っているのとは違うのだ。正真正銘、士族なのだぞという誇りかな。わたしの考えすぎかも知れないが……」

とにかく、バーンズ先生が帰られたら「かわせみ」へ行くと麻太郎はいった。

「正吉の報告を待つためにも、かわせみにいたほうが早いだろう」

千春と源太郎が「かわせみ」で待機し、やがて、麻太郎もかけつけて来た。

すでに陽は暮れている。

花世が小林喜久江と連れ立って行った先は青山としか考えられないが、それを尾けて行った正吉が知らせに戻って来るとすれば、もう、ぼつぼつ帰って来る筈である。

「花世さんと喜久江の二人を尾けて行った男がいるというのが気になるな」

麻太郎がぽつんと呟いた。

花世と喜久江が行き、その後を男が尾け、更にその後を正吉が追って行った。

八

夜になっても正吉は帰って来なかった。

無論、花世も戻らない。

遂に、るいが決断した。

「かわせみ」に出入りしている昵懇の人力車を呼び、嘉助をつけて、千春を狸穴の方月館へ向わせた。

「通之進様と宗太郎先生に、くわしく事情をお話しするのです。今夜はあちらへ泊めて頂いて、戻って来るのは明日、朝になってからになさい」

慌しく二人が「かわせみ」を出て行き、るいは自分で台所へ行って握り飯を作り、無理に麻太郎と源太郎に食べさせた。二人とも、夕餉《ゆうげ》がろくに咽喉を通らなかったのを知っていたからである。

「食べたくなくても、しっかり召し上っておかなければいけません。今夜は何があるかわからないのですから。腹が減っては軍《いくさ》は出来ぬと申しますでしょう」

母親に叱られたように、麻太郎が握り飯に手を出し、源太郎がそれに習った。きびきびと味噌汁が運ばれ、早漬けの胡瓜《きゆうり》や茄子が膳のすみにおかれる。

そうやって働いているるいは、その昔、突発した事件のために深夜、出かけて行く神林東吾や畝源三郎のために、夜食の仕度をしていた時分に戻ったような感じであった。

腹ごしらえをし、これもるいにいわれて仮眠した麻太郎と源太郎は夜明け前に起きた。

すでに、るいは二人に持たせる弁当や茶の用意をしていた。

「青山へ参ろうと思います」

麻太郎がいい、るいはうなずいた。

「要心の上にも要心をして。なにがあっても慌ててはなりません。落付いて、正しい判断をして下さい。必ず、御無事でお二人とも、ここへ戻って来ると約束して頂けますね」

二人が畳に手を突いた。

「お約束致します」

帳場へ出て行くと、薄暗い中にお吉が菅笠と草鞋の用意をして待っていた。

素早く足ごしらえをして、笠を受け取り、くぐり戸から外へ出る。

「では、行って参ります」

低いが、きっぱりした声で麻太郎がいい、二人揃って頭を下げる。

「御武運を祈ります」

るいの声が僅かに慄え、二人は暁闇の道を力強く歩き出した。

どちらの胸にも、今日こそ、敵《かたき》を討つという思いがあった。

これまでの調査をふまえても、また、本能からしても、青山の牧場主、小林大三とその仲間の川本吉助が、六年前、麻生家を襲って強盗殺人を行い、且つ、畝源三郎を暗殺した下手人に間違いないと思われた。

青山へ行き、それを確かめたら、直ちに仇討をすると、二人は暗黙の中に決めている。

道に長助が立っていた。

足を止めた二人に、いつもと変りのない調子で頭を下げた。

「お供を致します」

麻太郎が源太郎を見た。

「知らせたのか」

「いいや。迷ったが、知らせなかった」

長助が如何にも長助らしい笑顔になった。

「憚りながら、畝の旦那のお供をして何十年もの間、江戸の町々をかけずり廻った長助でございますよ。お二人の胸の内が読めねえでどうします。今日は牛相撲の初日。興行主が顔を出さねえわけがねえ。お二人はなにがなんでも川本吉助をとっつかまえて白状させようとお考えかも知れませんが、首実検なしじゃ埒《らち》があかねえ。ここでお役に立てなかったひには長助は死んでも死に切れねえってことを、どうぞ忘れねえでおくんなさいまし」

顔は穏やかに笑っている長助の、目は笑ってはいなかった。

「すまない。俺が考えすぎた。一緒に行ってくれ。奴の首実検を頼む」

「合点でござんす」

再び歩き出して、麻太郎は源太郎がさりげなく拳《こぶし》で涙を横なぐりにしたのを見た。

で、本来なら源太郎が話すであろう、千春からの知らせ、つまり、青山の牛相撲の興行主、川本吉助には兄貴分の仲間がいて、その名が小林大三というのだと伝えた。

「するってえと、若先生、そいつが勝三じゃございませんか」

長助の反応も早かった。

「勝三を大三と変えやがって……それに、小林というのは本所の旗本の……」

「そうだ。喜久江の家の苗字だ。もし、勝三が小林家の女房だったおたねと夫婦になっていたとしたら、ちょいと苗字を借りようという気になるかも知れない」

「違《ちげ》えねえ。しかし、そいつが今日の牛相撲に来ますかね」

「わたしは来るような気がしている。おそらく牛相撲の興行を思いついたのはそいつに違いない。川本吉助は名目人、大三は陰の立役者だ。興行の成功、不成功を自分の目で確かめずにはおかないだろう。もう一つ、わたしと源太郎君はこの前、青山へ行った時、そいつらしい男を見ているのだ。そいつは牛相撲の広場と道をへだてた向う側、熊野権現社の隣の家に住んでいる」

長助が武者ぶるいするのを見て、麻太郎は少しためらい、結局、昨夜、花世と正吉が帰って来なかったことを打ちあけた。

「わたしは、青山へ拉致《らち》された可能性が高いと思っているのだが……」

言葉を失った長助をなだめるようにいった。

「それも、今日、むこうへ行けばわかるに違いない」

口には出さず、麻太郎は考えていた。

花世をさらって行ったのは、敵がこちらの動きに気づいて、自分達を青山へおびき出そうというねらいと、いざという時の人質にするためではないかと思う。

なんにせよ、花世の気性では大人しく相手のいうままになっているかどうか。

花世さん、無茶をしないでくれと麻太郎は心中に祈っていた。下手に花世が抵抗すると相手は人殺しをなんとも思っていない連中であった。

東の空が僅かに白みはじめていた。

三人が行く道に、人通りは全くない。

近くで鶏の啼き声が聞え出した。

青山御所のへりをたどって三人は北青山へふみ込んだ。

このあたりは田畑が多く、畝道にはしっとりと露が下りている。

点々と人家があり、その軒先に祭提灯が提げてあるのは熊野権現の氏子の故であろう。向う三軒両隣りと商家が軒を並べている所に神酒所《みきしょ》が造られていて、小さな神輿《みこし》と山車《だし》が飾られ、その手前の大きな台の上には前夜、世話人達が飲み食いした酒の徳利や茶碗、皿小鉢などが片付けられないままになっている。

野原に出た。狭い道をたどって行くと牧場の柵と牧舎が見え、道の反対側のやや小高い所にこのあたりには不似合いな家があって、その先のこんもりとした一角が熊野権現の社であった。

「成程、こんな方角からの道があったのだね」

麻太郎が呟いたのは、今まで大山街道を梅窓院の向いの道から入っていたからで、源太郎と長助はこの牧場主の顔を見ようと何度も張り込みに通っていて、この抜け道をみつけたらしい。

漸く朝になりかけた時刻、牧場周辺はまだひっそりしている。慎重に三人がたどりついたのは牛舎であった。つながれているのは、みるからに怖しげな面がまえの黒牛であった。この節の牛乳ばやりで出来た諸方の牧場の乳牛と違い、岩のような体と鋭い目付をしている。

牛舎にいたのは四頭、何に苛立《いらだ》っているのか、足をふみ鳴らし、低く唸《うな》り声を上げている。

いる。牛舎の裏手で人の声がし、三人は積んである干し草のかげに身をひそめた。

耳馴れない訛りの強い言葉でしきりに苦情をいっているらしいのは、黒牛について来た男でもあろうか。それに対して弁解めいたことをいっている声に麻太郎は聞き憶えがあった。この前、源太郎とここへ来た時、女と一緒に折檻されていたのを介抱した年配の男の声である。

「おい。辰造、何をごたついていやがるんだ」

思いがけない方角から野太い呼びかけが聞えて、三人ははっと身をかがめた。

太い杖を突き、道を横切って恰幅のいい男が牛舎に近づいた。麻太郎と源太郎が顔を見合せたのは、いつぞや、男女を折檻した男だとわかったからで、いつ、彼が出て来たのか、牛舎のむこうの話し声に気をとられていて全く気がつかなかったことに、ひやりとさせられた。

だが、むこうも三人には目が届かなかったようで辰造と呼ばれた男から子細を聞いている。と思うと、いきなり怒号に変った。

「なんだと、牛の加減がおかしいから角突き合いはやらせねえだと。冗談もいい加減にしろ。なんのために高え銭を払って越後くんだりから呼んだんだ。四の五のぬかしやがると手前の尻っぺたひっぱたくぞ」

杖をふり上げると牛舎のはめ板をがんがんと叩き出した。四頭の牛がいっせいに唸り、足ぶみをする。

折も折、がらがらと荒い音がして、牛の土俵場の脇の道を馬車が下りて来た。

背後に大きな木箱を積み、前に男女が乗っている。

女が小林喜久江であるのを、かくれている三人は気づいた。

「大将、どうかしたのか」

男が馬車から下り、恰幅のいいのが応じた。

「士族様こそ、お早いお着きじゃねえか」

「花世を連れて来た」

不快そうにしかめた左の眉の上に細い傷痕がある。

「なんだって連れて来た。そいつはむこうで片をつけろといったろうが……」

男が自分に続いて馬車を下りた女をふりむきながら答えた。

「喜久江が嫌がるんだ」

「なんだと……」

「花世というのは執念深いから、下手に殺すと化けて出ると……」

恰幅のいい男が笑い出した。

「士族様が気の弱いことをおっしゃるもんじゃねえか。いつから、女房の尻に敷かれた」

「とにかく、俺はもう嫌だ。商売の名目人になるのはまだしも、人殺しは沢山だ。喜久江もいっている。新聞に俺の名が出ているんだ。この上、人殺しの片棒かついでもしばれたら……」

停っている馬車の上から凄い音をたてて木箱が地上にころがり落ちた。若い男が鍬をふるって木箱を叩きこわし、中から花世が這い出した。

麻太郎がとび出した。

花世に摑みかかろうとしている大男に体当りして、その杖を奪い取る。

奪い取って気がついた。

こいつは仕込み杖だ。

長助が叫んだ。

「あいつでございます。畝の旦那を馬上から撃ったのは、あいつでございます」

源太郎が腰に帯して来た亡父の形見の朱房の十手をふりかざして勝三に向った。

「父上の仇、勝三、覚悟」

顔をゆがめて勝三がせせら笑った。

「なにが敵討だ。証拠があるか。証拠をみせろ。証拠もなしに敵呼ばわりしたところで今の世の中通用せんぞ」

麻太郎が仕込み杖を抜いた。

「証拠はある」

「なに」

「汝のその太股だ。杖を突かねば歩行不自由の汝の脚には、汝に殺害された亡き叔母上が最後のきわに突き立てたかんざしの端が残っている筈。のぞむとあらば、わたしがメスで切り開いてみせよう」

勝三が絶句し、麻太郎は仕込み杖の先を吉助に向けた。

「貴様の証拠は左眉のその傷だ。それこそ、小太郎が叔母上を守ろうとして握りしめた血まみれのメスが切り裂いた傷の痕だ」

「黙れ」

と叫んだのは勝三であった。

「いいたいことはそれだけか。おい、若造ども。性根を据えて見やあがれ。あそこだよ。俺達の強い味方のお出ましだぜ」

おたねであった。

おそらく、さわぎを聞きつけて家から出て来たものであろう。柵をめぐらしてある牧場の熊野権現寄りの道から短銃をぴたりと麻太郎へ向けたまま、ゆっくりと勝三へ近づいて行く。

麻太郎は仕込み杖を正眼にかまえ、源太郎は十手を持ち直した。が、動けない。

「おたね、やっちまえ。どいつもこいつも、撃ち殺せ」

勝三の言葉に、おたねが訊いた。

「どいつからにしようかねえ」

「誰でもいいが、まず、俺の杖を持ってる奴はどうだ」

「いいともさ」

銃口が心持上って、おたねの指が動く瞬間、源太郎の手から鉄球が飛んだ。鉄球はしたたかにおたねの手の銃身を打ったが、弾は飛んで牛舎へ届いた。

もの凄い叫びと共に、牛舎の柵をはねとばして黒牛がとび出した。

弾丸は黒牛のどこかをかすめでもしたのであろうか。土に血をしたたらせ狂ったように突進して来た牛は、あっという間におたねを角にかけてふりとばした。倒れたおたねの上にのしかかるようにして二本の角を突き立てる。

誰もおたねを助けに行く者はなかった。牛舎の中から次々と黒牛が暴れ出して人々に向って行く。

逃げ遅れた勝三が足蹴にされ、それをふりむく暇もなく川本吉助が喜久江を置き去りにして一目散に走る。

「源太郎君、こっちへ……花世さん、大丈夫か」

血眼《ちまなこ》になって麻太郎がかけ廻っている時、牛相撲の土俵場のほうから制服の巡査が五人、姿を見せた。

その背後に、神林通之進と麻生宗太郎、そして、麻太郎も源太郎も顔を知らない初老の男が二人、あっけにとられて広場の惨状を見下した。

九

おたねは牛の角に突かれて絶命し、勝三は牛に踏みつけられて内臓が破裂し、医者が治療を行ったが、間もなく死亡した。喜久江も牛に蹴られて重傷を負ったが、命は取りとめた。

無論、牛相撲は中止され、越後から牛を伴ってやって来た牛飼は、

「牛は決して怖しいものではねえですよ。怖しいのは人間だ。いやはや肝を潰した」

取調べに対し、何度も繰り返し、牛と共に故郷へ帰った。

また、生き残った川本吉助、本名、川本吉次郎は、あの日、神林通之進と共にかけつけて来た父親、川本格左衛門につき添われて東京警視庁へ連行され、目下、取調べを受けているが、いずれ、裁判によって処罰されることになっている。

「お前達の無鉄砲には毎度、肝を冷やされるよ」

この二、三日、急に暑さのぶり返した大川端の「かわせみ」の奥座敷に、打揃って墓参をすませた神林通之進夫婦と麻生宗太郎、花世の父娘、それに、神林麻太郎、畝源太

郎と長助が顔を揃えて、るいの心づくしの昼餉《ひるげ》の膳を囲んでの通之進の第一声であった。

「父上は、どうして川本吉助が秋元家の用人どのの悴《せがれ》だと知られたのですか」

とりあえず盃の廻ったところで、麻太郎が訊ね、通之進が機嫌のよい微笑を浮べた。

「きっかけは麻太郎が知らせて参った東野新聞じゃ」

牛相撲の興行主として川本吉助の名が出た。

「しかし、川本という姓は決して珍らしくはございませんが……」

「麻太郎」

そっと香苗が言葉をはさんだ。

「お父上は、麻生家が襲われて以来、何度も勝三の行方を求めて秋元家を訪ねていらっしゃるのですよ」

下手人と目《もく》される勝三は当時、秋元家の下屋敷に奉公していた。

「では、その折、父上の応対をしたのが川本格左衛門どのですか」

通之進が香苗の酌を受けながらうなずいた。

「左様、しかし、川本どのも人の子の親。出来そこなった次男が殿様のお情で下屋敷の留守居役に廻されて居り、勝三と酒や博打に身をもち崩しているのを承知の上で、それをひたかくしにした」

今度、格左衛門が打ちあけたことによると、勝三が秋元家から出奔した後も、吉次郎は彼と連絡をとり合い、やがては自分も下屋敷を出て勝三と行動を共にしていたのも承知しながら、ひたすら沈黙を守り通した。

「まあ、川本どのの立場から申せば、廃藩の後は秋元家とて家臣の大方を切り捨て暮し向きも難かしくなる。用人として仕える川本どのにとっては勘当同然の我が子の尻ぬぐいまでは手が廻らぬといった所であったのかも知れぬが……」

先方が牡蠣《かき》のように口を閉じているのでは探りようもなかったが、通之進としてはなんとなく川本格左衛門の態度に疑念を持っていた。とはいえ、相手は元大名の用人であり、通之進のほうは町奉行所が崩壊して後は、なんの権限もない。

けれども、そのこだわりが、東野新聞の川本吉助の名で甦った。

「お前達は最初、川本吉助を勝三かと考えたようだが、秋元家を調べて来たわしには、川本吉助こそ勝三と共に麻生家を襲った敵の一人と思えた。で、改めて秋元家を訪ねて、川本格左衛門どのに会った」

事件から六年、時代の変化と共に、川本格左衛門の心境も変っていた。

東野新聞を持って訪ねて行き、改めて当時の出来事を語った通之進に、格左衛門は遂に頭を下げた。

牛相撲興行のその場所へ格左衛門を伴って行けば、小林大三が勝三であり、川本吉助が川本吉次郎であるのは明らかになる。

その上で、通之進はもう一人の人物に協力を依頼した。

「わしが吟味方与力であった時、新しく与力職を継いで出仕した宮田新兵衛どのが、今、新政府に司法官として仕えている。昔のよしみで今もしばしば狸穴の家へ話をしにやって来るのだが……」

黙々と膳の上のものを片付けていた宗太郎が漸く話に加わった。

「お前達は若いくせに敵討という古風な風習を持ち出して来た。その心は理解出来るが、敵討とはいっても殺人を犯すのは如何なものか。昔はともかく、新政府の時代となって、果してお前達の主旨を司法が認めてくれるものか否か。なんにしても、わたし達は、お前達を殺人者にはしたくなかったのだ。罪は法によって裁かれるのがよい。それ故、通之進どのは、手を尽して川本格左衛門どのを探し出し、証人として同行するようくどき落し、更には司法官にも出馬を依頼した。なにもかも、お前達の手を血に染めさせないための親心だよ」

麻太郎がうつむき、源太郎が両手を突いて頭を下げた。

「申しわけありません。わたしのために麻太郎君や花世さんまで危険な目に会わせてしまいました。お許し下さい」

花世があっけらかんとした調子で全く別のことをいい出した。

「正吉ったらのんびりしているんですよ。あたしが喜久江と一緒に青山の牛乳屋の前のそっぷ屋へ入った後、ずっと裏に張り込んでいて、どこにも知らせに行かなかったんですもの」

「花世」

と宗太郎が娘を叱った。

「正吉君はお前が心配で、お前が閉じこめられた部屋の外を動けなかったんだ。なんとか助け出す機会をみつけようと一晩中、まんじりともしなかったそうだ」

るいが傍からいった。

「正吉から聞きましたが、そっぷ屋というのは西洋の汁を飲ませる店ではなくて、素人の娘さんを集めて客を取らせるいかがわしい店でしたとか。正吉はそれが薄々わかって、万一、花世さんに危険が及んだ時は命がけでとび込むつもりで近所の家から鍬を盗み出し、板壁に耳をつけて花世さんの様子をうかがっている中に気がついたら夜があけ出していたのですって」

「あたしは途中から正吉が尾けて来ているのに気がついたから、むこうの様子を探ろうと思って喜久江について行ったのに……」

「あれほどよけいな真似はするなといったのに、親の申すことをきかぬから、正吉君までが苦労するのだ」

宗太郎が苦い顔をしても、花世は一向に動じる気配もなくて、

「箱に入れられて馬車に積まれた時、今度こそきっと正吉が助けにかかると思っていたらまるっきり気配もないでしょう。仕様がないから自力で箱ごところがり落ちたら、目の前に正吉がいるので、びっくりした」

お給仕をしていた千春がいった。

「正吉はずっと馬車を追っていたのですって。いきなり箱が落ちたので夢中で鍬で叩き割ったっていってましたよ」

通之進がるいの酌を受けながら、つけ加えた。

「あのそっぷ屋は前からお上が目をつけて居られたらしいが、証拠がつかめなかったとか。このたびの一件であれは勝三がおたねにやらせていたものとわかって漸く、お上の手が入った。きっかけをつけたのは正吉の手柄であった」

そういえば一つ、みんなに知らせがある、と少々、重い口ぶりで話した。

おたねの息子、嶋次郎が西郷従道の台湾出兵に志願して従軍していたのだが、陸軍からの知らせによると、むこうでマラリアに感染し、帰りの船内で病死したという。

「彼《か》の者に罪はないが、無事に帰って来てもこの度の事実を知れば、その心中の苦しみ、受ける衝撃ははかり知れぬものがあろう。死んでよかったとは決して思わぬが、これも天命かと感じては居る」

ひっそりした雰囲気をぶちこわすように花世がいい出した。

「喜久江があたしのことを執念深い人だから殺すと化けるっていったのは嘘なのよ。あの人、吉助にあたしを殺させまいとしてあんなことをいったのですって。だから、あたし、喜久江は許してあげるつもり……」

午前中、曇っていた空がよく晴れて、縁側にまで日が射して来た。

「まあ、驚きました」

新しい料理の皿を運んで来たお吉が相変らずの素頓狂な声でいった。

「お天気なのに、雨が降っているんですよ。どう見たって雲一つありませんのに……」

るいが開けはなしてある縁側から外を窺った。

たしかに陽は燦々と輝いているのに、細く霧のような雨が落ちている。

「天泣《てんきゅう》と申しますのでしょうか」

そっと、るいがいった。

「昔、教えられたことがございます。晴れ渡った空から降る雨は、天が泣いているのだとか……」

誰もが同じように庭の上の青空を仰いだ。

六年前の真相が明るみに出て、天が泣いているのは、無念に歿った人々の涙なのか、その無念を晴らすべく全力を挙げて戦い抜いた人々の涙なのか。

夏の陽光をかすめて降る、かすかな雨足は僅かばかりで、すぐ消えてしまった。

初出　「オール讀物」平成19年1月号〜10月号
（4月号を除く）
単行本　平成20年1月　文藝春秋刊

文春文庫

新《しん》・御宿《おんやど》かわせみ

定価はカバーに
表示してあります

2010年 8 月10日　第 1 刷

著　者　平《ひら》岩《いわ》弓《ゆみ》枝《え》
発行者　村上和宏
発行所　株式会社 文藝春秋

東京都千代田区紀尾井町 3-23　〒102-8008
TEL 03・3265・1211
文藝春秋ホームページ　http://www.bunshun.co.jp
落丁、乱丁本は、お手数ですが小社製作部宛お送り下さい。送料小社負担でお取替致します。

印刷・凸版印刷　製本・加藤製本
Printed in Japan
ISBN978-4-16-771015-6